史铁生人生智慧赏析

化解苦难

史铁生 著
胡山林 赏析

河南人民出版社

图书在版编目(CIP)数据

化解苦难 / 史铁生著 ; 胡山林赏析. —郑州：河南人民出版社,2021. 7
(史铁生人生智慧赏析)
ISBN 978-7-215-11867-6

Ⅰ. ①化… Ⅱ. ①史… ②胡… Ⅲ. ①史铁生(1951-2010)-文学研究 Ⅳ. ①I206.7

中国版本图书馆 CIP 数据核字(2019)第 141452 号

河南人民出版社 出版发行
(地址:郑州市郑东新区祥盛街 27 号 邮政编码:450016 电话:65788067)
新华书店经销　　河南瑞之光印刷股份有限公司印刷
开本　890 毫米×1240 毫米　1/32　印张　10
字数　230 千字
2021 年 7 月第 1 版　　2021 年 7 月第 1 次印刷

定价：45.00 元

目　录

扫码观看视频讲解

史铁生是怎样化解人生苦难的?

2005 年年底,史铁生在给笔者的一封信中说:“您说命运对我不公,真也未必。四十几岁时,我忽然听懂了上帝的好意,不由得心存感恩。”(《史铁生书信序文集——信与问》第 148 页,花城出版社,2008 年)这段话是对拙作《寻找灵魂的归宿——史铁生创作的终极关怀精神》(人民文学出版社,2005 版)一书的回应。在这本书中,笔者不止一次为史铁生鸣不平,认为上帝苛待了他,命运对他不公平,然而他自己却说“真也未必”,而且还说这是“上帝的好意”,还“心存感恩”。最初读到这句话时让我颇有点吃惊,不过稍一思索我立马理解了。细读全信你会感到史铁生的话说得非常真诚,非常平静,一点装和炫耀的成分都没有;证之以他的生活、生存状态,更感到他的真诚。然而,这“平静”中包含了多少难以言说的精神内涵啊!

21 岁那年,正是青春勃发的史铁生,突然被一场灾难(瘫痪)

所击倒，从此他陷入了痛苦绝望的深渊，几乎丧失生存的勇气。然而经过痛苦的精神探索和人生感悟，他终于从深渊中走出来，越过一道道思想障碍，直至登上精神高地，从此活得热烈而辉煌。引领他走出深渊走上精神高地的，是他对人生苦难的透彻悟解以及悟解后所建立起来的精神信仰。精神信仰使他接受了苦难，理解了苦难，超越了苦难，引领他走上了一条漫长的精神攀登之路。

那么他是怎样一步步地化解人生苦难的呢？弄清这一问题，理清史铁生的这一思路对于每个人都有现实的或潜在的意义。因为，每个人都可能面临各式各样内容不同的人生苦难，然而并不是每个人都能有效地化解。有些人可能一辈子都生活在自己的苦难之中而不能自拔，这就需要借助于史铁生的人生智慧。本文试对史铁生化解或者说超越人生苦难的心路历程作一个粗略的梳理。

一、接受苦难

21 岁，是人生正该向他展示美好一面的时候，突然被“种”在了病床上，这种残酷的现实，让谁也无法接受，也不愿接受。残疾，可怕的不单是生理上的痛苦和生活上的不便，更主要的是意味着从此被抛出了正常的人际群体，从此改变了习惯的生活轨道。残疾，本来应该得到世人更多的同情和关怀，然而事实却相反，他得到的更多的是冷漠和歧视。这一切痛苦的经历，在一向被认为是史铁生的精神自传的中篇小说《山顶上的传说》中有详细的描述：作品的主人公也是一位残疾青年，他去找工作，官员们因其残疾而拒绝他；他和一位娘娘相爱了，但姑娘的父母就因为他的残疾而死活不同意；他和姑娘约会时周围人可以随意闯入而毫无歉意，因为他们认为残疾人根本不可能获得爱也不该获得爱，如果他爱别人或接受了别人的爱就是居心不良；他写小说，编辑愿意降低标准发表，因为他是残疾人……这一切，让心灵自尊的他受到极大伤害，他痛切体会到“歧视也是战争，不平等是对心灵的虐杀”。他常做噩梦，梦见自己走进了人们的包围圈，周围每一张脸上都带着嘲笑；梦见自己赤身裸体拖着两条变了形的腿在拼命地逃，但总也逃不脱……如此残酷的精神折磨使他痛苦使他怨恨，然而却找不到怨恨的对象：“你倒了霉，又不知道该恨谁；你受着损害，又不知道去向谁报复；有时候你真恨一些人，但你又明白他们都不是坏人；……你似乎是被一种莫名其妙的力量抛进了深渊。你怒吼，却找不到敌人。”他想抗争，于是梦见自己变成了一头骄蛮的斗牛，凭着一双角，一腔血，一条命，叫喊着，横冲直撞。总之，他恨一切人，想把整个世界都毁掉。但这一切全无用，于是他想到了死，想服氰化钾，想喝敌敌畏，想用手摸电线插头……

此时的残疾青年，被灾难所击倒，彻底陷入了精神绝境。

作品中残疾青年的精神绝境也就是史铁生的精神绝境。不过，生活中的史铁生并没有在精神绝境中陷溺太久，而是经过艰苦的精神探索很快走出了心灵的深渊，很快进入一个新的境界。新境界的标志——“就是镇静，就是能够镇静地对待困境，不再恐慌了”。之所以能够镇静，是基于现实理性的指导：灾难之所以为灾难，就是因为它已经成为事实。对于既成事实，最明智的态度就是平静地接受。正如英国作家毛姆所说，对于已经无法改变的事实发牢骚，等于是徒然浪费感情。灾难已经来了，你承认它，它在；你不承认它，它照样在。既然如此，还是坦然承认是上策。“别总想着逃避困境，你恨它，怨它，跟它讲理，其实都是想逃避它。可是困境所以是困境，就在于它不讲理，它不管不顾、大摇大摆地就来了，就找到了你头上，你怎么讨厌它也没用，你怎么劝它一边儿去它也不听，你要老是执着地想逃避它，结果只能是助纣为虐，在它对你

的折磨之上又增加了一份自己对自己的折磨罢了。”(史铁生:《人生就是与困境周旋》,《读者》2001,21)

对于自身的苦难,史铁生不仅是接受,而且更进一步,是敬重。什么意思?史铁生做了解释。他说,有一回,有个记者问我:你对你的病是什么态度?我想了半天也找不出一个恰当的词,好像说什么也不对。最后我说:是敬重。这绝不是说我多么喜欢它,但是你说什么呢?讨厌它吗?恨它吗?求求它快滚蛋?一点用也没有,除了自讨没趣,就是自寻烦恼。但你要是敬重它,把它看做是一个强大的对手,是命运对你的锤炼,就像是个九段高手点名要跟你下一盘棋,这虽然有点无可奈何的味道,但你却能从中获益,你很可能就从中增添了智慧:比如说逼着你把生命的意义看得明白。一边是自寻烦恼,一边是增添智慧,选择什么不是明摆着的吗?所以,对困境先要对它说“是”,接纳它,然后试试跟它周旋,输了也是赢。(史铁生:《人生就是与困境周旋》,《读者》2001,21)

总之,对于一切已经到来的苦难,接受就是明智,明智让人平静,让人豁达,让人释然。

二、理解苦难

接受苦难并不等于理解苦难。知苦难已成既定事实无可挽回,知困境不可消除无法回避,因而对苦难和困境只能说“是”,只能接受。这当然是现实理性的胜利,但无论如何总也是一种无奈。这是硬生生把苦难咽下去,因而暂时还不大化解得开,表现为理智点头而情感摇头,理性说“是”而内心遗憾。如何能让理智接受情感也接受呢?史铁生还需要在精神探索的路途上继续跋涉。

背负着苦难继续上路,不久,史铁生又来到一块精神高地。在这里,天广地阔,一马平川,了无障碍。因为,在这里,他从哲学意义上、从终极角度理解了苦难，因而也就从内心深处真正化解了苦难。

史铁生对苦难的理解和化解，得益于他无师自通的哲学智慧，得益于他独特深刻的终极视角。史铁生对苦难的理解主要体现在以下几个方面。

在《好运设计》中，史铁生通过精心“设计”，把世人所认为的“好运”都集中到一个人身上，让他百事顺遂，万事如意，心想事成，尽善尽美。他本应该感到幸福无比，结果恰恰相反，他并不感到幸福。因为，绝对的好运导致绝对的麻木，让他彻底丧失对“好运”的幸福感。因而，为了让他对“好运”具有幸福感，必须加给他一些痛苦以作衬照；但这种对幸福的体验可能只是一次性暂时性的，一旦痛苦消失，幸福感就跟着消失。所以，为了让他永远保持对“好运”的幸福感，就必须永远不断地加给他痛苦。为什么呢？因为，说到底，“所谓好运，所谓幸福，显然不是一种客观的程序，而完全是心灵的感受，是强烈的幸福感罢了。没有痛苦和磨难你就不能强烈地感受到幸福，——那只是舒适只是平庸，不是好运不是幸福”。通过一番“设计”，史铁生告诉读者，世界上压根就没有绝对的好运，绝对的好运让你感觉不到那是好运，其结果与坏运无异。

长期患病的痛苦体验使史铁生进一步悟到，苦难与幸运都不是绝对的而是相对的。同一境遇，你可以说它是苦难，也可以说它是幸运，问题是没有更大的苦难作比照，你就体会不到这种境遇是幸运还是苦难。关于这层意思，史铁生是这样说的：“生病也是生活体验之一种，——生病的经验是一步步懂得满足。发烧了，才知道不发烧的日子多么清爽。咳嗽了，才体会不咳嗽的嗓子多么安详。刚坐上轮椅时，我老想，不能直立行走岂非把人的特点搞丢了？便觉天昏地暗。等到又生出褥疮，一连数日只能歪七扭八地躺着，才看见端坐的日子其实多么晴朗。后来又患‘尿毒症’，经常昏昏然不能思想，就更加怀恋起往日时光。终于醒悟：其实每时每刻我们都是幸运的，因为任何灾难的前面都可能再加一个‘更’字。”

在任何灾难面前都可能再加一个“更”字，而在“更”字没有出现之前人们总是看不见它，因而也就体会不到“更”字之前的境遇其实也是一种幸运。还有，即使不是苦难而是幸运，但人们往往记得住苦难而记不住幸运。史铁生还以自己的经历为例说明道理：坐上轮椅那年，大夫们总担心我的视神经会不会也随之作乱，隔三差五推我去眼科检查，并不声张，事后才告诉我已经逃过了怎样的凶险。那次摆脱了眼科的纠缠，常让我想想后怕，不由得瞑揖默谢，谢上帝默默赐给自己一个幸运。但“人有一种坏习惯，记得住倒霉，记不住走运，这实在有失厚道，是对神明的不公”。

想通了上述道理，史铁生发现，自己的苦难其实正是上帝赐给自己体会幸福的机会；自己的苦难换个角度看或许也可以说是幸运；自己既有苦难的时候也有幸运的时候，其实人人都这样。所以，史铁生说：“抱屈多年，一朝醒悟：上帝对史铁生和我并没有做错什么。”

再往深处想想，从终极视角看人生，史铁生发现，人间戏剧需要各种角色，人世间本来就是由幸运和苦难构成，没有了苦难也就等于没有了世界，没有了人间戏剧。

在《我与地坛》中，史铁生写他在园中见到过一对小兄妹，妹妹漂亮但却弱智，因此常遭无聊家伙的戏耍。为什么不能让她漂亮而聪明，给她一个完美呢？上帝为什么这样安排，上帝的意图到底是什么呢？

谁又能把这个世界想明白呢？世上的很多事是不堪说的。你可以抱怨上帝何以要降诸多苦难给这人间，你也可以为消灭种种苦难而奋斗，并为此享有崇高与骄傲，但只要你再多想一步你就会坠入深深的迷茫了：假如世界上没有了苦难，世界还能够存在么？要是没有愚钝，机智还有什么光荣呢？要是没了丑陋，漂亮又怎么维系自己的幸运？要是没有了恶劣和卑下，善良与高尚又将如何界定自己又如何成为美德呢？要是没有了残疾，健全会否因司空见惯而变得腻烦和乏味呢？我常梦想着在人间彻底消灭残疾，但可以相信，那时将由患病者代替残疾人去承担同样的苦难。如果能够把疾病也全数消灭，那么这份苦难又将由（比如说）相貌丑陋的人去承担了。就算我们连丑陋，连愚昧和卑鄙和一切我们所不喜欢的事物和行为，也都可以统统消灭掉，所有的人都一样健康、漂亮、聪慧、高尚，结果会怎样呢？怕是人间的剧目就全要收场了，一个失去差别的世界将是一潭死水，是一块没有感觉没有肥力的沙漠。

看来差别永远是要有的。看来就只好接受苦难——人类的全部剧目需要它，存在的本身需要它。看来上帝又一次对了。

在这里，史铁生发现，世界构成的公式是：苦难 + 幸运 = 人间戏剧 = 存在真相 = 上帝意图，苦难和幸运去掉任何一项都不成其为世界，都没有了人间戏剧。所以，对于一个人来说，“所谓命运，就是说，这一出‘人间戏剧’需要各种角色，你只能是其中之一，不可以随意调换”。上帝选定谁承担苦难，谁就别无选择，只有接受它。“于是就有一个最令人绝望的结论等在这里：由谁去充任那些苦难的角色？又有谁去体现这世间的幸福、骄傲和快乐？只好听凭偶然，是没有道理好讲的。”对此，史铁生无比感慨，他以大彻大悟的语气说：“就命运而言，休论公道。”

——对世界认识到这一步，还有什么话说？！还有什么不能接受不能理解，还有什么不幸和苦难不能化解？！

还有，史铁生看到既然人世间苦难的存在具有必然性、本原性，当然也就同时具有空间上的普遍性和时间上的永恒性，也就是说它无处不在无时不在，它与生俱来与生共存。如果把苦难称为炼狱的话，那么，人生的过程就是不断地必经炼狱，炼狱不在终点上而在整个过程之中，而这就是人生的真相，即所谓的“本真生存”。

记不清是谁说过，理解了也就宽恕了。事实正是如此，经过由近及远、由浅入深、由个别到普遍、由具体到抽象、由形而下到形而上通天达地出入六合的思考，史铁生的心态由愤激躁动走向安详平静，从浑浊昏暗走向清澈澄明。透彻成熟的理性不但坦然接受了苦难，而且彻底理解了苦难，从而也就是从内心深处真正地包容了苦难、化解了苦难。

精神能够走到这一步，正如我们前面所说，得益于他的哲学智慧和看问题的终极视角。史铁生的身体苦难深重，但他的精神却相当自由潇洒。他的思想具有二重性，他常常把“自我”分为“主我”与“客我”，或者说是精神性自我和肉身的自我。（在《病隙碎笔》里，他常常有“史铁生和我”这种说法，这里的“史铁生”即“客我”，这里的“我”即自我意识，即理性，即“主我”。）他的主我常常能自由灵活地从客我中分离出来，站在高处和远处，居高临下，像神一样地俯瞰自己，俯瞰他人，俯瞰世界上的一切，因而能够看到世界人生的真相，看到自己存在的真相。他把自己融汇到大千世界之中，芸芸众生之中，他像看别人一样看自己，包括自身的灾难。

有了这种神一样的眼光,还有什么看不破,还有什么不能理解不能化解呢?!

三、超越苦难

从拒绝苦难到接受苦难,从接受苦难到理解苦难,这是一条智慧的路。但是,对待苦难,人们的最高智慧难道只能是坦然地接受和透彻地理解吗? 难道不能在接受和理解的基础上有所超越吗? 能,当然能。在接受和理解的基础上,史铁生想得更多的就是如何超越苦难。用什么超越? 用精神。什么精神? 理想精神——博大的爱愿。换句话也可以说,用信仰,用对"神"的信仰超越苦难。——这样,史铁生的精神探索就从苦难自然地走向了信仰。

对于这一思想历程,对史铁生理解甚深的周国平先生的描述是:"看到并接受人所必有的限制,这是智慧的起点,但智慧并不止于此。如果只是忍受,没有拯救,或者只是超脱,没有超越,智慧就会沦为犬儒主义。可是,一旦寻求拯救和超越,智慧又不会仅止于智慧,它必不可免地要走向信仰了。"(周国平:《安静》第25页,北岳文艺出版社2002年)

当一个人认识到苦难、困境、缺陷、不完美是绝对的,永恒的,他已经是在用某种绝对的完美之境做参照系了。一个人的思想,当它登高俯视尘世时,它看到限制的必然,产生达观的认识和超脱的心情,这是智慧。当它站在尘世仰望天空时,它因永恒的缺陷而向往完满,因肉身的限制而寻求超越,这便是信仰了。这就是说,真正的智慧中必蕴涵着信仰的倾向。事实正是如此,史铁生对苦难的思考也就走了上面这条路。他这方面的思考成果,比较集中地体现在思想随笔《病隙碎笔》中。

信仰是什么? 它是怎么产生的? 史铁生认为,信仰是在苦弱无助时候的希望,或者说是苦弱无助时候对“神”的求助。史铁生说:“看见苦难的永恒,实在是神的垂怜——惟此才能真正断除迷执,相信爱才是人类唯一的救助。这爱,不单是友善、慈悲、助人为乐,它根本是你自己的福。这爱,非居高的施舍,乃谦恭地仰望,接受苦难,从而走向精神的超越。”他还说,因为“人是被抛到这个世界上来的”,生而为人,终难免苦弱无助,你便是多么英勇无敌,多么厚学博闻,多么风流倜傥,世界还是要以其巨大的神秘置你于无知无能的地位。在这种情况下,“求神明保佑,可能是人人都会有的心情”。

苦难之中求神明保佑——期待爱的救助,那么什么是神明?神是什么?史铁生说,神有三类。第一类自吹自擂好说瞎话,声称万能,其实扯淡。第二类喜欢恶作剧,玩弄偶然性,让人找不着北。第三类,才是博大的仁慈与绝对的完美。仁慈在于,只要你往前走,他总是给路。在神的字典里,行与路共用一种解释。完美呢,则靠人的残缺来证明,靠人的向美向善的心愿证明。在人的字典里,神与完美共用一种解释。

史铁生所说的三类神,根据笔者的理解,第一类,即迷信中的人格神,当然不能依靠。第二类是无数偶然机缘构成的不依人的意志为转移的客观的超人力量,人对它无能为力,只好听任摆布,如果把希望寄托于它,当然靠不住。史铁生认为,只有第三类神才是我们信仰的对象,只有它才能保证我们的信心永不枯竭。那么第三类神到底又是什么神呢?能不能进一步作些解释呢?

能,当然能。针对读者可能有的疑问,史铁生进一步解释说,第三类神不是坐在天堂掌管人间祸福的人格神,而是“无限之在”(比如整个宇宙的奥秘,比如无限的可能和希望)和“绝对价值”(比如人类的前途,比如对终极意义的寻找与建立)。“那无限与绝对，其名何谓？随便你怎么叫他吧，叫什么其实都是人的赋予，但在信仰的历史中他就叫做：神。他以其无限，而真。他以其绝对的善与美，而在。他是人之梦想的初始之据，是人之眺望的终极之点。他的在先于他的名，而他的名，碰巧就是这个‘神’字。”

通过以上解释，我们看到了一个明晰的公式：史铁生所信仰的“神”=无限之在、绝对价值=终极存在、终极价值、终极意义。“这样的神，或这样来理解神，有一个好处，即截断了任何凡人企图冒充神的可能。神，乃有限此岸向着无限彼岸的眺望，乃相对价值向着绝对之善的投奔，乃孤苦个人对广博之爱的渴盼与祈祷。”说得更简单更明白一点，这样的“神”投射在人的心里，其实就是人的精神——一种在苦难时面向神秘面向绝对价值（广博之爱）永远祈盼永远追求永不放弃的精神。“眺望”“投奔”“渴盼”“祈祷”其实说的都是人的精神。如果还用史铁生的话来表述，即他经常说的“宗教精神”。

宗教精神不是宗教。宗教是人们在“不知”时对不相干的事物的盲目崇拜，而宗教精神却是人们在“知不知”时依然葆有的坚定信念，是发自生命本原的固执的向往，是人类大军落入重围时宁愿赴死而求也不甘惧退而失的壮烈理想，是人类生命故有的趋向，是知生之困境而对生之价值最深刻的领悟。总之是一种极为伟大极为悲壮的人类精神。这样，史铁生就把信仰的对象从有神论的神转向了无神论的神，从人格神转向了人本身。

由于不是人格神，所以他（神）不会与人做交易，不会像中国老百姓所理解所认识的庙里的菩萨，只要点香烧纸上供，就可以答应你提出的一大堆现实要求，诸如升官发财娶妻生子，等等。能答应你现实要求的是第一类神，他和你之间的关系是利益交换，你许愿向他行贿，他空头许你以你的所愿。你的许愿未必当真，他的许诺当然也是空头支票，双方都不当真，实质是互相骗骗。而代表“无限之在”，体现“绝对价值”的第三类神，隐身于无限的神秘中，因而他与人之间有着永恒的距离。他不会屈尊俯就，和你在烟雾缭绕中谈交易。当然这个神（或曰上帝）也赐福，——不赐福人们还求他干吗呢？！但他所赐的“福”不是立马可以落实的乞求，而是——“苦难极处不可以消失的希望”：“上帝不许诺光荣与福乐，但上帝保佑你的希望。人不可以逃避苦难，亦不可以放弃希望——恰是在这样的意义上，上帝存在。命运并不受贿，但希望与你同在，这才是信仰的真意，是信者的路。”“真正的信心前面，其实是一片空旷，除了希望什么也没有，想要也没有。”“信心，既然不需要事先的许诺，自然也就不必有事后的恭维，它的恩惠惟在涉渡苦难的时候可以领受。”

信仰——神——希望，不管叫什么，作为精神向往的对象，人们的心理习惯是“看到”，是“落实”，但这些恰恰是不能落实无法落实的。在《病隙碎笔》中，史铁生反反复复地申述着一个意思：信仰是一条路，一条不断追寻之路，神就在这条路上与你同行。他将以上意思提炼为一个精彩的警句：“人可以**走向**天堂，不可以**走到**天堂。”

总之，因为我们中国人太习惯于将“神”理解成福乐之源，太习惯于将“天堂”之类理解成一个经过努力可以到达的固定处所，人们“信仰”什么的目的就是要到那个地方去享受永久的福乐，而从来没有意识到信仰其实是一条永无终点的恒途，所以史铁生要反反复复地解释，超越苦难，追求信仰，是一条无尽之路。天堂不是一处空间，不是一个固定的地点，到达了就可以一劳永逸地享受了。“天堂”是一个目标，一个永远走不到的目标。走不到不是不存在，它在，在你前进的地平线上，你永远看得见它却又永远走不到它。它永远在你的前方以耀眼的光芒为你指引方向，为你一生的活动注满力量，你一生精神饱满地走在追求的恒途上。——这，就是信仰的精神功能，也就是信仰对苦难的超越；同时，这也就是人生的意义，以及灵魂的归宿，精神的家园。

四、信仰的意义

以上，笔者大体梳理了史铁生从苦难走向信仰的心路历程。应该说这是一条具有典型意义的心灵跋涉之路。追踪这一历程，不但对于理解史铁生及其作品有重要意义，而且对于整个社会精神生活的丰富和提高都具有重要的启发意义。

首先，启发我们如何从精神上应对苦难。从以上的讨论可以看出，史铁生先是由个人的苦难出发，拓展到整个人类的苦难。之后又把苦难由狭义拓展为广义，即举凡个人和人类生活中的困境、限制、缺陷、不完满等等，都应视为苦难的范畴。面对苦难，史铁生认为不应该悲观沮丧，被苦难所压倒；也不应该存侥幸心理，试图通过求神拜佛或者说向神行贿，让苦难立马消除。而是主张，从理性出发，坦然地接受苦难，透彻地理解苦难，而后建立信仰，用信仰超越苦难。笔者认为，这是应对苦难的唯一正确的精神之路，其特点是不假外求，立足于自救。它最大程度的张扬了人的主体性，强调了人的主观意志的力量，因而彻底否定了在苦难中依赖救世主拯救的心理惯性。

当然，这里所说的只是精神方面的应对苦难之路。至于如何在生活实践方面应对苦难，那是另一个问题。史铁生说，要消除社会生活方面的现实苦难，是一个综合工程，需要多方面的努力，如发展经济，加强政治、法制建设，完善各种社会管理机制，等等。史铁生说，世界的问题不能光用信仰来解决，我不是很虚无的。史铁生主张从最高的精神角度和最实际的现实角度两方面去应对苦难。不用说，史铁生的主张是全面的。

其次，对中国人在“神”方面的实用主义倾向是一种批判。在一次访谈中记者问，在今天中国现实的语境中，讲宗教精神、讲神性，您觉得有什么大的困难？史铁生说，困难就是人们对神的理解有一个先入为主的错误。中国人对神的理解是，神是人的仆从、神是人的秘书，你要他给你去干件事，他给你干不好，你就把他开除了，你再找一个，这是中国人对神的态度，就是某种对神的、神性的观点。我觉得中国人现在应该广泛地探讨的是，神到底是什么，信仰到底是什么。——那么神和信仰到底是什么呢？通过以上的讨论我们已经知道了史铁生的基本观点。就在这次访谈中，史铁生继续申述了自己的意思，再次强调信仰，即“不通过某位代言者，直接和无穷的那个东西沉思、对话”；神和人之间有一种绝对的距离，“神性，神的本身就是意味着永远的追求，就是说正是因为人的残缺，证明了神的存在”。信仰“是要让你有在精神里诞生的那种复活，有了一种精神应对苦难的时候，你复活了”。史铁生的这种神性观，对于中国人传统的实用主义的神性观是一种批判和反驳。对于我们民族的文化、文明建设，是一种很有价值的意见。

再次，讨论神、神性、信仰之类的问题，其意义远不仅仅在于如何应对苦难，而应该还与人生意义、灵魂归宿等更形而上的问题相关。因为人注定要生存于一个不完满的、有各种各样缺陷的、充满困境的背景中，在这种背景下人生的意义是什么，人生究竟应该怎样度过，实在是一个值得永远思考的大问题。关于这一问题，可以说史铁生的所有创作都是在思考它，讨论它，关于苦难与信仰的思考仅仅是其中一个方面。但即使是一个方面，也可以让读者从中看到他对于人生意义、灵魂归宿等根本问题的回答。

史铁生

一、没有太阳的角落*

她像一道电光，曾经照亮过这个角落，又倏地消逝了。

这是我们的角落，斑驳的墙上没有窗户，低矮的屋顶上尽是灰尘结成的网。我们喜欢这个角落。铁子说这儿避风，克俭说这儿暖和，我呢？我什么也没说。我只是想离窗户远一点，眼不见心不烦——从那儿可以看见一所大学的楼房，一个歌舞团的大门和好几家正式工厂的烟囱。我们喜欢这个角落，在这儿才可以感到一点做人的乐趣；这儿是整个“五七”生产组最受人重视的“技术角”。铁子把仕女的图样设计得婀娜窈窕，大妈大婶们才能整天在那些仿古家具上涂涂抹抹，然后只有我和克俭能为仕女们长上脉脉含情的五官。大妈大婶们都很看得起我们，“啧啧”地赞不绝口。

“到底是年轻人哪！”

---

* 史铁生著：《史铁生作品系列：命若琴弦》，人民文学出版社 2011 年版，第 30—41 页。

克俭得意地吹起了口哨。

“咱们生产组可离不了你们。”

铁子舒心地点上一支烟。

“就是正式工厂真的要你们,咱也不能给!”

我说:“那公费医疗呢? 工资还是一天八毛?”

“就你矫情。依着我们还不好办? 我们都是有儿女的人……”一个大妈竟擦起眼泪来。

我们哼起了《菩提树》,互相谁也不看谁。

门前有棵菩提树,
站在古井边,
我做过无数美梦,
在它的绿荫间。
……

这深沉的旋律能够安慰心灵。我想,铁子和克俭一定也和我一样,想起了那梦一般的童年和那梦一般的插队生活,在陕西,在东北和内蒙古……

我们? 我们是怎么回事? 唔……

清晨、晌午或者傍晚,你会在这条幽深的小巷中看见我们。我们三个结队而行,最怕碰见天真稚气的孩子。

“妈妈你看哟!”

我们都低下头。

“叔叔们受了伤,腿坏了,所以……”

铁子把手摇车摇得飞快,我和克俭也想走快些,但是不行。

“瘸子吗?”

母亲的巴掌像是打在我们心上。

这最难办,孩子无知,母亲好心。如果换了相反的情况,我们三个会立刻停了下来,摆开决死的架势……还有什么舍不得的么?那些像为死人做祈祷一样地安慰我们的知青办干部,那些像挑选良种猪狗一样冲我们翻白眼的招工干部,那些在背后窃笑我们的女的,那些用双关语讥嘲我们的男的,还有父母脸上的忧愁,兄弟姐妹心上的负担……够了!既然灵魂失去了做人的尊严,何必还在人的躯壳里滞留?!我不想否认这世间存在着可贵的同情。有一回,一个大妈擦着眼泪劝我说:"别胡想,别想那么多,将来小妹会照顾你的,她不会把哥哥丢了……"我不知当时我的脸色是什么样子,那个大妈哆哆嗦嗦搂住我,一个劲叫我的名字。天哪,原来这就是我活在世上的价值!废物、累赘、负担……没有人相信我们可以独立,可以享受平等,就像没有人相信我们可以得到正式工作一样。可我们的仕女图画得并不比那些正式工人画得差,画得少。我们忍着伤痛,付出比常人更大的气力,为的是独立,为的是回到正常人的行列里来,为的是用双手改变我们的形象——残废。

"算了吧,"铁子对我说:"等到二老归西,难道咱们还那么不知趣地活着?"

"弄个炸药包,和他们同归于尽!"克俭说。

"和谁?"

"谁冲咱们翻白眼就和谁!"克俭把拐杖使劲往地上一杵,险些摔倒了。

幸亏人可以死。我们好像什么都不怕了,哼着歌走在小巷深处。

今天像往日一样,

我流浪到深夜，
我在黑暗中行走，
闭上了我的两眼；
……

春风乍起，吹绿了柳条的时节，她来的。

“我叫王雪，我坐在这儿行吗？”她走进了我们的角落。

“当然。”

“只要你乐意。”

“有什么行不行的？”

我们每人一句，都是冷冰冰的拒人于千里之外的腔调。克俭在我耳边嘀咕了一句什么，不外乎“德性”“臭酸相儿”一类的评语。铁子冷酷的目光在眼镜后面闪了几下，“哼”了一声，低下头去。这是一种防御，一种以攻为守式的防御，防御什么呢？

她是一个相当漂亮的姑娘。

“你也是病退回来的？”我问。

她摇摇头。

“我是困退回来的。”

“你干吗不去正式工厂？”我的语气就像是在说“您何必屈尊到这个角落里来呢？”

“待分配，和你们一样呀！”她总想朝我们笑一笑，但都被我们依次“抵抗”了回去。

“和我们一样？”铁子冷笑了一声，没抬头。

她朝大妈大婶群里望了一眼，说：“你们不也是待分配的知识青年吗？”

我们谁也没吭声。待分配？天知道我们待了几年了。像处理西瓜似的被人扒拉过来扒拉过去,拍拍听听,又放在了一边。最后我们就“来自五湖四海”“走到一起来了”——有了我们的角落。

“我先坐在这儿看看你们是怎么画的。”她终于有机会朝我笑了一下,大概是因为我在我们之中还算好惹一点的。

角落里静悄悄的。那所大学里在做广播体操。

她把头和铁子挨得那么近;她的肩和克俭的肩碰在一起了。这两个蠢家伙,竟像是两个大气不敢出的小学生！刚才的威风哪去了？我想笑。他俩都没闯进过姑娘的心,都还没来得及和姑娘挨得那么近就……只有我,但那也都是往事了。

克俭一连画坏了好几笔;铁子把仕女的头发画得像拆下来的旧毛线。我脑子里一下子闪过好多往事,都是什么呢？好像又是那封信……

但她突然“咯咯咯”地笑起来了。

我们尴尬地抬起头。

她还在“咯咯咯”地笑。

铁子脸上最先出现了恼怒。

“我能看见我的鼻子!”她说,“我正看你们画画,就看见了我的鼻子,原来人可以看见自己的鼻子!”她那大而黑的眸子对在一起,轻轻地晃着头寻找鼻子,依旧“咯咯咯”地笑个不停。

我们都笑了起来。角落里吹来一阵轻松的风,好像还有一点温暖。

春雨蒙蒙,天空里闪过一道电光,搅动了三颗枯萎的心。

我们的角落里从早到晚萦回着歌声:《菩提树》《土拨鼠》《命运》《茫茫大草原》……先是轻轻地哼,后是低声地唱。我看见铁子认真地控制着自己的口型,克俭竭力压低自己的下巴颏,为了使歌声更低沉浑厚一些,似乎那样更能显出男子汉的气魄。我偷眼去看王雪。我发现铁子和克俭也在偷偷地看她。王雪随着我们歌声的节奏轻轻地晃着头。两个小辫一个弯了一个直，一个直了一个又弯。我们的歌声更响亮了。

老人河，啊，老人河！
你知道一切，但总是沉默，
…………

“你的嗓子真好，男低音！”王雪忽然说。

我们三个一齐望着她。

“你。”

“我？”

“就是你！”王雪被逗笑了。

铁子和克俭向我投来羡慕的目光，我不敢说其中没有一点嫉妒。

“你们干吗光唱这些让人伤心的歌？”

“你爱听什么？”克俭说。他的脸红了一下。

“《晒稻草》，我最爱听胡松华唱的《晒稻草》。”王雪清了一下喉咙唱起来。

我们从早到晚在一起把稻草晒干，
你在那边我在这边，两人相距很远。
…………

我又想起了那封信，那是一个好心人写给我心上的姑娘的……算了。不要想那些过去的事吧。

她爬到赶车台上去，让妈妈上草堆，
她在那边我在这边，两人快乐向前。

王雪还在轻轻地唱，随着欢快的节拍摆着两条小辫。

我们三个干脆停下了手里的活，愣愣地看着她，目不转睛。心中的防御工事已经拆除了，没有进攻，没有退守，没有伪善也没有卑屈……心就像和平的蓝天，就像无猜的童年；眼前出现了一泓春水；闪着无数宝石一样的光斑，轻轻拍打着寂寥的堤岸。她长得多美！但并不像那些做作的演员，用浓眉大眼招待观众，用装腔作势取媚邀宠。她怎么说呢？长得真实。她的心写在脸上。她看得起我们。

忽然铁子唱起了那支歌。

我愿作一只小羊，
跟在她身旁。
我愿她那细细的皮鞭，
不断轻轻打在我身上。

王雪像听了侯宝林的相声似的大笑起来，笑得喘不过气，笑得弯了腰。“什么破歌呀?！还有愿意挨鞭子的哪？准是你瞎胡编的……”她那样随便地拽住铁子的胳膊，摆着、晃着。

她可真不像有二十三岁了。她还像个小姑娘呢。

正像歌中唱的那样，我们从早到晚在一起。我们边唱边画，边画边唱，唱《晒稻草》，唱《友谊地久天长》，唱《哎哟，妈妈》，唱那些欢乐的歌。我们的产额天天在增长，令大妈大婶们惊讶。王雪贪娄地学着,我们争着把看家的本事都端出来教她。不知从什么时候起,我们三个都用了长辈似的口吻和她说话,不是教训、是——譬如:

“王雪,你考大学吧,你别像我们似的。”

“王雪,你应该学外语,当翻译。”

“王雪,你不如学小提琴,只要下功夫准行。”

“王雪,你得注意锻炼身体。”

“王雪,你要记住‘防人之心不可无’。”

“王雪,晚上回家走大街,别走那些小黑胡同。”

…………

王雪每天提前半个多小时就来上班,打扫车间,打扫我们的角落。灰尘结成的网没有了,斑驳的墙上挂上了漂亮的年历。遇上一天她来晚了或是请了假,我们就总会念叨她,角落里就没有了歌声。我们就又想起了招工干部挑剔的目光和母亲脸上的忧愁。那些日子,我们生活中的全部乐趣更是都在这个角落里了,但要有王雪,只要有王雪,只能是王雪。为什么呢?我还没来得及细想。

我们三个也都早早地就来上班了,而且一天比一天早,一个比一个早,而过去我们都是踩着铃声走进角落的。开始我还没有意识到这是为什么。当我发现我们三个之间出现了一种隔阂的情绪时,我才明白了,那是由不自觉的嫉妒造成的,我们都想和王雪多耽一会,一天八小时太短了!而嫉妒说明了什么呢?有一次铁子和克俭竟吵起架来,无非是要在王雪面前证明自己的见解是对的。年轻人啊,残废了。却还有一颗年轻的心在跳!

我感到了这个,不那么早早地去上班了。不,我绝不是小说中那种高尚的情敌,正是因为我深深爱上了王雪,心上的防御工事就又自然地筑起来了——那是一道深壕沟,那是一道深深的伤疤,那上面写着三个醒目的大字“不可能”。何况还有那封信呢？那封信……哦，心在追求人间仅有的一点欢乐的同时，却在饱受着无穷痛苦的侵蚀，这痛苦无处去诉说，只有默默地扼死在心中，然后变成麻木的微笑，再去掩饰心灵的追求。

铁子和克俭也都不那么早地来上班了，因为一个大婶无意中说了一句话：“自打王雪来了以后，你们也都不睡懒觉了。”唉，他们和我一样，我敢打赌！

王雪可真还是个小姑娘呢，她一点也看不出这些细微变化的缘故。

夏天的晚上，她央求我们和她一块儿去附近的小公园看露天电影晚会。

她举着已经买好了的四张票，说：“《玛丽亚》可好看了，去吧！”

“我不爱看电影，”铁子说，“那样的电影，看完了三天都堵心。”

“那咱们看《甜蜜的事业》，同时演好几部呢。”

“我也不去，”克俭说，“甜蜜啥呀？甜蜜个屁！”

“那你去吧，啊？”她又对我说，“散了电影，路可黑了……”

“你害怕吗？”我们同时问。

她皱着眉，难为情地点了一下头：“嗯。”

我们都同意陪她去了。因为能保护她，我有一种自豪感；铁子和克俭大概也是。

小公园里晚风习习，凉爽，飘着阵阵清淡的花香。多少年了？五年了！自从架上这两只拐杖我就再没来过这儿。来这儿干什么呢？只能勾起往事：这儿是我童年时代的乐园，欢歌笑语恍如昨日；这儿遗留着我少年时代的希望，不过已经认不出哪棵白杨是我栽下的了；那片草地上曾有过一群即将去插队的青年，用心里涌出的朴素无华的诗句讴歌美丽的理想……可是后来呢？

天还没黑,银幕前只坐了几个孩子,仰着小脸望着空白的银幕。他们怎么会那么有耐心?噢,他们会幻想出五彩缤纷的画面,去填补空白的银幕。他们还太小呢。

铁子和克俭也都沉默着。

王雪哧哧地笑起来。

小树林里对对情人在漫步,在依偎,在亲吻。

“你别笑,将来你也那样。”我不知怎么竟会说出这样的话。

王雪满脸绯红。“去你的,我才不呢……”她嗫嚅地说。

唉,还是别想这些的好。

可是铁子又冒出了一句不该说的话:“王雪,你跟我们在一起走不嫌寒碜吗?”

“寒碜?为啥?”王雪一跳,揪下了两片树叶,淘气地塞进了克俭的脖子。

“你不怕吗?”我问。

“怕?怕啥?”

我没法回答她了。那封信!那封信是这样写的:“你不要和他来往过密,你应该慢慢地疏远他。因为他可能会爱上你,而你只能使他痛苦,会害了他。”那时我就懂了,我没有爱和被爱的权利,我们这样的人的爱就像是瘟疫,是沾不得的,可怕的。所以我就离开了我心上的姑娘。她现在在哪儿呢?

“怕啥吗?问你!”王雪在我肩上捶了一拳,手里托着一只花牛牛。呵,但愿你永远像个小姑娘。

“噢,我是说天黑了,你不怕吗?”

“去去去!”她不好意思了。“我们看《甜蜜的事业》还是看《三笑》?”她为了打岔说。

又是克俭说:“三笑?笑个屁!”

铁子说:“看《猎字九十九》吧,图个热闹算了。”

“不! 我想看《甜蜜的事业》。”王雪站住不走了。

“那你一个人去看吧,散了电影一个人回去。”铁子故意逗她。

她不言语了,捧着花牛牛委屈地跟在我们身后走。

我真有点可怜她,但铁子和克俭忍着笑冲我挤眼。我忽然觉得世界是那么美好、甜蜜,我们像三个顽皮的小哥哥,逗弄着一个可爱的小妹妹。

她可真像是个小妹妹。一演到打斗和紧张的地方就闭起眼睛,紧抓住我的拐杖,或者嘟嘟囔囔地埋怨铁子和克俭。我有个强烈的愿望:时间停下来,让她永远是个小妹妹,让我们永远做她顽皮的小哥哥,永远这样相处在一起,忘记过去、现在和将来,忘记一切……有一次我真的忘记了我自己:为了去拣王雪掉在地上的毛线团,我的手竟离开了双拐,像健康人那样去追赶、弯腰伸手,“啪!”我的胳膊摔破在石头上……我愿意再摔十次,因为王雪当时心疼得快要哭了,是我满不在乎的样子才又使她破涕为笑。

人们说,爱情是压制不住的。真的,只需要找一个借口,理智就会服从感情,什么“决心”之类就都忘到九霄云外去了。那个夏天,在那个小公园里,我们一起度过了好多个甜蜜的夜晚。借口就是:在漆黑的小路上我们得保护王雪,得把她送上回家的汽车。都看了些什么电影,记不得了,只记得落日、晚风、明月、繁星和那个不把我们另眼相看的“小妹妹”。

秋风起了,吹黄了小路两旁的草丛,吹谢了草地上的野花,吹光了小树林的茂叶,吹去了小公园里甜蜜的夜晚……如今想来,那只是一场梦。

一天,王雪忽然发起愁来,独自默默地发呆,叹气,好像一夜之间变成名副其实的大姑娘了。

“你怎么了?”铁子问。

她看看我们,想说又没说。

“你病了?”克俭问。

她想说又没说,脸上起了一片红晕。

“有什么难事告诉我们,谁欺侮你了?”

“谁活得腻歪了?谁?!告诉我!”克俭把手指弄得嘎巴巴直响。

“没有谁欺侮我,”她吞吞吐吐起来,“是妈妈,妈妈非让我见那个人不可……”

角落里静极了。

“是二姨给我介绍的。一个大学生……”

听得见风把电线刮得呜呜地响。

虽然这是早已想到了的事,虽然我早就筑起了护御工事,但我的心仍像掉进了一眼枯井,往下掉,忽忽悠悠地往下掉……我说不清那一瞬间都想了些什么。好像只想着明天,明天可怎么过呢?我还能拄双拐兴致勃勃地朝这儿走吗?希望,尽管那是可望而不可及的希望,但是没有它是多么可怕!我迫切地想要一支烟,铁子和克俭已经点起了烟,把打火机递给我……“扑通!”我的心摔在了漆黑的井底。我真想就永远呆在这井底,忘记世界,也让世界忘记我……

然而王雪那求助的目光望着我们,像一个信赖我们的小妹妹那样。“我应该去见他吗?”她说。

王雪是个好姑娘,她应该享有比别人更多的幸福,她最应该!她单纯,不会想到要避开我们,难道因为这个我反而要影响她的幸福吗?难道好人只有用牺牲去证明她的好吗?难道幸福只是为那些把我们另眼相看的人预备的？我们的心灵不是在顽固地追求吗？唔，己所不欲，勿施于人！

“我不想见，有啥意思……”

她在盼望我们的帮助，她需要我们的帮助，因为她还像个“小姑娘”呢。原谅我刚才那一瞬间的罪过吧，我是多么自私。

“你应该去见。”铁子最先缓过劲儿来。

“爱情是有意思的。”我说。

“就是！”克俭也说。

“处理得好，爱情会使你幸福，对工作和学习都是一种促进力量，世界都会变得美好起来……”我是在背书吗？但书的作者未必有我体会得深。

我们三个都一本正经起来，谁也不说谁“酸文假醋”“装蒜”或“瞎掰”——像三个称职的哥哥似的。我奇怪我们都能说出那么像样的爱情伦理，唔，只不过是因为我们过去都像是那只吃不到甜葡萄的狐狸罢了。王雪那么出神地、松心地、信赖地听着我们的“爱情伦理学”。她佩服我们了，她更看得起我们了，她眼睛里的闪光告诉了我们这个。我们被一种自豪感驱使着，为了无私地爱护着一个“小妹妹”。

但是，那天晚上我们又结队走在幽深而寒冷的小巷里的时候，我们又唱起了那支一夏天都忘记了唱的歌。

今天像往日一样，
我流浪到深夜，
我在黑暗中行走，
闭上了我的两眼，
好像听见那树叶对我轻声呼唤，

朋友，回到我这里来找寻平安。

我们又都早早地来上班了。不，跟过去不同，我们三个之间谁也不嫉妒谁，只是想和王雪再多呆一会儿。因为她的男朋友有办法给她安排一个正式工作。王雪要走了，要离开这个角落了。她说以后还会来看我们。我们的心还要什么呢？在这世界上？

冬天，王雪当上了正式工人。她去报到的那天，我们三个冒了小雪又去了一次那个小公园。

雪花飘呀飘，像我们那紊乱的心绪，雪花无声地落呀落，世界是那样孤寂。

我们互相搀扶着走，小路上留下了奇特的脚印和车辙。这小公园里，好像到处都有她的歌声。

我们从早到晚在一起把稻草晒干，
你在那边我在这边，两人相距很远，
…………

我用手去接那晶莹的雪花，雪融化在掌心里，像一滴泪。

她像一道电光，曾经照亮过这个角落，又倏地消逝了。我们祝愿她幸福，她是个好人。

一九八〇年二月

赏析

希望的力量

《没有太阳的角落》是史铁生早期(写于 1980 年 2 月)小说,作者以自己在街道小厂做工时的生活体验为素材,记述了三个残疾青年和一个健康阳光的姑娘友好相处的故事,从中折射出史铁生残疾后最艰难时期的生活状况和心路历程。

叙述人"我",和铁子、克俭一样,都是插队回城待分配的残疾青年,说是"待分配",其实是永远没机会被分配。因为残疾,招工机构永远向他们"翻白眼",知青办干部只会"像为死人做祈祷一样地"安慰他们,万般无奈中他们只好到街道小厂和大婶大妈们一起做工挣口饭吃。

生存的窘境之外,更让残疾青年无法忍受的是弥漫于四周空气中的冷眼和歧视。首先是掌握他们命运的人的歧视,如招工干部;其次是社会——身边人的歧视(背后窃笑我们的女的,用双关语讥嘲我们的男的)。在这些人眼里,他们不但没有进正式工厂工作的权利,而且也没有爱的权利,你爱上了一位姑娘,别人就会劝她远离你,或者劝你远离她。父母家人当然不会歧视他们,但是父母脸上的忧愁,兄弟姐妹心上的负担,无形中也会成为他们心上的负担。总之,内外交困的处境,迫使几个残疾青年相聚于破屋中"没有太阳的角落",在那里自娱自乐,麻木度日。

忽然间,"天上掉下个林妹妹",小工厂里来了一位漂亮活泼、天真纯洁,而且最重要的是一点也不歧视残疾人的姑娘王雪,一下子让"角落"里有了阳光,有了春风,有了温暖。姑娘友善平等地和他们相处,把他们当朋友、当哥哥看,轻易地解除了他们以攻为守式的防御,化解了他们"冷冰冰的拒人于千里之外"的态度,让他们忘掉了愁苦,感到了生活的美好,"心就像和平的蓝天,就像无猜的童年"。姑娘激起了几个残疾青年发自内心的强烈的爱的冲动,以及他们之间小小的妒意,还有比着保护她的善念。总之,姑娘的到来,让"没有太阳的角落"里充满了阳光。

三个残疾青年中,"我"比较清醒,"我"知道这种爱是没有希望的,但是,"爱情是压制不住的。真的,只需要找一个借口,理智就会服从感情,什么'决心'之类就都忘到九霄云外去了"。"我"理智上明白不该爱她,但心里又忍不住爱她;心里爱她,又不能表白,因为知道这爱是不可能成功的;而且"我"还知道,王雪在这里是不会长久的,终有一天她是要走的。但只要她在,"我们"心里好像就有希望——"希望,尽管那是可望而不可即的希望,但是没有它是多么可怕!"

"希望,尽管那是可望而不可即的希望,但是没有它是多么可怕",道出一个真理——希望是困境中人(乃至于所有人)的空气和阳光,是支撑困境中人化解苦难、超越苦难、坚强地活下去的精神支柱。

关于这个意思，史铁生在作品中曾多次提到过。如《老屋小记》中，热恋中的K告诉残疾青年“我”说：你也应该有爱情。“我”不回答，“我很想告诉他我有，我有爱情，但我还是没有告诉他，我很怕去看这爱情的未来。那时候我还没有听懂上帝的那一项启示：梦想如果终于还是梦想，那也是好的，正如爱情只要还是爱情，便是你的福”。只要心中有爱，哪怕实现不了也是福，“我“称这是上帝给人的一项启示，可见他对爱的敬重和珍视。在小说《原罪》中，作者创造了一个富有象征意味的意象——美丽的肥皂泡。肥皂泡无论多大多美丽，最终都会破碎；虽然知道它会破碎，高位截瘫的十叔仍然专心致志地吹。

希望，或者说理想、愿望、梦想、人生目标，必须有，哪怕它是空的实现不了，也必须有。这一意思，已隐含着《原罪》和《命若琴弦》的主题，已隐含着目的（希望、目标、梦想）的悖论：目的虽空但必须有。

上述思想，在传统的所谓唯物主义（即机械唯物主义）者眼里，绝对鄙夷地视之为唯心主义，但正如列宁所说，聪明的唯心主义比愚蠢的唯物主义不知道要高明多少倍。在灵魂世界里，“心”的能量是无法测量，简直可以说是无限的。

二、人　间*

“瘫痪后你是怎么……譬如说,你是——?”记者一时不知怎么说好,双手像是比画着一个圆球。

我懂了他的意思,说:“那时我只想快点死。”

“哪里哪里,你太谦虚。”他微笑着,望着我。

可我那时是真想死,不记得怎么谦虚过。

“你是不是觉得不能再为人民……所以才……”

我摇摇头,想起了我那时写过的一首诗:轻推小窗看春色,漏入人间一斜阳……

“那你为什么没有……”记者像是有些失望了。

我说,我是命运的宠儿。他奇怪地瞪着我。

“您看我这手摇车,是十几个老同学凑钱给我买的……看这弹

---

* 史铁生著:《史铁生作品系列:命若琴弦》,人民文学出版社 2011 年版,第 94—95 页。

簧床，是个街坊给我做的……这棉裤，是邻居朱奶奶做的……还有这毛衣——那个女孩子也在我们街道生产组干过……生产组的门窄，手摇车进不去，一个小伙子天天背我……”

记者飞快地记着。“最好说件具体的。”他说。

我想了一会儿，找出了那张粮票（很破，中间贴了一条白纸）。

“前些年，您知道它对一个陕北的农民来说等于什么吗？”我说，“也许等于一辆汽车，也许等于一所别墅；当然，要看和谁比。不过，它比汽车和别墅可重要多了；为了舍不得这么张小纸片，有时会耽误了一条人命。”

记者看看那粮票，说：“是陕西省通用的？”

“是。可他不懂。我寄还给他，说这在北京不能用。他又给我寄了回来，说这是他卖了留着过年用的十斤好黄米才得来的，凭什么不能用？！噢，他是我插队时的房东老汉，喂牛的……”

有些事我不想对记者说。其实，队里早不让他喂牛了；有一回，他偷吃了喂牛的黑豆……

“他说，这十斤粮票，我看病时用得着。”

“看病？用粮票？！”记者问。看来他没插过队。

“比送什么都管用，他以为北京也是那样。后来我才知道，他儿子的病是怎么耽误的。我没见过他的儿子，那时他只带个小孙女一块过。”

我和记者都沉默着，看着那张汗污的粮票。

“现在怎么样？”记者问我，“你们还有联系吗？”

“现在有现在的难处，要是把满街贴广告的力气用来多生产点像样的缝纫机就好了。”

记者没明白。

“前些日子他寄钱来。想给他孙女买台缝纫机，他自己想要把二胡。可惜，我只帮他买到了二胡。他说，缝纫机一定得买最好的，要不他孙女该生气了。简直算得上是忘本了吧？”

记者笑了，吹去笔记本上的烟灰：“还是回到正题上来吧。你是怎么战胜了……譬如说……”

“还有医院的大夫，常来家看我……还有生产组的大妈们，冬天总在火炉上烤热两块砖，给我垫在脚下……还有……唉！我说不好，也说不完。”

1982 年

赏析

人间自有真情在

小小说《人间》以接受记者采访的形式，讲述“我”残疾后得到周围人善意的关怀，从而感受到人间温情的故事。

“我”，瘫痪后只想快点死，但终于没死，原因多多，其中之一是人世间的温暖、温情感动了，拯救了“我”。这种美好情谊是帮助“我”化解苦难、超越困境的一种重要的心理力量，是“我”活着、活下去的重要心理支撑。从身体残疾角度讲，“我”是命运的弃儿；从获得人间如此多的温情讲，“我是命运的宠儿”。

人间美好的情感是战胜困境、超越苦难的重要原因，这一意思，史铁生在其他作品中经常提到。如，在《夏天的玫瑰》（小说）中，老人年轻时双腿截肢后想死，但终于没死，原因——“主要是，大伙对我都不错，我不能做对不起他们的事，让他们说我没良心”。在《山顶上的传说》（小说）中，残疾青年想死没死，也是因为感情——爱情——“大约死神最初的克星还是感情。世界上最牢固的东西是感情”。在《我二十一岁那年》(散文)中,史铁生写道:“21 岁、29 岁、38 岁,我三进三出友谊医院,我没死,全靠了友谊。”

史铁生

三、夏天的玫瑰*

傍晚，老头儿跟每天一样，从城里回来。他终于买来了那只青铜的公牛。本来今天应该很高兴，可是他刚才又碰上了那个年轻的父亲。老头儿后悔没再跟那个年轻的父亲说说。

蒙蒙的细雨，零零碎碎地从早晨一直下到了傍晚。这会儿，起了一点风，有些凉了。快要到秋天了。

“算了，还是少管别人的闲事吧，饶着管了，别人还不高兴……”一路上，老头儿不断地劝着自己。他竭力想忘掉那个倒霉的孩子。

他扛着那根烫满了小窟窿眼儿的竹竿，躬着腰，蹒跚地走着。路上几乎没有什么人。开阔的田野、错落的农舍和工厂的楼房、路边的水车、还有远处黑色的林带，都蒙在无边的细雨中。他回家去。竹竿上只剩了一只小风车儿，静静地转着，像一团红色的雾。

---

* 史铁生著：《史铁生作品系列：命若琴弦》，人民文学出版社 2011 年版，第 135—143 页。

他就靠卖这小风车儿为生。

雨中的黄昏,很静。郊外的土路又细又长。

远处的村落里,大喇叭唱着。“夏天最后一朵玫瑰,还在孤独地开放……”是一支洋歌儿。

老头儿在竹竿的顶端罩了一把雨伞。每逢雨天他就这样。那只纸叠的小风车儿在灰暗的雨伞下面默默地转着,就像那支歌。

他抱着那只刚买来的铜牛,拄着一支木拐,慢慢地走着。那铜牛不轻。他不时停下脚步,用衣袖擦去溅在牛身上的雨点。他每天都要到城里去卖小风车儿,每天都这个时候回来。牛身上布满了粗糙的气孔、绿锈和凹凸不平的铸痕,老头儿总觉得那是些伤疤。他早就想买这只牛,牛的高高隆起的肩峰一直吸引着他。吸引他的还有牛的四条结实的腿和牛的向前冲去的姿势。今天总算把它买回来了,老头儿很高兴。可他一觉得高兴,就又想起了那个孩子。

那孩子可真倒霉,刚生下来就这么倒霉!“百分之九十五的可能是残废”,好几个大夫都这么说,那个老大夫也这么说。唉,可怎么好……老头儿想着,看了看天。

可孩子还什么都不懂呢,不知道这下子可遭了瘟哪,将来才倒了血霉呢。老头儿想着,又后悔自己没再跟那对年轻的父母多说说了。

不远处,是一条铁路。穿着雨衣的检路工在高高的路基上走着,不时传来铁锤敲打路轨的“叮当”声。老头儿站住。他知道,在那铁轨的遥远的尽头,是他的故乡……

“她准是也老了,她老了准也还是挺漂亮的。”他望着高高的路基,在心里对自己说。近几年来,他常常想,他也许该回到故乡去了。

老头儿又走了一会儿,然后在路边的土埂上坐下来,把铜牛放在并拢的双腿上。他走得有点累了,拄拐杖的那条胳膊又开始发酸、发疼。他拍拍牛的结实的脊背,对自己说:“别像个老傻瓜似的胡思乱想了。”“也别净替八竿子打不着的人瞎操心了。”他又劝自己忘掉那个不幸的孩子。他出神地看着那只青铜的公牛,真佩服它有那么一身漂亮的肌肉。老头儿从蓝布提兜里掏出水壶,喝了一口;不是水,是酒。

小风车儿像一团红色的雾,在他白发苍苍的头顶上。空旷的田野上空,光是飘着雨。

“……所有她可爱的伴侣,都已凋谢死亡,再也没有一朵鲜花,陪伴在她的身旁……”隐隐约约还可以听到村子里的喇叭声。放广播的准是个年轻人。

这歌倒是像唱着老头儿的身世。

他就靠卖这种纸叠的小玩意儿为生,干不了别的了,老了,而且两条腿的下半截都是假的,用钢箍箍在大腿上的。刚箍上的时候很疼,现在早就习惯了。晚上,他在灯下把一张张红红绿绿的电光纸裁开,叠成一个个四角的小风车儿,再用大头针把它们钉到白天捡回来的冰棍棍儿上去。他喜欢喝酒,喜欢一边做着小风车儿一边喝酒。风车儿做好了,够第二天卖的了,他把它们都插到竹竿上,还要再喝一点酒。他一边咂摸着酒,一边欣赏着那些小风车儿,吹吹这个,吹吹那个,看看它们是不是都转得很好。喝完酒,他爬上床,卸下假腿,睡一会儿。天不亮,他就起来,做一点吃的,动身到城里去卖小风车儿了。二十多年,天天如此。二十多年前,在他还有一条好腿的时候,他还在建筑队当过小工,后来不行了。好些现在已经当了父母的人都玩过他做的小风车儿。

人们都知道这个卖风车儿的老头儿,知道他的腿是假的,木头做的。人们都知道他的歌谣。“跑呀跑，转呀转，小风车儿，变呀变。”是他胡诌出来的。他很会招引孩子，——得把小风车儿卖出去。

“老爷爷，变成了什么呀？”“噢嗬，老爷爷可是什么也变不成啦。”他摸摸每一个孩子的头。“小风车儿变成了什么呀？”“你们看那里头有什么呀？”一团团红红绿绿的雾。“是一只小兔子吗？”“不，是个新郎官儿！？”老头儿捏捏小姑娘的脸蛋儿。“是云彩！”“云彩里有你的新娘子！”老头笑了，拍拍男孩子的肩膀……这是他最高兴的时候，仿佛自己也回到了童年。可这时候，他又要想起故乡，想起心中的那片乐土，想起一些令人心碎的往事。他希望这些孩子可别有哪一个将来要得“脉管炎”，这些欢笑着的小脸儿可别有一天要变得悲伤。孩子们散去了，举着小风车儿飞跑，一团团云，一团团雾……他默默地为孩子们祈祷。他独自回家去。他没有孩子。他的腿，一条是在二十岁的时候锯掉的，另一条是在三十多岁，都是因为“脉管炎”。

雨悄声地飘洒着，“沙沙沙”地落在田野上、土路上和老头儿的雨伞上。他的背驼得很厉害，蓝布褂子的背部让太阳晒得发了白。他的头发也全是白的。竹竿上那只红色的小风车儿显得很鲜艳。老头儿一直看着那只青铜的公牛。吸引他的还有那对犄角，像一张弓，尖利的两端向前弯去，向前直冲。“真横！”老头儿握住牛的犄角：“老虎又怎么着？老虎也未必经得住它这一下子。”老头儿还记得他那两条小腿，稍一用劲，那两条粗壮的小腿就全是见棱见角的疙瘩肉。他记得，在老家时他扛起过二百斤重的麻袋，后来他又记得好像是三百斤，或者是差一点不到四百斤。他又摸摸牛的四条健壮的腿。“真壮！”他赞叹地摇摇头。“妈的，这家伙！”

老头儿总爱自己跟自己叨咕点什么。夜里睡不着觉的时候，他常常叨咕着一句话:“她也老了,她准是也跟我一样,老了。”他就干脆不睡了,爬起来,再喝几口酒。谁也不知道他说的是什么人。人们说,人老了有时候就变得古怪,尤其是一辈子没结过婚的人。他喝着酒,又去吹吹那些小风车儿,想着一些往事。许多年前,他到这远离故乡的地方来治病,锯掉了一条腿,他就再也没有回故乡去……

“……当那爱人的金色指环,失去闪烁的光芒,当那珍贵的友情枯萎……”

老头儿在土埂上坐了很久,撅起来的后衣襟被雨水打湿了。天可真是要冷了,他打了个寒噤。黄昏时分的光亮度变得很快,一会儿比一会儿暗。小风车儿在灰蒙的暮色中闪着一点红光。老头又想起了那个孩子。唉,干吗非让一个注定要倒霉的人到这世上来不可呢?世上可不缺倒霉的人!他想。“那对小夫妻不听我的,依我说就别再抢救那孩子了。当然啦,谁舍得自个儿的孩子呢?可舍不得他,是为了让他来受罪吗?让人看不起?”他叨叨咕咕地跟自己说着。他站起来,回家去。不过,他真正的家在很远很远的地方,在那条铁路的尽头。

老傻瓜,谁又会听你的呢?人们要么不把这当成什么大事,要么倒说你是悲观主义。王八蛋主义!你要是说“为了别给社会增加负担”,有些人倒会同意,可是,“社会负担”这句话对残废人来说是多大的负担呀!最好是别给社会增加负担,也别让一个人总是觉着自己是个负担。人来一世可不是为了当别人的负担的。有些事是避免不了的。半路残废的事就没办法。可有些能避免的事干吗也不去避免呢?老说什么人道不人道的,让一个孩子来倒几十年霉就是人道?人们也不知都怎么了,就顾不上为那个孩子的一辈子多想想。我可不觉着那是乐观主义。王八蛋主义。我说那是造孽……可话又说回来了，老傻瓜，谁听你的呢？老头儿一路走一路想，又觉着还不如忘了这件事的好。

他让自己不去想这些事，又欣赏起他的铜牛来。还有这牛尾巴，甩得多有劲！他用手指尖捏捏牛尾巴，仿佛能觉出它的弹性。他想买这只牛已经很久了。有一天，他在城里卖小风车儿的时候，忽然发现了这只青铜的公牛。它站在橱窗里，梗着脖子，四只蹄子紧紧地抠在地上，身体的重心全移到了高高隆起的厚实的肩峰上，低着头，两只犄角像是两把挥舞着的尖刀。老头儿愣住了，被牛的骄蛮的姿态吸引住了。牛身上每一块绷紧的肌肉都流露出勃勃的生气和力量，每一条胀鼓的血管都充满了固执和自信，每一根鲜明的骨头都显示着野性的凶猛，使人想到一只被它顶死的老虎，想到它被老虎咬伤的地方淌着黏稠的鲜血，想到它冲向对手时发出的暴怒的咆哮，想到它踏在老虎尸体上时那傲视一切的眼神，它晃着那对刀一样的犄角，喷着粗气，在荒野上飞奔狂跳……商店的台阶很高，老头儿开始往上爬。他望着那只牛，沉静了多年的血液又在身体里动荡、奔突。老头儿忽然明白了，他常常在梦中看见而醒来又变得模糊的那个形象，正是这样一只牛……

有三十多年了，老头儿经常重复地做着一个梦：他的腿没有了，独自在一片陌生的荒野上爬，想要爬回家去。可是他不知道家在哪儿，应该往哪边爬，他从未见过这片无边际的荒野。他爬着，忽然看见前面有一堆眼睛在盯着他。那是狼！一群狞笑着的狼！他慌忙往后退，转过一个墙角，屏住呼吸往另一个方向爬。可前面又有两只佯睡的老虎，正眯缝着眼睛瞄着他！他又赶紧往左爬。擦着地皮，一点一点往前挪，爬过一间豪华的大厅，爬进一条幽暗的楼道。又有一堆纠缠在一起的毒蛇向他抬起头，吐着信子！幸好右边是河滩，他躲在一块礁石后面。那不是礁石，是一群大鳄鱼！没处逃了，无路可走了。他猛地来了一股劲，叫喊着在荒野上东奔西突，用头去撞那些狰狞的猛兽。他看见了自己强壮、庞大的身影在荒野上蹦跳、咆哮……醒了，他正用头撞着床边的桌子，拳头在墙上打得掉了一块皮，流着血……

就是这样一只牛！尖利的犄角、高耸的肩峰、粗壮的腿，一身漂亮的肌肉，向前冲的骄蛮的姿态。"多少钱？"老头儿问。售货员告诉他，他吓了一跳。老头儿买不起，但老头儿决心要买；多卖点小风车儿就行了，少喝点酒就行了。这以后，他天天夜里梦见那只青铜的公牛，梦见它在荒野上横冲直撞，冲散了狼群，撞倒了老虎，踏烂了毒蛇和鳄鱼，牛的青铜的盔甲闪着威严的光，洪亮的叫声像是吹响的铜号……老头儿像个初恋的情人似的，天天到那家商店去，爬上高高的台阶，去看那只牛。人多的时候，他就站在人群后面，从缝隙里看；人少的时候，他就让售货员把牛端下来。每看一回，他感动一回，每一回都有新发现。他觉得牛身上那些凹凸不平的伤疤也是漂亮的。"可它还是这么使劲儿地顶，"他说。售货员纳闷儿地看看他。"多少钱？"他又问。售货员又告诉他一遍。老头儿逐日计算着自己攒下的钱，想象着把牛摆在自己的床头，夜晚就不会孤独。

天黑了，雨仍然没停。看不见那只小风车儿，也看不见老头儿的白发。夜和雨不知把人们都藏到哪儿去了，这世界上似乎只有老头儿蹒跚、沉重的脚步声。他的胳膊又在隐隐地疼，最近他的胳膊时常这样疼。"可别又是那种病，妈的！"老头儿骂着。雨似乎更大了，他把牛盖在自己的衣襟下，贴在胸口上。他终于把它买回来了，觉得心里踏实、安稳，觉得心里有劲儿、高兴。要不要给它报个户口呢？老头儿想，笑了。老头儿往家走。

远远地看见了一片灯光。他走到了三岔路口。一条路是通向他的小屋的,另一条通向那所产院。老头儿又想起了那个倒霉的孩子。

“他们还在抢救他呢,”老头儿说。他又在路边的土埂上坐下,犹豫着该不该再去跟那对年轻的父母说说。“不是把什么样的人救活都是人道,你们得为孩子的一辈子想想……”

“……我不愿看你继续痛苦、孤独地留在枝头上……我把你那芬芳的花瓣,轻轻散布在花坛上……”

老头儿也快会唱这支歌了。

那个一生下来就有百分之九十五的可能要成为残废的孩子呀!干吗一定要把他救活呢?当然,还有另外百分之五。可这是赌博,是对比太悬殊的赌博!是拿一个人的一辈子在赌博!为什么呀?为了满足父母的感情,就不怕把一个注定要受尽折磨的人带到世上来?!

老头儿站起来,朝那所产院走去。他想去求求那对年轻的父母:让那个倒霉的孩子安静地去吧,那才是人道。他想,王八蛋主义!

可我干吗还活着呢?在去医院的路上他想。

我不一样,我能顶得住,那个孩子可不见得行,老头儿想。

再说,我也有时候快顶不住了,他又想。

何必让一个人平白无故地来顶住那么多倒霉的事儿呢?说说轻巧。

过去,我是怕给我的亲人们弄得难受,我才活着,老头儿想。

我是半路残废的,要是一个活生生的人一残废就去死,活着的人可怎么想?小时候,我们村儿里有个人就那么寻了死,活着的人都叹气……

主要是,大伙儿对我都不错,我不能做对不起他们的事,让他们说我没良心,他想。

有些事不那么简单,不好说……

可这孩子的事挺明白。他还什么都不懂呢,让他去吧,那是爱他。给他做件好看的衣裳……

老头儿走了很久才到了产院。他看见那个年轻的父亲站在走廊上。

“孩子怎么样了?”老头儿问。

“他不用再受折磨了。”年轻的父亲说。

“他好了?”

“他去了。不抢救了,他安静地去了。”

“……”

“谢谢您,您说得对。”

那支歌叫:《夏天最后一朵玫瑰》。老头儿想。

老头儿从心里感谢这个年轻的父亲,可老头儿的心突然又像是被撕碎了;他看见年轻父亲的眼里闪着泪光。老头儿眼里也一样,他也喜欢孩子,是孩子都喜欢。他觉得没有人比他更懂得这个年轻父亲的心。他坐在年轻父亲的身边。

他们都不说话,望着落雨的天空。雨丝在路灯下闪光,密密地编织着爱的轻纱,或是爱的罗网。

老头儿忽然想起了那只青铜的公牛。他把牛放在年轻父亲的腿上。

“你看,这家伙多精神。”

年轻的父亲点点头。

“是挺壮的。”

“横劲儿!嗯?给你吧。”

“不,我不要。”

“拿着。”

“我不要。”

“拿着!”

“够贵的吧？哪儿买的？”

“不贵，没多少钱。”

“你看它，多大劲！老虎也不是个儿。你看这犄角，这脊背，这腿……他母亲怎么样啦？”

“她老是唱那支歌。”

“夏天最后一朵玫瑰，还在孤独地开放，所有她可爱的伴侣，都已凋谢死亡……”

“别让她老唱这么难受的歌。”老头儿说。

“您去跟她说说，行吗？”

“她还有你。你呢？你也还有她。”

“您去跟她说说吧。”

老头儿走进病房。他对那个年轻的母亲说：“早年我们村儿里有两口子，第二回生了个挺好看的孩子……”他说了好些过去他家乡的事。“快把身子养好，赶明儿你们再生一个，我给他做个四角儿都不一样色儿的风车儿，用好纸。”他不知道还应该说点什么。

后来，老头儿独自回家去了。他在铁路高高的路基下面走。铁路伸向他遥远的故乡。他想，他也许应该回去了；假如她需要他，他就留下来，假如她已经把他忘记，他就再回来卖他的小风车儿。反正卖小风车儿也是件挺高兴的事，总能跟孩子们在一起，而且，靠卖风车儿自己养活自己，就不是社会的负担……

一列客车隆隆地开过，车窗里的灯光照亮了那只小风车儿。小风车儿在夜风里转着，像一团红色的雾，像一朵玫瑰。

1983 年

赏析

卑微而不幸的人照样可以活得淡定而高贵

《夏天的玫瑰》讲一位残疾老人靠什么度过艰难一生的故事。

这位老人是半路残疾——因脉管炎二十岁和三十多岁时先后截去两条腿，沉重的打击让他几乎丧失活下去的勇气，但他的亲人和周围的人对他都不错，他感到自己不能做对不起他们的事，不能让他们难受，这才选择活了下来。活下来容易，但是如果活成别人的负担，他自己首先就受不了。为了不让别人和社会感觉自己是负担，也为了不让自己感觉是别人和社会的负担，他选择自食其力——到城里卖小风车过了一辈子。如今已经老了，他感到该回自己的家乡去了。

那么老人是靠什么度过这艰难一生的呢？从作品故事情节大致可以归纳出如下几点。

首先，靠不屈的意志和顽强的精神。

残疾后的几十年里，老人经常重复地做着一个梦：他的腿没了，独自在一片陌生的荒野上爬，想要爬回家去。可是他不知道家在哪儿，也不知道应该往哪儿爬。爬着爬着他相继遇见一群狼，遇见两只佯睡的虎，遇见一堆纠缠在一起的毒蛇，遇见一群大鳄鱼，无路可走，无处可逃。绝望中他突然变成了一只骄蛮的牛，长着尖利的犄角、高耸的肩峰、粗壮的腿、一身漂亮的肌肉，叫喊着在荒野上东奔西突，横冲直撞，冲散了狼群，撞倒了老虎，踏烂了毒蛇和鳄鱼。他看见了自己强壮、庞大的身影在荒野上蹦跳、咆哮，他终于成了绝境中的胜利者。

这只骄蛮的牛是史铁生创造的最具力量的象征意象，是老人不屈的意志和顽强的内在精神的“客观对应物”。因此当他看见商店里那只和他梦中一样的青铜牛时他就热血沸腾，看一回感动一回，发誓一定要把它买回家。这只牛就是支撑老人活下来的无比强大的精神力量。换句话说，这只牛就是护佑老人的“神”。

什么是“神”？史铁生说：“其实，就是人自己的精神！”（《山顶上的传说》）“每一个人都有的神名曰精神。”（《读洪峰小说有感》）“有一天我认识了一个神，他有一个更为具体的名字——精神。在科学的迷茫之处，在命运的混沌之点，人唯有乞灵于自己的精神。”（《我二十一岁那年》）世上没有救世主，能拯救、保护、指引自己的唯有自己——不屈的意志、顽强的精神。

其次，靠一往情深的爱情。

这一点，作品没有正面描述，但我们可以从字里行间读出来：老人年轻时心中也有意中人，也许，他为了不成为她的负担而离开了她，但他心中从来都没有忘记她。近几年来，老人常常想，也许该回到故乡去了，他心中的那个她准是也老了，她老了准也还是挺漂亮的。“假如她需要他，他就留下来，假如她已经把他忘记，他就再回来卖他的小风车儿。”

需要注意的是，从叙述技巧看，像音乐旋律一样贯穿全篇的是一首外国的爱情歌曲——《夏天最后一朵玫瑰》，作品篇名（《夏天的玫瑰》）由此演化而来，可见作者结构安排的苦心。如果还嫌不够明白，叙述人提醒说：“这歌倒是像唱着老头儿的身世。”虽然是洋歌，但老头儿一听就明白，最后，叙述人说：“老头儿也快会唱这支歌了。”这一切，都暗示读者，在老人艰难的一生中，爱情始终是支撑他化解苦难，顽强地活下去的内在力量。

再次，是老人自食其力的自信。

许多年前，老人到这远离故乡的地方治病，锯掉了一条腿后，就再也没有回故乡去。他想的是自己虽然残废了，但最好是别给社会增加负担，也别让自己觉得自己是个负担——人来一世可不是为了当别人的负担的。所以他远离故乡靠每天卖小风车自食其力养活自己。他感觉卖小风车是件挺高兴的事，总能跟孩子们在一起让他开心愉快。

他曾劝一对年轻夫妻放弃一出生就注定倒霉一辈子的孩子，因为他认为让一个孩子来倒几十年霉是不人道的。那么自己倒了霉干吗还要活着呢？他自问自答：“我不一样，我能顶得住，那个孩子可不见得行”——老人对自己与苦难周旋的能力充满自信。

一个半路残疾的不幸老人，孤独、顽强、快乐、自信地活了一辈子，他的人生经历让我们看到，卑微而不幸的人照样可以活得淡定而高贵，关键是，在苦难面前，他具有应对苦难的丰富智慧，有淡定而高贵的灵魂。

四、山顶上的传说

0

天还是灰蒙蒙的时候,那群鸟儿又飞起来了。数不清有多少只。像是天边尚未熄灭的星星,像是一群白色的精灵,在离小城不很远的那座兀傲的山顶上空盘桓。

有些地方飘起了早炊的薄烟。扫街的老头又拉出了他那辆四轮小木车,四个铁轱辘叽里嘎啦、吱吱扭扭地响起来。小城醒了。路灯灭了。

醒来的人们都望望远处的山顶,望望那群鸟儿。

谁也记不清是从哪天起,山顶上就有了那群鸟儿。开始,人们说那是一群过路的候鸟。可是春天过了,夏天过了,秋天和冬天都过了,那些鸟儿一直没有走。人们又说,那不过是些平常的野鸟。可是,连小城里最老的人也说,不记得山上有过那样的野鸟。当它们飞起来的时候,隐隐约约的,像有一支芦笛在低吹,像有一架风琴在轻弹,在安静的黎明时分注意听:轻柔、飘忽……

那个扫街的老头也注意到了这声音,注意到了那群鸟儿。他弯下腰来撮着路上的垃圾,不说什么。

直到有一天,小城里的人们终于认出了这声音,认出了那些鸟儿。

“唔,是鸽子又飞回来啦!”上了岁数的人说。

“真是的,都快认不出了。”成年人说。

孩子们很想知道鸽子的事。

很久以前,小城里有过很多鸽子。小城上空时常飘荡起鸽哨声,悠远,柔怨,也安详,也欢乐。老人们听了,就想起童年;粗暴的男人听了,会变得谦和;连囚徒听了也迷恋起人生。那么雪白的一群鸟儿,飞到东,飞到西,天底下的人们都觉得心里清净、舒坦……可是后来,小城里出了一条禁令,这吉祥的鸟儿就很快地消失了。

“它们到底是又回来啦!”上岁数的人说。

“回来啦,可都快认不出来了。”成年人说。

孩子们问:“它们是从哪儿飞来的呢?”

再说,它们是怎么飞回来的?又是谁给它们拴上了鸽哨儿的呢?

那个扫街的老头不说什么,把垃圾倒进车斗里,拉着,叽里嘎啦、吱吱扭扭地往前走。

直到有一天人们又喊起来:“看哪!鸽子群里有一只‘点子’!”

“黑尾巴,黑脑瓜顶,看呀!真的是‘点子’!”

唔!可不真是。是过去那只“点子”又飞回来了?不,不会,那只“点子”不会活到现在了。太久了呀,真也是太久了……很多人都记起了过去的那只“点子”,于是也都记起了一个瘸腿的小伙子。

出了那条禁令以后，小城里就只有那个瘸腿的小伙子还养着一只鸽子。一只黑尾巴、黑脑瓜顶的鸽子。没人敢碰他的鸽子，他会为了他的鸽子和任何人拼命的。再说，那些奉命去没收鸽子的人也知道：他独自一个人生活着，他只有那只鸽子。他还有两条萎缩得变了形的腿。白天他去扫街，挣八毛钱；夜里到街道工厂去看门，又能挣到四毛。好多人都说，夜里那四毛简直算白捡。锁了门睡觉呗，反正也是一个人。可是他那间小屋的灯常常亮到后半夜去。没有人看见过他在干什么。只有那个扫街的老头知道。“可真是用了不少的纸。”扫街的老头对别人说。“他写什么呢？”别人问。“心里想写点什么，就写点什么呗，左不过是心里头想说的话。”“就有那么多话，半夜半夜地写？”“他不像我，我不会写字儿。”老头在说另一件事……

如今，扫街的老头不说什么。自从山顶上出现了那群鸽子，他什么话也不说。他把小木车拉到一座楼房的台阶前，坐下，身上的骨头节嘎巴巴响了一阵。他这才朝山顶那边望，嘴唇动了动，没有出声音。

太阳还没有出来，天色依然有些昏暗。人们不见得看得很清楚，但人们都说，那鸽群中确实有一只黑尾巴、黑脑瓜顶的鸽子。也许是因为，过去的那只“点子”给人们留下的印象太深了。曾经有过一段时候，小城的上空只剩了“点子”在孤零零地飞，悠长的哨音也显得孤单。人们看着它，心里也难受，但想到这漂亮的鸟儿并没有绝迹，心底就还存着安慰和希望。那个瘸腿的小伙子总是在天刚刚亮的时候就把“点子”放上天去。他呼唤他的鸽子，用舌头在嘴里打着嘟噜儿，声音很特别。他扫街，“点子”就在他头顶上飞。小城本来不太大，很多人都认得“点子”了。认得了“点子”，才都知道了它的主人。可是，后来“点子”也不见了。据说是在早春的风中，“点子”飞走了。不知那依然强暴的寒风把它刮到哪儿去了。瘸腿的小伙子简直快疯了，白天也不去扫街，呆呆地坐在门前，望着天，盼着他的鸽子飞回来；天一擦黑，他就离开家，到处去喊，去找。他找了好几天，都没有找到……

“是九天。”那个扫街的老头说。他还坐在路边的台阶上，有几个孩子坐在他身旁。孩子们很关心那些鸽子的事。

是九天。找了九天，没找到！小伙子瘦了，头发很长，空洞洞的眼睛蒙上了血丝。传说，那鸽子是他心上的姑娘留给他的。传说，第十天夜里，瘸腿的小伙子又去找。

“是从天刚擦黑儿的时候。”扫街的老头对几个孩子说。

传说，那夜，他走遍了小城的每一条街道……

1

风还是不小，天也阴着。一会儿，风把云撕开了，月亮奇形怪状的在云层里颠簸。一会儿，云又合拢。街道两边那些低矮的屋顶，一会儿变得灰白，一会儿又变得昏黑。光秃秃的枣树枝在风中互相碰撞，发出响声。亮着灯的窗户上都拉着窗帘，光线显得很暗。杨树吐花了。这是个早春的夜晚。

他步履蹒跚地走着，仰起头朝路边那些屋顶上张望，卷起舌头，“嘞儿嘞嘞儿嘞嘞儿嘞”地在嘴里打着嘟噜儿，呼唤。他仍然不相信，他的鸽子会飞走，会不再回来。每条胡同都是那么深长、冷清。风声间歇的时候，就光听见他。“哧啦——哧啦——”的脚步声。他不愿意用拐杖，宁可不时站下来，用手撑一撑自己的腰，歇一会儿。

都是因为风，他心里说。这风太大了，要不“点子”不会飞走，不会不回来。他一直都信得过他的鸽子。它肯定是飞不动了，不定在哪儿盼着他来呢，再怎么也得去找它，他想，再怎么也得把它找回来。他可是懂得盼望是什么滋味儿，总是盼望不到是什么滋味儿。有一回，他出去了一整天，把“点子”锁在了屋里。就是他第一次去拜访那个青年作家的那天。下着雨，别人带他去的，他把自己写的东西给那个青年作家看了。晚上回来的时候，一开门，“点子”就扑棱棱地飞到了他怀里，一个劲儿“咕咕咕”地叫，他才想到“点子”盼了他一整天了。他急忙给它喂食、倒水。“点子”又顾着吃，又顾着他，不时抬起头看看他，好不容易盼回来了，怕他再走了。他心里的滋味儿说不清。他自己盼望的事要是也能盼到就好了，他自己想要办到的事要是也能办到就好了，哪怕是十年、八年呢，哪怕更长呢。

可是直到如今，他什么也没有盼来。他盼望的两件事，哪一件都没有办到。

路灯晃荡着，弯曲的树影在墙上移动。几片揉皱了的锡纸在墙角里打转儿，一闪一闪的，吱吱地响。半天才遇见一两个行人。够晚的了。他还没有吃什么，临出来时在兜里掖了一个馒头，但他不想吃。他这会儿只盼望一件事：鸽子。他的鸽子飞走十天了，说死说活也得找到它。他觉得这里面有一种命运的征兆，如果他能够找到他的鸽子，他就能办到他盼望的事了，就能转运。他蹒跚地走着，不断地呼唤。

风还是那样，一阵不比一阵小。

从太阳落山的时候起，他一直在走，一直没歇。双腿残废后，他还从没有走过这么远。也不知道是到了什么地方，胡同口上的路牌正好在一片阴影里，看不清。他揉揉眼睛，还是看不清。其实也没有必要非弄清是哪儿不可，鸽子哪儿都飞，风还不是哪儿都刮吗？

他扶着路边的砖堆喘口气，捶捶变了形的双腿，点了支烟。

一缕细细的烟升起来了，飘飘摇摇，来了一阵风，把它刮碎了，刮得无影无踪；风过后，它又飘摇起来。小时候他爱画画儿，总也画不好烟，母亲端来一盆清水，用墨笔在水里点了一下，墨散开了。

“真像烟！”他喊，高兴极了。“烟你可画不好，你弄不清它要怎么着，你得随它去。”母亲说着把一张白纸按进水里，白纸上印下了烟，丝丝缕缕……可不是吗？你弄不清它要怎么着，他望着那缕飘摇着的轻烟出神。得随它去。它太轻、太小、太弱了，可以改变它命运的东西太多了。那些云强大得多，可还不也是一样弄不清下一步将要碰上什么样的气流，将要怎样地被撕扯开？都说，人更是强大得多，那么人呢？譬如说，有一个瘸腿的人，在一个风很大的夜晚，到处去找他的鸽子，在一颗小小的星球上的一座小小的城里。谁能担保他准能找到他的鸽子呢？谁能保佑他的鸽子，不被这大风刮到一个他永远也找不到的地方去呢？谁能说得清，他应该沿着哪条路去找呢？风却是依然地刮，天照样阴沉着，并不把这样的小事放在心上。虽然这件事对他来说也许非常重要，是他的心血，他的感情，甚或他的生命……

在这种时候就抽抽烟吧。

月亮在云层中闪了一下，又立刻被遮住了。

他划着了火儿。

“不行！不许你抽！”从遥远的地方传来一个声音。“真讨厌，又抽！烟的位置比我还重要吗?!”

划着的火儿被风吹灭了。他不觉朝幽暗的胡同深处望了望，并没有那件白袖子的连衣裙或是那条淡蓝色的小围巾。往事像是一片温暖的幻景，和这火一样，被风吹灭了。罩拢着火的两手中间只剩了一缕轻烟，也迅速被风刮散。他又划了一根火柴，点着了烟，看着那一点红光上慢慢长出一层灰白的粉末，轻轻一弹，灰白的粉末掉了，红光上立刻又长出一层。什么东西能长久呢？那声音曾经离他很近很近，他还记得为了抽烟的事她冲他喊，气得脸都发白。如今这声音多么远，多么虚幻。即使将来还能见到她，她也会为别的事忙得不可开交，顾不上他了。他的心突突地跳。不是因为累。他笑了笑，笑自己。也许只有这颗突突地跳着的心是真实的，能长久地总跟他在一起。跳着，在一起；不跳了，就一起离去。还有“点子”。

喔唷！他几乎喊出了声，急忙掐灭了烟。还不到十点钟，肯定还不到十点钟，他想，又往前走去。

“嘞儿——嘞儿——”他呼唤。不断地呼唤着，往前走。

头九天里所以没有找到“点子”，就是因为不到十点钟就歇下来的缘故。他常常会有些连自己也觉得可笑的想法。他觉得“十”是个吉利的字眼儿，象征着竭尽了全力，又象征着圆满。他想，第十天，十点钟以前不歇着，就能找到“点子”。刚才那不算是歇，幸亏没有坐下来，他在心里庆幸。

风把他的呼喊声吹得很远。

小城里的很多人都听到过，很多人都还记得。大伙也都希望他能把“点子”找回来，他不能再失去他的鸽子了。

那个姑娘走了好些年了。传说，姑娘走的时候，给他留下了那只黑尾巴、黑脑瓜顶的鸽子……

那时候“点子”还没有长大，才几个月，还不会飞，身上还净是那种软软的绒毛。它在桌面上走来走去，神经质地探着头（她总说“点子”的脖子里好像有一根弹簧），一对圆眼睛询问般地看看他，又看看她，似乎也感到气氛不同往常。“点子”一出世就认得了这两个人,它住在她家,经常跟着她到他这儿来,到这桌面上来呆老半天。他和她总是没完没了地说话,嘁嘁嚓嚓的,一会儿又大声笑。今天有点特别,他和她互相躲闪着对方的目光,也不怎么说话。

说也是说些无关紧要的话。

“真怪。”

“什么真怪?”他问。

“为什么这样的鸟儿就叫‘鸽子’呢?”

他想了一会:“可能是因为它的叫声。”

“那人呢?为什么就叫‘人’了呢?”

他记得,她总是爱提这样的问题:为什么你就是你呢?为什么我就是我呢?她这样问的时候,目光中总是透出认真的迷茫;多少年之后他才懂得,那迷茫中包含了一种愿望……只是她自己也没有意识到,也说不清。

斑驳的墙壁上映着几方夕阳的黄光,正在慢慢地变红。嘀嘀哒哒的钟声。她偷偷地看表,他也偷偷地瞥了一眼闹钟,都怕提醒了对方:分别的时间快到了。

“人!”那时候他说,“不过是偶然。”

又是那种认真的迷茫。

“有很多事,本来就没‘为什么’可言。”

“总应该有原因的。”她说。

“偶然。偶然也是原因。”

“一弄不清了就说是偶然。一说偶然就好像什么都解决了。”

他现在想:没准儿就是这么回事。

那时他们继续说些无关紧要的话,装得挺平静。

分别的时间已经到了。不过他知道,还有最后十分钟。在他们相处的那些年里,她总是把必须(!)分别的时间往前说十分钟,那样,当说到的那个钟点到了的时候,就似乎还可以“意外”地赚到十分钟。

街上的孩子们在踢足球,撞得山墙嘭嘭直响。“点子”不安地叫,跳到她胳膊上。

“别害怕,没关系。”她对鸽子说,捋捋它的羽毛。

“别忘了喂‘点子’,”她又对他说。“装玉米糁的口袋就在床底下。”

他看着屋顶。纸糊的顶棚上有一个窟窿,黑洞洞的。很深。

“把水放在窗台上,‘点子’自己会喝。”

“放心吧,‘点子’会照顾自个儿。”

她听出他是在说他自己,低下头,搂着鸽子。

他赶紧冲她笑笑,吹了几声口哨——胡乱凑起来的几个音。他们说过,要平静地告别,反正她还会回来。这样的分别是最好的了,不会更好了。有一个希望:她还回来。

墙上的阳光剩了窄窄的几小条,显出了玻璃上的竖纹。他永远记得那揪心的颜色。直到现在,他都不敢独自看墙上的夕阳,看了会觉得心里空寂、落寞,觉得一切都缥缈、虚幻。夕阳在最后一瞬间红得发抖。

到了。那个钟点到了,或者是立刻就要到了。说不清是什么东西在心里停顿了一下,他等着。

“还能再待十分钟,我今天少说了二十分钟。”她说。

她这个小小的计谋没有成功。两个人都没有像以往那样甚至于欢呼起来。再有十个十分钟又怎么样呢?以往的“还有十分钟”只是意味着暂停;而今天意味着结束。这些年来,她说过多少次“还有十分钟”呀!他或者欢呼,或者生气,现在算是听完了。用不着欢呼,也用不着生气了。她要走了,到遥远的南方去,去好几年。谁知道这好几年中会发生什么事呢?难说这不是结束……唔!得抓紧时间再说点什么,把气氛搞得欢快点,否则,分别之后两个人都要难受。可是他什么也说不出来。抓紧时间。这些年来他们的幸福总得抓紧时间!有期限的!“徒刑”是无期的,而“探监”总是有期限的!

当然,别的恋人们也不会总在一起,也有暂时分别的时候,但在一起的时候就坦然地在一起,用不着总去想“还有几分钟”,用不着提心吊胆地怕超过了期限。可是,在他们相爱的那些年里,当他们在一起的时候,恐惧总压在他们心头——她不能回家晚了,不能在应该回家的时候不回家,否则她的父母就又要怀疑她是和他在一起了,就又要提心吊胆或者大发雷霆。他就像是瘟疫,像魔鬼;他们在一起的时候像是在探监;他们的爱情像是偷来的……这些感觉就像是一把“达摩克利斯剑”,悬在他们心上,使幸福的时光也充满了苦难。现在她就要走了,到很远很远的南方去了。他觉得出她有一种轻松感,虽然她说她一定还要回到他身边来。她自己没有意识到,但是有,她有一种被解放了的感觉。这些天她总在说起南方,说的时候就变得欢快起来。“我们学校就在海边。”“是吗?”“说还有椰子树,相当高的椰子树。”“可能。会有。”“最多只穿毛衣就行了,相当暖和。”“嗯。”“没这么冷,也没这么多风沙。”“也许连空气中的氧分子都比北方多吧?”他说。她笑笑,没有回答,依然想象着南方。一会儿,欢快的表情在她脸上渐渐消失。他知道,她的思绪又回到北方来了;北方,和他,和“达摩克利斯剑”。果然,她说:“你放心,我肯定回来。”但那种轻松感没有了……

他隐约地感觉到,生活又到了一个转折点。他看着她唇边的那颗黑痣,觉得空间和时间真是不可思议的东西,一会儿把人们拉得这么近，一会儿又把人们分开得那么远。时光正在四周流逝。墙上还有些发亮，是阳光消逝的地方。支撑在床上的胳膊有些发酸、发麻，但他不敢换个姿势，生怕一动便送走了现在。还有几分钟？两个人都不敢想这件事。

“嘭嘭嘭”的敲门声。他们惊惶地对视，希望那是街上的孩子们把足球踢在了门上。但是，有人叫他的名字！他猛地坐起来。她急忙走近他……“嘭嘭”的敲门声，像是心在胸腔里撞……

“好好写，好好写你的小说。”

“当然。”

“你能成功，真的，你行。”

“谁知道。”

“听我的，你能写好，我不骗你。”

……

临走时，她又喂了一把玉米糁给那只鸽子。她强笑着和他握了握手，也和那个不合时宜的客人握了握手，蓦然转身，走了。只剩下那个呆头呆脑的客人喋喋不休地说着。他一点也听不懂那个客人都说的是什么，只想着她此刻走到了哪儿，想着她走出门去那一瞬间的样子，想着不知什么时候她才又能推开那扇门走进来……他不知道应该恨这位客人，还是应该感谢这位客人。假如没有这位客人，他真不知道自己能不能平静地和她分别；假如现在只剩了他自己，他不知道怎么打发眼下的时间。但他又深切地感到了那种常常涌上心头的东西：被歧视，而且被歧视得如此正当，如此理所当然！这位客人绝不会相信，自己正妨碍了一对恋人的别离。假如这位客人有那么几秒钟显出有点尴尬，或者沉默那么一会儿，或者有点坐立不安，那么，他那种受歧视的感觉就不会又涌上来。然而这位客人连一秒钟的疑惑都没有，叮叮当当地说着，一条腿搭在另一条腿上，神态那么自然。可这位客人是知道她就要走了呀！也许是这位客人没有觉察到他和她的关系？不，要是想觉察，谁都会觉察到的。她总到他这儿来，认识他的人都知道。是根本没打算觉察——不可能发生的事，有什么必要去觉察呢？于是负责觉察的神经就会变得迟钝之极。他为什么不向别人介绍一下呢？“这是我的女朋友。”他很羡慕别人可以这样坦然而自豪地说。他很想自己也能这样说，哪怕只说一回！但他不能，“达摩克利斯剑”随时会掉下来。如果掉下来只是刺死他，倒也蛮值得。问题是她父母都有病，岁数都挺大了。她是个好女儿，“达摩克利斯剑”会刺在她善良又孝顺的心上。这不是法律所能保护的事。所以他不能。他连到车站去送送她都不能，因为她的父母、亲友都要去的。他和她只能在这间小屋子里告别。他只有默默地为她祈祷，心上响着隆隆的火车声，但愿每一个搬道工都认真……南方，海，椰林和白帆……祝她一路平安吧……

竟连别离也得偷偷摸摸，似乎是在犯罪。他理解了她的那种轻松感。谁的天性不是愿意过一种轻松的生活呢？他自己之所以没有设法逃开这残废的生活，仅仅是因为他没法逃开，这双残废的腿长在他自己身上。命运，并不是说谁注定要双腿残废，而是说当这一类玩意儿落到谁头上，谁就注定要与这残废的生活打交道打到底了。

“点子”站在桌上梳理着羽毛，不时歪起头来东张西望，也许是在寻找它的女主人，也许是在纳闷儿顶棚上的那个黑窟窿。有一次他一生气，把一本书扔上了顶棚，砸开了那么一个窟窿。发怒也没有用，如果有用，就又不算是命运了。

他把“点子”托在掌心里，看着鸽子的眼睛。和平。和平都包含什么呢？歧视也是战争。不平等是对心灵的屠杀！这么想也许过分了吧？他知道，她的父母、亲友都是好人。

在姑娘走后的那天晚上，他和“点子”在一起，心里一直唱着那支歌：

马车从天上下来，把我带回我的家乡；马车从天上下来，把我带回我的家乡……

那是一首黑人的灵歌。

2

他已经走了大半个城了。

风，扬起一阵阵尘土，打在路边矮窗的玻璃上，发出细碎的“沙沙”声。屋檐上的荒草瑟瑟地发抖。小城的春天总是刮这样的干风。他呼唤着走，仍然不见他的鸽子。

腿有点儿疼了。

云层裂开了一道口子，露出了几颗星星和一片深不见底的天。也许别的星球上也有一个倒了霉的家伙，正一边没头没脑地走着，一边胡思乱想吧？

昏暗的街灯排向远处。

无边际的宇宙，数不清的星球，一个人在其中的一颗上走着。干什么去？找鸽子。干吗找鸽子？干吗？

临出来时，那个扫街的老头又对他说：“心里想去找找，就去找找吧。”老头不识字，可是懂得他。他们白天在一块儿扫街。他是腿有毛病。老头是一条胳膊有残疾，腰也直不起来，不过倒不碍着扫街。老头和他的交情不错。晚上，老头常到他的小屋里来坐坐。

过去，要是那个姑娘在，老头不多呆；姑娘没来，老头就沏一缸子茶，坐下。“没来?”“没来。”一问一答，不用说是谁。老头再扯一阵子老年间的事，然后闭上眼睛，喝茶，不再言语。老头知道他要看书或者写字了。老头的嘴唇伸向茶缸边的时候颤巍巍的，喝一口，咂摸着，像是喝酒。他拿出书来看，或是拿出笔来写。半天，老头一点声音都没有，不喝了，捧着茶缸像是睡着了。他看看老头，老头却立刻觉出来，说：“干你的事，我不碍着你。”老头慢慢睁开眼，再续上一缸子水。“今儿不来了?”老头问。“这么晚不来就不来了。”还是用不着说是谁。“这姑娘，我看好。”老头又说。他明白老头这话的意思，可是没法回答。“人要是心里头乐意，怎么着都是好。”老头又说。现在老头不再提这件事了。姑娘离开小城到南方去以后，老头只提过一回，是在“点子”第一次飞起来的那天。那时候，“点子”已经长大了。老头掰开它的翅膀看看，十根硬羽毛已经长全了，说：“能飞了。”他不敢，怕“点子”飞丢了。“不碍事。”老头说，“鸽子，飞到哪儿也还会回来。”他还是担心。老头把“点子”抱过去，猛地一扬胳膊，“点子”飞上了天。他的心紧揪着。老头笑笑：“甭担心，这是鸽子，不是别的鸟儿。会回来，只要它活着。”“点子”飞了一小圈，落在了小屋的顶上，探头探脑地朝下望。“瞅瞅，你还担的什么心?”老头说着又用竹竿把“点子”拘起来。这一回它飞得高了些，远了些，落在远处的楼顶上，仍然朝家这边望。也许是街上的人群、车流挺可怕吧，它愣愣地站在那儿。老头卷起舌头在嘴里打着嘟噜呼唤它。

“点子”镇静了，飞起来，飞回来，落在屋顶上，望望，“噗噜噜”飞下来，飞到他怀里。那一霎时，他的眼泪差点流出来。晚上，老头再到他这儿来的时候，“点子”在床上来来回回地走，他坐在床沿上看着它。“你还得让它往远地方飞。”老头说。他不言声，只是从口袋里掏出玉米糁儿,一粒一粒往床上洒。又把小水罐放在窗台上。老头知道他又在想什么了,于是沏上茶,坐下,望着窗外的天,也好久不说话。“人活着,真难。”他轻喟一声说。老头笑笑,意思是:那还用说? 他点上一支烟。老头不抽烟,光是爱喝茶。这时候老头提到了她:“那孩子心里不比你好受。”只提过这么一回。老头望着窗外的星星和月亮,浑浊的眼珠显得神秘,说:“烦了,你看看天,心里头就静静儿的了……”

星星,还有月亮。想想,是挺没意思的:一堆火球、一堆石头、一堆冰疙瘩、一堆土坷垃,逛荡来,逛荡去。

他穿过一条又一条的小胡同。

一阵“噗噜噜”的响声。他猛转回头,以为是他的鸽子。其实是近处阳台上晾着的被单,让风刮出了声。

他简直不明白,自己为什么还要这么认真地去找那只鸽子,正像扫街的老头说的:“什么事,都值不得那么认真。”但是他知道,他得去找。唯独老头的这句话,他不赞成。可为什么呢? 也许仅仅是因为他活着。死了,当然就什么事都没了,可活着就得想活着的事。

他继续往前走。

还不到十点钟。

他继续不停地呼唤。

那喊声断断续续的,有的人说是在城东,有人说是在城西。那夜刮的是东风,从东往西刮。

他仿佛看见了“点子”在风中瑟缩的样子,羽毛都被刮乱了,头一探一探地四下里张望,“咕噜噜——咕噜噜”地叫。风太大,它飞不动;想飞,飞不回来。他加快脚步,“哧啦——哧啦——”;幸运如果也在以这样的脚步向他走来就好了。看来没有,他总是背运。唉,“点子”也是背了运。他后悔那天忘记了风,风太大是不该把鸽子放出去的,可是他忘了。忘了,“点子”就背了运:倒了霉。当时他只想着让“点子”快点飞起来,让那鸽哨儿赶紧响起来,那悠扬、飘忽的哨音会使他心里好过一点,能忘掉那个装得厚厚的大牛皮纸信封……

那天的活儿不累,街道被风吹得很干净。他扫完了八条胡同。扛着扫帚回来。“点子”在台阶前晒太阳,见他回来,忽闪忽闪翅膀,跟在他腿底下前后左右地转,仰起头叫他。他正想跟“点子”亲热亲热,忽然看见了那个大牛皮纸信封立在窗台上,装得厚厚的。心一下子凉了,知道又是退稿。落款是两行铅印的红字——那家刊物的名字和地址。他怔怔地站着。“点子”在啄他的裤腿儿。他想起了顶棚上那个黑洞洞的窟窿。夏天最热的夜晚,他仰起脸来推敲词句之际,总看见一只褐色的小蜘蛛,细长的腿,在那个黑窟窿边的墙角里织网……

和以往一样,退稿信的开头都是称赞他那篇稿子的话。“有一定的功力”啦,“是比较深刻的”啦,“从某种意义上讲也是相当真实的”啦,“我个人还是非常喜欢的”啦……他一直猜不透,这些话是真的呢?还是仅仅为了鼓励他?或者是退稿信的开头都这么写?他跳过许多行,看最后怎么说,心里很紧张——

……需要删改的部分,都用红笔在原稿上做了标记。……不要过多地去咀嚼苦难。生活,时常需要忘却一些事,否则倒会悲观失望。不要太注意那些倒霉的事、不走运的事。而应该多看看生活中的另一种因素。譬如说你这篇小说的后半部分，如果让主人公在历经艰辛之后，终于追求到了他所追求的东西，就能给人以希望、以振奋，全篇的调子也就会随之高昂起来。你这篇小说也就完全可以发表了……

他急忙翻开自己的那篇稿子，翻到后半部，反复看。翻前翻后地看了好几遍。其实用不着，他自己写的东西自己背都背得出来。两万字的东西，花了半年时间写成的。

那只小蜘蛛早已不在了，屋顶上的黑窟窿旁边，如今只剩了一张精心织就的小网，落满了尘土，像一片废墟。

他合上稿子。那些用红笔作了标记的段落，正是他不愿意删改的。不能改。再说，怎么改？他正是要写这个不走运的人。改成走运？如果走运就是乐观和坚强，乐观和坚强岂不是太简单的事了吗？如果乐观和坚强靠的是走运，那么不走运可怎么办呢？再说他也忘却不了什么，艰难的路，每一步都刻骨铭心；他也不佩服靠忘却维持着的乐观、希望、高昂。改成“终于追求到了他所追求的东西”？什么意思？给人家作保险吗？——只要你追求就肯定能追求到？他知道不能那么改。

他坐在门槛上，低着头，双手搭在膝盖上。“点子”在屋前的空地上来来回回地走。他撒了一把玉米糁儿给它，看着它啄食，心里一片空白。

又是那个声音，遥远、虚幻：“别灰心，你行，只要你自己也相信你行。爱信不信，我不骗你……”

姑娘走了好几年了。他总是往她所在那个省的刊物上投稿，希望发表了她能看见。

姑娘还在南方。那篇稿子也是从南方退回来的。就是说，那篇稿子曾经离她很近。

别灰心。是应该这样。可这是第多少回退稿了？他觉得从精神到肉体都乏透了，像烧乏了的煤，松塌塌的，发白，再燃不起火了。他简直不敢去想那些个闷热的夜晚：街上打扑克的孩子们吵翻了天；对门老太太一个劲儿喊她的孙子去洗澡；稿纸被手腕上的汗洇湿了；绿色的小飞虫在灯前撞来拉去；前心、后背上也像有很多小虫子在爬；用火柴捅捅鼻孔，打几个喷嚏，清爽一点；只有那只小蜘蛛在高高兴兴地织网……

也许，就那样改？按照退稿信上说的？也许真的只好来点“策略”？他曾经通过别人的介绍，拜访过一位青年作家。“做什么事都得讲究点策略”，那个作家说。作家还引了一句江湖艺人的套话……

“‘光说不练假把式，光练不说傻把式。又练又说才是真把式’。如果你的小说发表不了，写得再好又有什么用呢？傻把式。没有谁写小说只是为了自己看的。”

他觉得这话很有道理，但同时又想起过去看过的一本书上的话。大意是“是保留其价值而不发表呢？还是发表而去掉它真正的价值呢？”

作家爽朗地笑了，转动着手里的茶杯，叹息良久：“得承认，有这样的两难局面。但是也得拿出办法来。真正聪明的办法是什么？”

他回答不出。作家的妻子也看着他，启发似的微笑，解释说：“你不能希望没有矛盾，一切那么顺遂。”作家的妻子很有风度，潇洒，端庄，看着他。他觉得很狼狈。

“当然，”作家说，“绝不能为了发表去说违心的话，去胡编滥造。但是也不能太固执；太固执了，只有失败。”

……

“点子”跳上了他的膝头。“点子”真是一只好鸽子，通人性，知道了他今天的情绪有些不对头，啄他的扣子，“咕噜噜”地叫。他让“点子”卧在他手心里，轻轻捋它的羽毛，心里说：“没事儿，退就退吧，又不是第一回。虱子多了不痒。”“点子”还像是不放心的样子，歪着头观察他的表情。

其实，那个作家真是个好人，和蔼，一点架子都没有，穿个旧制服棉袄。作家的妻子也是个好人。他们曾冒了风雪到他的小屋来过，真的希望他的努力能成功。他很久没有去看他们了，不，绝不是因为观点不一致。世界上的道理本来就很多，就像世界上的人很多一样。哪个道理是绝对正确的呢？谁也不能站到未来的角度去判断。他很久没去看他们了，是因为后来的一件事。

他太固执。看手相的人说，他的事业线本来很长，很好，但就是因为他太固执，事业最终难免要失败。

真是固执。真是固执的人明明知道自己固执，也还是改不了。他明白，不能照退稿信上说的那么改。那样改，比不发表还难受。只有“点子”的哨声能平息他的烦恼。他把“点子”抛起来。“点子”落在屋顶上，低下头望着他。它不想飞，大概感到了风很大，有危险。可是他忘了，只想着让那飘忽的鸽哨声赶快响起来，让天空旋转。他用竹竿轰它。“点子”大概想到了，自己飞起来，主人的心情会好一些。它犹犹豫豫地飞起来了……天，那样深，那样远……“点子”歪歪斜斜地飞走了，风太大了……

3

电台报时的笛声响了。

十点。终于到了十点钟。

腿一抽一抽地疼起来。浑身都出了汗。如果没有听见报时的笛声,也许他还能走。

传说,十点钟以后,有那么一阵子,人们没有听到他的呼喊声。

可我到底是走到了十点!他想。找了一个背风处坐下,坐在堆放在墙角的几节下水管道上。长长地出了几口气,摸烟。碰到了兜里的馒头,还是不想吃。饿,可是不想吃。还是抽抽烟好。揉揉腿。萎缩得很厉害的肌肉突突直跳,累了就这样,痉挛。他走了足足有四个钟头了。十,是个吉利的数字,如果真的是"心诚则灵",现在就应灵了。

可是没有。除了风声,什么也没有。除了像泥浆一样的云层,什么也没有。月亮肯定在乌云后面,但说不清是在哪儿,"点子"肯定在这个世界上,也是不知道在哪儿。

他一心一意地走到了十点钟,满心希望"心诚则灵"。

如果还是不灵,又有什么办法呢?他在兜里摸到了一枚硬币。看看运气怎么样吧。他把硬币掏出来,在手心里掂掂。

"咔咔"的脚步声很响。走过来一对青年男女。小伙子用自己的风衣裹着姑娘,姑娘紧靠在小伙子厚实的胸脯上,两个人唧唧咕咕地说着,姑娘的声音有些娇嗔。"暖和吗?"小伙子问。姑娘嘻嘻地笑……

他低下头,尽量去想些别的事,想他的鸽子,想鸽子的眼睛和叫声,想鸽子身上的每一根羽毛……唉,还是又想起了那羽毛一样的雪花……

……雪花安详地飘落在小路上,路灯的光发蓝。她要搀着他,他不让。"摔坏了我可不管!"她冲他喊。"再也坏不到哪去了。"他说。气得她直笑。他们去看电影。

下雪的晚上。很静。她的脚踩在雪地上,发出细碎的“咯吱咯吱”的声音。他再也踩不出那么好听的声音了,脚尖总是在路面上拖着。明天,要是有两个小孩儿看见他的脚印,一定会奇怪这是什么东西走出来的。唉,他也爬不上那个电影院的高台阶。他们在散场的出口处等着,出口处没有台阶。那天看的是《迟到的春天》。只要能到,迟一点怕什么的?

“回去晚了,你怎么跟家里说?”

“就说是单位里组织的,不看不行。”

原来是偷来的春天,他想。

她的目光在他脸上飘了一下,慌忙岔开话题:“什么时候能在银幕上看见你的名字。我是说,编剧,或是根据你的小说改编的。”

“没这个可能。”

“你总不相信自己!”

他不说话。他确实是不太相信自己。

她把那条挂着雪花的淡蓝色的小围巾缠在他脖子上。

“这像什么。”

“没事儿,没人看得见。”

雪花在路灯周围旋转,像一群飞蛾。毛绒绒的小围巾带着她的味儿……

脚步声远了。汗湿的衬衫贴在背上,冰凉。他打了个寒噤,看着那对青年男女远去的背影,自己也弄不清都想了些什么,就把那枚硬币抛向空中……好像是想起了许多台阶。高高的台阶,剧场的、书店的、小餐厅的……人们轻盈地迈上去,敏捷地走下来,“踏踏踏踏”,那么随便,那么简单的事。他也有过那样的腿。腿不坏不知道。健康人很难懂得,那些随便而又简单的事有多好。台阶,还有楼梯。

楼梯拐弯处的灯光。把鞋底上的泥蹭在台阶的边棱上，跺跺脚，敲门，门开了，开门的是她……不过，那只是梦想。他只去过她家一回，没有进门，也没上过那楼梯。只在那楼梯前见过几张严肃的脸——如临大敌般地从楼梯的缝隙间朝下晃了晃。他原本真以为伤残是不重要的呢！原来只是去找一个同性朋友的时候才不重要！或者是去找一个把伤残看得很重要的姑娘的时候，伤残才是不重要的！他不是第一次到别人家来做客，但却是第一次不被欢迎，因为这一次他要找的姑娘不具备“免疫力”！她慌慌张张地从楼梯上跑下来，站在楼梯前和他说话。他不怪她。他看得出来，她不能让他到家里去坐坐，心里有多难受。楼梯的缝隙间，那几张惊恐的脸仍不时朝下张望，一闪，不见了；又一闪，不见了。谁愿意自己的女儿得癌症呢？正像谁愿意自己的女儿爱上他这样一个瘸子呢？他还是走吧，快离开这儿吧。找一个借口，大声说：“没什么事。我路过这儿。我还有别的事。我得走了。”以便让楼上的人也听见。……不过，那次倒是一个证明，证明她也爱他，她家里人已经发觉了，否则她家里为什么不欢迎他呢？那是他第一次想到她也会爱他，通过一个痛苦的证明。

你倒了霉，又不知道该恨谁；你受着损害，又不知道去向谁报复；有时候你真恨一些人，但你又明白他们都不是坏人；你常常想狠狠地向谁报复一下，但你又懂得，谁也不该受到这样的报复。世间有这样的事。有。你似乎是被一种莫名其妙的力量抛进了深渊。你怒吼，却找不到敌人。也许敌人就是这伤残，但你杀不了它，打不了它，扎不了它一刀，也咬不了它一口！它落到了你头上，你还别叫唤，你要不怕费事也可以叫唤，可它照旧是落到了你头上。落到谁头上谁就懂得什么叫命运了。

他坐在黑夜里。在风中。乌云的下面。

早春的夜里,还是挺冷。

他坐在那儿,不动,在想。

很多事得费好大劲儿去想。譬如说:命运。

这两条残废的腿对他的命运起了多大作用呵!可是,只是一个很偶然的原因使他的两条腿成了这样的。病毒感染也好,风寒侵袭也好,偏偏让他碰上了。就因为那么一个偶然的念头,他非要到那间八面漏风的潮湿的小屋里去睡不可;母亲不让他去,他不听。真不知当时想起了什么!

一颗流星划过黑沉沉的天际,不知落在了哪里。

如果那颗流星正好落在了一个走夜路的人身上呢?正好把脊椎骨砸断了呢?行了,这个人今后的生活肯定要来个天翻地覆了,一连串倒霉的事在等着他。而这个人之所以恰恰在这个时候走到了那个地方,是因为他刚才在路上耽搁了几秒钟,为了躲开一只飞过来的足球。而那个孩子之所以这么晚还在街上踢足球,是因为父母还没有回来,没人管得了他。父母没有回来,是在医院里抢救一个急病号。急病号是煤气中毒,怎么煤气中毒了呢?因为……好了,这样追问下去,大约可以追问到原始人那儿去,不过就是追问到鳍鱼那儿去也仍然是没有追到头。你还得追问那颗流星,为什么偏偏在这时候落在了那个地方。偶然——你说不清它,但是得接受……

"这就是人们常说的命运,宿命,懂吗?"那个下身瘫痪了多年的老大学生说。

腿刚坏的时候,他住在医院里,和那个四十多岁的老大学生同病室。有一天,年轻的女大夫对他说:"人得自己掌握自己的命运。”女大夫走后，老大学生望着天花板笑。

“你说，人能掌握自己的命运吗？”老大学生问他。

他不知道怎么回答。

“不能。”老大学生自己回答，很平静。

“为什么？”

“不符合辩证法。”

“辩证法上说不能？”他心里很焦虑。那时候他只懂得辩证法是好字眼儿。

“人要想完全掌握自己的命运，除非把宇宙中的一切事物的规律都认识完。可人的认识能力总是有限的，而宇宙中的事物却无限，有限怎么可能把无限认识完呢？”

“认识一点就会少一点。”他搜罗着自己的知识，想驳倒那个老大学生。他希望女大夫的话是对的。

“嗬！愚公移山。这当然好。”老大学生忍住笑，“你学过微积分吗？知道‘无穷大’是怎么回事吗？”

他摇摇头。

“两个没边儿没沿儿的东西，你说哪个大呢？被认识了一点的无限和被认识了许多的无限，还都是无限，哪个小呢？譬如说……”老大学生想举个例子，但一时举不出。

“您就说辩证法吧，我就相信辩证法！”他说，觉得那家伙是在故意卖弄学识。

“其实相信辩证法就够了。辩证法认为没有终极真理，也就是说，人不可能把世界上的矛盾都认识完。可这些玩意儿并不因为你没认识它，它就不伤害你。这就是偶然，命运，一种超人的力量，有时候把你弄得毫无办法……”

现在他有点懂了。何必不承认命运呢？不承认有什么用呢？他看看自己的两条腿，想想他的鸽子，有点懂了。这些年他求过多少名医呀，腿还是治不好。他找了十天了，“点子”还是找不着。不承认那种超人的力量，可你还是受着它的影响。当然，那不是神，宇宙中没有一个全能的神；要是有倒好了，神总该怜恤他了，对他开开恩了。它不是人，你理它没用。它混蛋透顶，你却只好由它去。你自己要是不混蛋，你就只好自己去想点办法。

他坐在几节水泥管道上，望着天，有点懂了。扫街的老头就总爱默默地坐着，看天。老头不会说，但他肯定早就懂了。老头无论碰上什么倒霉的事，从来不说别的，只是说：“瞧瞧怎么办吧。”

怎么办？

光说不练假把式？

但是也不能太固执？

按照退稿信上说的那样改？

最终会因为固执而失败？

男左女右，他伸开左手，借着路灯的微光仔细看。确实，事业线又深又长，但上端消失在一片乱糟糟的细纹中……“你怎么知道这些细纹表示的是固执呢？”他问看手相的人。“天机不可泄露。对你来说，就是固执。”……他当时装得无所谓似的笑笑，但心里实在是别扭……

他又把那枚硬币抛起来，想：如果是“麦穗”那一面，我就不再固执，就改。硬币落下来，他攥在手心里，又想：如果是“国徽”，就是说，命运告诉我不能改，我还是要写我真心想写的东西，而且下一次就能发表。他猛地张开手，妈的，是“麦穗”。

风，正穿过街道，带着尘土和纸屑，还有刨花。播音员在远处报告明晚的电视节目。

不,三局两胜才算!他又急忙把硬币抛起来。他总是这样,如果三局两胜不行,还有五局三胜,还有九局五胜。他有很多怪想法。

“十”是个吉利的数目,但如果第十次不行,他就相信第十二次,“十二”有更完美的意思。“十二”还不行,还有“二十”——“十”的加倍。“二十”再不行,就“三十”——取“三十而立”的意思,也吉利。还有“六十”,六六顺。“一百”当然更好……硬币落在他腿上,还没容得他再考虑一下,就已经看见了:麦穗。他又抛。又抛。又抛……

那天真是有了鬼了。

烟蒂在空中划了一道闪亮的弧线,落在了远处。他靠在墙角里,呆呆地看着那点火光慢慢地熄灭。

要是先说国徽那面儿就好了。

“后说‘麦穗’就好了。”他说出了声。

他费劲儿地站起来,离开了那个角落。

4

都说,大约在十点半左右,又听见他呼喊起来。也有人说,是在电视台的节目结束之后好一阵子,十点半肯定过了。

“嘞儿嘞儿”

“嘞儿——嘞儿——嘞儿——”

还有的说在城西,有的说在城东。

什么“国徽”呀,“麦穗”呀,就那么回事!他可真有辙,刚才抛硬币的时候还那么提心吊胆的,这会儿又说“就那么回事”。扫街的老头说得对:“你心里想往东,你就别往西。”他有什么事想问问老头该怎么办的时候,老头就这么说,不说别的。

他得去找他的鸽子。不找心里更难受,回去也睡不着。

要是找不到“点子”,可不是好兆头。就等于是说,他盼望的事到底还是得落空。那不行。

母亲在世的时候说过,说他从小就是这么个牛脾气。有人说他死心眼、太老实,说话时的神态流露出另一种意思:笨。“太老实”常常是“笨”的尊称。也有人说,搞创作就是该这样严肃、认真,有自己的主见。他当然是爱听这后一种说法。其实呢?他自己知道,不那么简单。固执也好,认真也好,都太简单了。固执不是天生的性格,认真也不是。他想发表自己写的东西,比谁想得都厉害。如果不是感到过一次沉重的屈辱,他大概早已经不固执了,早已经忘却了认真……

姑娘走后的第二年。秋天。下着雨。

他把一篇稿子送给那个作家去看。一大早就去了。雨天是他的星期日,不用扫街。

“你还是没有照我说的那么去改。”作家看完了他的稿子说。

“我还是觉得这么写真实,”他说,“生活里有这样的事。”

“真实?就因为真实?”

“我觉着,”他吭吭嗤嗤地说,“这里面有值得深思的……”

“真实!那也要看什么样的真实,怎么个写法。”

“这我知道……这篇东西艺术水平很差……”

“对你来说,重要的是发表!”作家有点急了,“是尽快得到社会的承认,而不是……”

而不是什么呢?他没来得及细想。

作家,还有作家的妻子,那么认真地看他的小说,那么焦急地希望他快些成功，就像那是他们自己的事。他心里很感动。窗外的冷雨越下越密。作家的小屋里很暖和，从心里觉得温暖。墙上挂着普罗米修斯受难的油画。书架上摆满了书，有几个残破的陶罐，有一只陶瓷的小骆驼。作家弓着背坐在沙发上，再把他的稿子看一遍，把稿纸翻得很响，用红笔在上面圈点着。作家的妻子问他，腿疼不疼，累不累，把一个小枕头垫在他腰后，递给他一支烟。他慌乱中把烟拿倒了，过滤嘴儿烧焦了……

“总之，我不能说主人公的这些想法不真实，或者不对，”作家抬起头，“可是我还是坚持我的意见，把关于生和死的这几段尽量压缩，尤其是写到死的地方，干脆删掉。”

“可是，他不可能没想到过自杀。”

“你的小说，要靠贯穿乐观的精神去取胜。”

“可这并不矛盾……”

“听我的。别太较真儿，太较真儿什么事也干不成。其实凭你这种情况，只要写得差不多就行了。”

凭什么情况呢？为什么只要差不多就行了呢？他当时也没有细想。

“照咱们商量过的那样去改，我保证你能发！”作家说，“你放心，没问题！”作家说得很肯定。

作家送他到汽车站的时候又说：“我有一个朋友，报社的记者，听了你的情况很感兴趣，想给你写篇报道。所以你得快些，快些发表几篇。不必要求太高。”

他被成功的前景搞晕了。

回来，一宿都没有睡安稳。秋雨下个不停。闪亮的雨丝一直在窗外的路灯下跳动，像一根根弹动的琴弦。他想象着自己的名字印在刊物上会是什么样；想象着认识他的人看到那份刊物时会是什么样的表情;想象着那个记者来了,自己怎么说……报纸上有一篇关于他的报道——“哟！这不是扫街的那个瘸子吗?!”不错,正是！……人们看他时的眼神再不会只是怜悯了,更不会是歧视了,而是惊讶、佩服……她呢？第一件事当然是给她寄一本去。如果能在她所在的那个省发表就更好了,先不告诉她,让她自己买到时吃一惊……她的父母、亲友,还有什么理由说她对他只是出于怜悯呢……

……“你别急,你能写出好东西来的。写出来让他们看看。”她仰着脸,后脑勺顶在树干上。

一群白色的鸽子在荒岗上空飞着。她坐在他身旁。春天的天空中还飘着几只风筝,很高。

“让谁们?”

“你知道。”

是。他知道。

“他们只是不了解你。”

是。这他也知道。她的两个姐夫,一个是副教授,一个是年轻有为的画家……

他不睡了,坐起来;拉开灯。从别人的眼神里感觉出自己存在的价值,感觉出自己对别人很有用,是一件来劲儿的事。他穿好衣服,坐在小桌前,铺开作家送给他的那沓稿纸,激动得手都发抖。他想抽那盒好烟,从抽屉深处找了出来。“点子”被吵醒了,在“小木屋”里叫。他把“点子”放出来,让它在床上走。他不断把稿纸展平,吹去落在上面的烟灰。按照商量好的写。总想着那个记者和“身残志不残”这句话。“点子”纳闷儿地在床上走了一会儿,又飞进了“小木屋”,它认得黑夜。

他用了五个晚上，写了一篇万把字的小说。拿给那个作家看，作家捏着下巴，好一会儿没言语，最后说：“行，包在我身上。”后来，那篇东西发表了。他现在都不愿意管它叫小说。这么多年来他只发表过那一篇，但那却是最大的失败，或者说是最大的屈辱。

“是个人都想赚点稿费了！”有人说。

他没太在意，认为是一种正常的妒忌。

“行啊哥们儿！多少钱？”有人问。

他回答了，还请了客。

“听说你上报纸了？”“听说要给你上电视？”

传走了样儿。他解释了，不过却总想着报纸、电视。那个记者还没来，他不好意思向那个作家去打听。

“真够能瞎编的！”有些人说。

他心里一颤，知道很多地方是瞎编的，不真实。

“就他妈这玩意儿还发表哪？假里咕唧的，挂块骨头狗全会！”也有人这么说。

他心里发虚，不敢争辩，很别扭。

“嘘——，瞎嚷嚷什么你！你知道作者是……”“哟，我不知道，是吗？！”

他像是突然掉进了冰窟窿，有些清醒了。

“我最看不起为了发表胡编滥造的人了，艺术水平差点倒还可以原谅。”“算啦，有能耐你跟那些名家嚷嚷去！一个残废人，你还要他怎么着？”

他原来是在走向深渊，而他却还以为是在爬向山顶呢！

……

他头一次清晰地感到，所有的人，所有的好人，在心底都对伤残人有一种根深蒂固的偏见或鄙视。不能像要求一个正常人一样地要求一个伤残人。如果是赛跑倒还有道理,可这是写作！似乎残废的肢体必然配备着残废的灵魂。你跟一个伤残人较什么真儿呢？他们已经够难的了。好像连发表伤残人的作品也不过是对他们的救济。就像街头卖唱的残艺人,唱得不好没关系,人们原本也不指望能得到艺术享受,只是为了救济不得不耐着性子好歹听一听。他猛地想起了那个作家对他说过的一句话:“你应该看到有利条件,我已经和编辑们谈了你的情况……”

天！难道我是要以我的伤残作为什么“有利条件”吗？这时他才明白,所谓“他的情况”是指什么了。好胳膊好腿的人胡编滥造要遭到谴责和轻蔑,而肢体伤残的人胡编滥造为什么就能得到宽容呢？遭到谴责和轻蔑的之所以遭到谴责和轻蔑,是因为人们用人的标准来要求他;得到宽容的之所以得到宽容,是因为……哈！妙透了！费了九牛二虎之力,他本来是想让那些歧视伤残人的心理遭到打击,让那些轻蔑伤残人的断言遭到失败,没想到结果却更为这些歧视和轻蔑提供了根据！唔,是了,我正在走向深渊。不知道她读了那篇东西怎么想。那篇东西一发表,他就寄给了她。这下她的父母和亲友更有理由看不起他了。深渊,更深的深渊！而且是他自己费了好大劲儿走来的……

他也许是想对了,也许是误解了不少好人,但他却实在是感到了侮辱,而且侮辱他的不是别人,正是他自己。这是最难受的。这是最震动了他的。归根结蒂怨不得别人。你落了残疾,人们同情你,对你更宽厚些,这本来是多么好的事啊。可你却把这当成了“有利条件”！胡编滥造也就能发表！别人看不起你,你还有什么可说的?！他用拳头打自己的脸,打得眼睛直冒金花。夜里,他抽着烟,哭了。没人看得见,他哭了很久。

“点子”在自己的“小木屋”里安静地睡着。它吃得饱睡得着,它灵魂干净,心里就安宁、平和。灵魂的残废是真正的残废。何必总去抱怨歧视呢? ……

后来那个记者找了他,可他一听什么“身残志不残”一类的话就够够的了。人都不应该志残,和人都应该吃饭一样,与身残没有任何必然联系。干吗总要把“身残”和“志不残”相提并论呢? 伤残人难哪,难就难在自己常常弄不清这个逻辑。有时候不愿意别人说到他们的残疾,掩饰,忌讳,似乎那样就可以让人们忘记他们的残疾了。走在街上,有人指指点点地说到他们的残疾,他们会难过,会冒火,会拼命。可有时候又愿意别人说到他们的残疾,“这是一个伤残人写的!”伤残人写的又怎么样呢? 又不是跳高或跑步,又不是智力有缺陷,有什么新鲜的?! 谁都会说,“我们不需要怜悯。”那么,最好是自己不要诉苦,不要总去提那些容易被人怜悯的事。我都干了些什么呀! 他想。先把自己置于一个很低的位置上,爬上了平地,就以为是爬上了山顶,不知道那块平地也是在深渊中。最糟的是,人们对伤残人的偏见就这样铸成了,加深了。

真实的东西才有价值。作一个平等的人,才有意思。

5

唉,那篇倒霉的东西! 瞎编的玩意儿! 远方的那位姑娘看了,一定是又伤心又失望。他为这事后悔了好几年了。去找鸽子的这天夜里,他又后悔起来,虽然也知道后悔没用。假如她没看见就好了。假如她还没来得及看,就把那本刊物丢了就好了。当你需要“偶然”来帮帮忙的时候,你可指望不上它。已经发生了的事,你就别指望“假如不”。你后悔了,就别硬充好汉,说你“从来不后悔”。

他是真后悔。因为那姑娘真是在心里把他平等相看过。

……她噘起嘴，吻那只鸽子的眼睛，嘟嘟囔囔地对鸽子说话。她总爱和她的鸽子嘟嘟囔囔地说一阵子。

“你知道它叫什么吗？”刚把鸽子抱来的那天，她问他。

“我还没长到能够分辨什么是鸽子，什么是乌鸦的年龄。”

她被逗得“咯咯”地笑。

“凭这叫声判断，是鸡！”

她笑得更厉害了：“我是说，这只鸽子，叫什么名字。它叫‘点子’，逗不逗？简直像个人，像个瘸子！”

他慢慢收敛了笑容，用手指的关节敲着桌子。

她愣住了。鸽子从她怀里跳上窗台。

街上传来小贩的吆喝声。秋阳静静地照着，门前的落叶黄得耀眼。

“你生气了？”她嗫嚅地问，声音很轻。

他想着别的事。有一次走在街上，迎面碰上一群打打闹闹的姑娘，姑娘们走近他的时候都没了声音，偷偷地瞟了几眼他的腿。走过去之后她们大概会吐舌头……

“你真生气了？”她惶然地看着他。

他想起了好多事。有一次，忘记是为了什么事了，要登记，要填写一张表格，人很多，他挤不上去。“我替你填吧，”负责管那些表格的中年妇女对他说，“多少岁？”“二十六。”“职业？”“嗯……工人！”“没结婚吧？”那女人没等他回答已经在表格上填上了“未婚”二字。他摸摸自己的胡茬，真想让那女人的自信心遭一回打击，可是不行……

“你怎么啦？！”她有些着急了。

“没怎么。没事儿。”

“我忘了,真的,我忘了,我……”

他看着她。

“……我总是忘。”

噢——他沉重的心一下子变轻了,剧烈地跳着,仿佛在水底憋了很久,忽然冒出了水面。他感激地望着她。但愿所有的人都像你一样,忘了。忘了吧,别总记着。只记得有那么个名称倒没关系……

他继续走。想着那只鸽子,忘记了腿疼,也许是腿已经麻木了。顶着风走,风太猛的时候,他就背过身去站一会儿。领口的扣子没了,早春的风很硬,夜里很冷。

那只鸽子叫“点子”,他总觉得这绝非偶然。像个人,像个瘸子。就是说,“点子”像他,似乎是命运的一个启示。每回“点子”从天空中飞下来,飞到他身旁的时候,他都觉得是一个启示,心中于是升起一种莫名的柔情和希望。他抬头望着黑色的苍穹。如果“点子”这时飞来,就像一架白色的马车,接他回去,回到过去,回到她身旁,回到那个平等、温暖的港湾,他绝不再写那种胡编的东西了,绝不再让她伤心、失望……

马车从天上下来,把我带回我的家乡……

这歌是她教的。那时候她还没走……

“太慢,太慢啦!”

他的两条残腿使劲蹬着前面的座位,靠腰和腹的力量往后挺,水花溅了她一身。

“我看你也够笨的，还说你的胳膊有劲儿呢。”

小船在湖面上“之”字形前进。他气喘吁吁。

马车从天上下来，把我带回我的家乡。

她低声唱着，坐在船尾，摆弄着一块木板，说那是舵，说她是掌舵的。

从约旦河那边我望见什么，把我带回我的家乡……

船向前划。前面有一个小岛。

腿刚刚残废的时候，他常常向往着一个荒岛。一个鲁滨逊式的荒岛，他一个人住在那儿。用不着一个小木屋，有一个山洞也就行了。开一片田地，可以爬着去开，反正岛上没有别人。最重要的是没有别人。没有轻蔑和歧视，也没有那么多怜悯的目光总盯着他。并不需要一个卖烧饼的，如果自己能够独立生活就活下去，如果不行，就死。也并不需要一个姑娘，有风声、海声作伴，在风声和海声中静静地了此一生。他那时候奇怪鲁滨逊为什么一心一意要回到大陆去。

有一群天使下来迎接我，把我带回我的家乡……

如今看来，真是要有一个姑娘。这可笑吗？谁愿意笑就笑吧。重要的是有另一颗心，作你的心的港湾。每一颗心都像是一只小船，在风浪中漂泊。要有一个港湾，小船可以在那儿停靠。幸福，是心与心之间的一条小路,只有在另一颗心那儿,你的心才能找到欢乐。否则,你失败了,到哪儿去抱怨呢?你成功了,又和谁一起来庆贺呢?荒岛不是港湾,也没有那样一条小路。……“你合计到那么一个没人儿的岛上去,好?”扫街的老头这么问过他。“没人,也就没那么多烦心事。”他说。老头沉吟了一会儿,说:“可也就没什么高兴事了……什么事都没了还不跟死了一样?”“死就死呗!”“那敢情省事了,可你不是没死吗?”……可不是吗?还活着。活到了想和风声、海声说说话的份上,其实心里得多孤独!并不是什么事都没有了,是高兴的事没有了,痛苦还在。

你若能先一步回到那地方,把我带回我的家乡,

她还在轻缓地唱着:

请告诉朋友们我也就要来到,把我带回我的家乡……

何如去追求!

他使劲地摇桨。太阳在山顶上飘,在水面上跳,一切景物都退得非常遥远,空间那么广大、深邃。他觉得有些昏眩,也许是因为累,也许是因为别的。闭上眼睛,世界上就只有她的歌声和自己手中的桨。天地间荡着一只自由自在的小船。他奋力地划桨,觉得能够永远这样划下去。人生仿佛就是这样,有个魂牵梦萦的港湾,那么就划吧,有足够的力气!就愿意做很多事,有足够的力气!

那也就是我最幸福的日子,把我带回我的家乡……

他闭着眼睛，用力划。他想他会写出好作品来的，一年不行就两年，两年不行就五年、十年，反正永远不松劲儿还不行吗？他想他会是个好丈夫，除了扫街、写作，别的事他也会做，炒菜也挺有意思，设计服装也挺有意思，还得改一改自己的脾气，不发愁，不冒火。他当然也会是一个好父亲。用积木搭成的房子，白的；用积木搭成的港湾，蓝的；用红积木搭成的红轮船，轮船上飘着一串小手绢，对孩子说，那是小彩旗，轮船要开到大海里去……老了，就作个好老头，别对年轻人那么凶，要是再也写不出东西来，就光去扫街，像那个扫街的老头那样，把街扫干净……两个老人——他和她，并排坐着，看鸽子在天上飞，听那鸽哨声，让鸽子的影子落在他们身上……

"你怎么啦?!"

用力太猛了，划得太久了，他的腿簌簌地抽，直挺挺地弯不回来。小船都跟着颤抖。

"我忘了，我忘了，疼吗?"她又是揉，又是搓。

"没事儿，歇会儿再划。"

"得啦。都是你吹牛，说你胳膊有劲。我忘了你的腿了。"

"记着胳膊就行了。"

他躺在小船里，任她揉，任她搓……幸福绝不在一个荒岛上。人可真是怪，当你被蔑视的时候，你疯了似的要求尊严，甚至仇恨怜悯和同情；当你感到了真正的平等，你有时候又愿意承认自己的弱小，承认离不开别人。他觉得再也离不开她了，生怕失去这个温暖的港湾……

但那港湾到底是被冲塌了，终是幻影，终归消逝了。

月亮在云层中流浪。月亮真像是一只船,还在那乌云的浪涛间漂泊。

夜深了,很少有亮着灯的窗口了。

他“嘞儿——嘞儿——”地呼唤着。晚睡的人们都听见过。

弯弯扭扭的树枝从路边的院墙里探出来。

腿又疼了。腿真疼。细细的小街,真长。他真希望他的鸽子就在此刻飞来,在这灰黑的云层中忽然出现它洁白的身影,像一道电光,像一缕柔情,像一架白色的马车。

我有时欢乐也有时悲伤,把我带回我的家乡,但我的灵魂仍向往着天堂,把我带回我的家乡……

他仿佛又听见了那歌声。

可是“点子”还是没有飞来。歌声像一段清晰的梦。

他走上一条没有街灯的路。可能是什么地方的电线被风刮断了。在这漆黑的夜里,没有别人,不妨对自己诚实一点:双腿残废之后,他首先想到的是死;当那个港湾出现之前,他一直都盼望着死。哦,在这静寂的夜晚,自己对自己诚实一点,是一件多么轻松的事!那时他想死,绝不是如作家和记者们想象的那样——因为感到自己再不能为这个世界做什么贡献了。不是。也许有的人是,但他不是。他压根儿就不具备英雄的气质。他那时盼望着死,只是因为——恰恰相反——感到再也得不到什么了。得不到什么了呢?都是些什么呢?却模糊。至少是有这么一回事:二十岁,青春的大门刚刚向他敞开,却就要关闭;那神秘、美好的生活刚刚向他走近,展露了一下诱人的色彩,却立刻要离他远去,再也与他无缘了……假如不是人,假如人世间本没有那美好的生活,也就好办。不幸的是他是人，走到了青春的门前，又没有人的身份证。他的身份证上有一个“残”字，像犯人头上烙下的印疤。这就够用的了。那门里有五光十色的生活，你就只能站在门外望一望，然后走开，走到你那孤独的屋顶下面去……还不如走到人间以外的地方去！还不如走出这非人非鬼的躯壳！——就这么回事，归根结蒂是这么回事。哦，没有别人，在这不吵不嚷的夜里，自己用不着对自己装蒜。贡献？谁也不会愿意为那种把自己排除于外的“美好生活”而努力地去作什么贡献的。至少他是这样。

……他像个虾米似的躺在手术台上，大夫们在他背后忙活。做腰穿检查，第八次了。也许是那种很容易剥离的脊髓瘤？大夫们总不愿意放弃这种怀疑，不如说是不愿意放弃这个希望。他看着那些药柜，药柜里的那些药瓶：针剂、片剂、水剂……看不清药名。不知有没有氰化物或者安眠药。假如不是那种容易剥离的脊髓瘤的话，能有一瓶安眠药就好了。大夫在他腰上涂碘酒，涂酒精，冰凉。他像个犯人那样等待着判决。他奇怪为什么很多人都更怕死刑；他可宁愿是死刑，也别是无期徒刑。最好是那种很容易剥离的肿瘤，要么干脆是癌！从药柜的玻璃门上，他看见了窗外的绿树和远山。淡蓝的、深绿的、灰的、黛色的远山。他在那些山上跑过。……雨后的山路很滑，母亲领着妹妹在后面小心地走，他在前面跑。“走这边，这边不滑！”他在前面开路。他不怕滑，他的腿有劲儿，浑身都是劲儿，敏捷地跳，毫不吃力地攀登，像个真正的男子汉。“这儿！这儿有个大蘑菇！”他喊。

妹妹那时只有五岁，叫着：“让我采！让我采！”他把妹妹抱上山坡，去采那个大松蘑……他是母亲为之骄傲的儿子，是妹妹可以依赖的哥哥。以后呢？将来呢？他听见钢针刺透了软骨的声音，大夫的声音:“好了,别动!”他一动不动,浑身都抽紧了,求求上帝,是个容易剥离的肿瘤吧！他望着远山,望着那座兀傲的山峰,在心里祷告,许愿:如果腿能治好,我第一件要做的事就是跑上那座山的山顶,搀着母亲,拉着妹妹,一同去……“如果是个肿瘤,又是长在脊髓表面,很容易剥离,那就什么残疾也落不下了。他反复回忆着那个年轻女大夫的话和她说话时的表情。女大夫是想安慰他,或者也是想向他暗示:要有另一种准备。另一种准备?当然有:死!

“呼气……吸气……憋气……”压脖子。压肚子。“呼气……吸气……憋气……”压肚子。压脖子。“呼……吸……憋住……”

“髓腔是畅通的,没问题,”大夫说,“可以肯定,不是肿瘤。”这可怕的声音终于响了。

“就是说,还是脊髓本身的病变。”宣判了。无期徒刑。上帝决心不保佑你……

……晚上很热,同屋的病友都到院子里去了。那个老大学生也坐着轮椅去找人下棋了。他一个人躺在病房里,听着街上乘凉的人们的吵闹声。有一支笛子,有一个孩子在唱:“蓝蓝的天上云和月,有只小白船儿,船上有棵桂花树,白兔在游玩……”他拉住床栏坐起来,朝窗外望。树影婆娑,月光皎皎,像是神话剧里的舞台布景。“……飘呀,飘呀,飘向天边……”像是幕后天使的歌声。他从来没有觉到人间是这样美过,这样平和、温柔、安逸……但又是这样遥远,可望不可即。他像一个鬼魂窥视着人间。不仅是羡慕,简直就是嫉妒。他使劲站起来,想走到院子里去。两腿不住地抖。扶着床栏,扶着墙,他拼命地难为那两条残腿,还想像过去那样走。摔倒在门旁。躺在地上喘气。他用目光在屋顶上发狠地写着“死”,写着“癌”,写“氰化钾”“d. d. v”。虔诚,上帝会派死神来帮个忙！

墙上有一个电源插座，他记得，不高，他够得到。他早就在褥子下面藏了一根电线。他往床边爬……他家住的那条胡同里有一个扫街的老头（他后来就是和这个老头一块儿扫街，结下了很深的交情），一条胳膊是残废的，腰也伸不直。老头过去摆过烟摊，不会抽烟的人走过他的烟摊也要买一盒。可是人们吓唬孩子的时候怎么说？“拽子来啦！”或者：“不听话就把你送给那个拽老头去！拽老头正想要个孩子呢！”……他往床边爬，奇怪那个老头为什么还能活着。窗外的笛声又响起来，孩子又在唱，唱着一个童话……上中学的时候，体育课上测验立定跳远，他自己也没料到能跳了那么远。“哟，真行！”女同学们嘁嘁嚓嚓地互相说，偷偷地望着他，男同学拍他的肩膀。一连几天，他都觉得似乎有什么好事在等着他。那种朦朦胧胧的感觉一直有，好多年，直到病之前还有……他往床边爬。水磨石地板上有一片迷蒙的月光，一堆圆圆的光斑交错跳动，树叶的影子，和他的模糊的影子。明天呢？明天这地上还会有一片月光，窗外也还会有歌声，只是没有了他的影子。他的尸体在另一个地方。影子总是会有的，烟也有影子。只是不知道有没有灵魂。眼前爬过一只小蟑螂，他没有捻死它。他想，自己大约就是被上帝无意间捻了一下，这漫不经心的一捻会给一个性命造成什么呀！他爬到了床边，抽出那根电线，咬去两端的塑料皮。又想起了那个年轻女大夫的话：“有时候，死比活要简单、容易得多。”让她说对了。说对了又怎么样呢？他扶着床栏站起来，扶着墙慢慢走过去，用小螺丝刀拧开了电源插座的胶木盖……

偶然，偶然真是个古怪的东西！他想。

他走着，对着自己摇晃的影子吹了一声口哨。像一声苦笑。

这影子居然还在晃，晃的幅度也不小，频率也不慢。别人还以为是那个女大夫的“激将法”起的作用呢，他想，其实呢？风马牛不相及。当然要感谢那位女大夫。不过那一次他没有死成，纯粹是偶然。他不小心把螺丝刀同时碰上了地线和火线，病房里立刻一片漆黑。护士们惊慌地叫喊。他赶紧拧上电源的胶木盖，爬回到病床上……那根电线丢在了门旁，第二天被卫生员缠巴缠巴拿走扔了。腿坏了，也上不成吊，也爬不上窗台，跳不成楼。这影子现在就还在晃，去找鸽子。

他还去找过一次死神。那是在出院之后。不，他先是去找工作。

……知青办简陋的办公室……劳动局那座陈旧、灰暗的小楼……区委，一座中国式的大宅院……知青办主任爱莫能助地叹息，总在捅那只奄奄一息的火炉子……劳动局的那个科长面前有一块大玻璃板，不知他总能在里面寻找到什么，其实只有一些阴冷的绿光……区委那个秃顶的常委没完没了地剪着指甲，可能他特喜欢那把指甲刀……

他不愿意回忆起这些事。即便是在很多年之后的这个黑夜里，一想起这些事，他也会立刻生出一种邪恶的念头：用拳头把每一张端正的脸打歪！

……母亲赔着笑脸，眼里却有泪光。他坐在区委办公室门前的台阶上。他爬不上那高高的台阶，只看得见母亲微驼的脊背和秃顶常委晃动着的皮鞋……秃顶常委走了出来，拍拍他的肩膀：“怎么，小伙子，这么不坚强？”他差点没冒出一句国骂来。母亲只说得出一句话：“他的腿坏了，可上肢还是好的，很多工作都还能做。”秃顶常委也只会说一句话：“再等等嘛。”“等到我也秃了顶？”

他说。母亲慌忙给人家赔不是……母亲那时还在世。

用刀！或者用枪！看看是不是会说话的东西都会流血！

唔，别去想这些，别这么想。这个世界不需要麻木，但需要镇静。“那些人本来也都是好人，人本来都愿意是个好人。”扫街的老头说。后来他常常跟老头提起这些事，老头就这么说。老头说的也许对，世界本来就是让刀和枪闹乱了的，就是让愚昧闹得疯狂，又让疯狂闹得愚昧了的。

他没有找到工作，有很长时间他没有工作。一个秋天的傍晚，他拄着拐杖溜出了家。好像是从地狱走进了人间，一副拐杖如同一面招牌，扭动着的双腿是一个注释。他觉得街上的人都在盯着他，都在窃窃而语。他又觉得街上的人都不屑于瞧他，人们照常有说有笑，男人飞快地蹬着自行车，女人们认真地评价着苹果和萝卜，孩子拉着小木鸭“嘎嘎”地响……他希望能像一缕轻烟，立刻无声地飘散，就像从来没有出生过，一切都不存在。快了，他想。他拐进一条僻静的小街。应该找一个僻静的地方，可别被轧得乱七八糟的给那么多人看。他望着一辆辆飞驰而过的汽车，沉重的车轮上有很精致的花纹。当路面上印下两条红色的图案时，他就不仅没有工作，什么烦心的事都没有了。可那红色的图案实在是难看。滚得浑身是土、是血，像个傻瓜。脸歪着，眼睛鼓出来。像个笨蛋。让人抬起来，扔到一边去，盖一块席子，让别人任意摆弄，像个窝囊废……不行，这么清醒是死不成的。死都要死了，却还怕失去尊严。他靠在路旁的邮筒上，尽力去想那些令人发狂的事。这么活着又有什么尊严呢？也许从文学角度看，那个扫街的拽子老头倒是个值得称赞的男人（这时候他还没有找到扫街的工作，跟老头还不熟），可有谁总从文学角度去看一个人呢？人们对生活的要求是：实际。他又去想一个三十多岁的瞎子，三十多岁还得靠父母供养的瞎子。他又去想那个秃顶的常委。还有那个四十多岁的老大学生。那个老大学生是因为医疗事故瘫痪的，在医院里住了二十年，他那位已经和别人结了婚的恋人有时来看他。那女的走后，他就整个晚上都不言声，自己跟自己下棋……

人为什么一定要坚强地活着呢？是为了坚强还是为了活着？或是为了证明自己比任何人都耐受痛苦，都经折磨？是因为善于忍受痛苦是一种美德呢？还是因为活着就算高明？或是因为这个世界非常需要有人来证明痛苦，否则人间就显得不够全面？喔——！就算忍受就是坚强吧，就算这坚强是美德，但人们赞扬着这美德的同时却循着"实际"在生活！人们理所当然地追求着人的生活，却认为伤残人忍受着非人的生活乃是一只纯种儿的"美德"。天一样大的滑稽！

……他去寻找死神。小街很清静，夕阳照在破砖墙上，有几块砖红得刺眼。他在破墙边徘徊的时候，忽然听到了一声叫喊："哥哥！"寻声望去，从一个矮窗里看见了一个和睦的家：一个三四岁的小姑娘正骑在一个十三四岁的男孩子肩上，喊着："哥哥，快放下我！我都晕了！"男孩子在屋里转着：小姑娘紧紧抱住哥哥的头，又害怕，又笑。父亲笑眯眯地抽着烟斗，看报纸。母亲嗔斥着男孩子……他在那矮窗前站了很久，小姑娘的笑声撕着他的心。他觉得妹妹正用纤弱的小胳膊抱着他的头："哥哥！别放下我！"母亲正央求般地望着他，脸上没有一点血色，而过去她总愿意向别人夸耀她的儿子……他那些发狂的想法又都变得瘫软。妹妹还小，母亲快老了。不能再给母亲的心上添一道可怕的阴影，不能让妹妹幼小的感情受太重的磕碰……

那回他还是没有死成，不是因为"偶然"了。假如这世界上还有人需要你，你就会劝死神等待。说不清是因为理智，还是因为感情。大约死神最初的克星还是感情。世界上最牢固的东西是感情，当然不是指什么海誓山盟。

可是，那回他没有死，并不是不再想死，他只是劝自己等一等，等妹妹长大，母亲也再不会知道的时候……

直到那姑娘走进了他的生活。

直到她来了，他才慢慢冷落了死神。就这么回事。当你仅仅是为了别人的需要才活着的时候，你也许很高尚，你也许能因为高尚而得些安慰，你也许能做到表面的乐观、坚强，但你摆脱不了深埋于心中的痛苦、忧郁、怨愤——死神在蛀你的心。只有当你感到那美好的生活也是属于你的，你和别人是平等的，你心中才会真正升起希望。

“活比死更难，看你是懦夫还是好汉……”不不，这不是赌气的事。赌气造就不了坚强，就像忍受造就不了乐观一样。倘若心中只有沙漠和枯井，赌气和忍受只能造出几个麻木和自卑的灵魂。乐观的，是因为有乐观的基础；绝望的，是因为有绝望的处境。

他曾经很走运。他知道坚强和乐观是怎么一回事儿。死，不是被克服的，是被忘记的。爱神来了，顺便带来了乐观和坚强。就像那歌中唱的：

> 马车从天上下来，把我带回我的家乡。马车从天上下来，把我带回我的家乡……

6

……门把转动了一下，病房的门被推开一道缝。他先是看见了一束盛开的海棠花，然后看见了她，被风吹得发红的脸和那条淡蓝色的小围巾。

那是他又住进医院的时候。也是一个春天的晚上。

她蹑手蹑脚地钻进来，走到他的床前。

“你找谁？”

“就找你。”她笑了笑，举起那束枝枝丫丫的海棠花，“嘘——偷来的，外面的花全开了。”

“可我……我好像没见过你……”

“我看过你写的诗，”她说，“我都快会背了。”

“在哪儿？”

“别人那儿。”

“谁？”

“你认识，我也认识。你写得太忧伤了。有几首也不。”她不住地闻着那束花，“快，插在哪儿？”

同屋的病友都注意着他和她。打牌的还在打牌，看书的还在看书，但声音都变小，目光都往他和她这边瞟。他有些慌乱，不知所措，觉得这未免有点儿太那个……周围的人会怎么想？护士们会“嘁嘁嚓嚓”地撇着嘴笑。保尔都干过什么？那本书里有没有类似的事？好像没有。冬妮娅不怎么样。花花草草算什么？似乎跟某种东西——譬如坚强——大相径庭……一瞬间，他脑子里聚集起无数概念和标准，但都是别人的脑子早先想好的。

“有瓶子吗？茶杯也行。”她捧着那束花。

“不，我不要，”他吭吭哧哧地说。

“嗯？”她一愣。“就是给你摘的，外面的花都开啦！”她强调着另一回事。

“我……不喜欢花。再说，也没地方插……”

那还是把爱情和英雄对立起来的年代。那还是把英雄和坚强等同起来,同时又把坚强和禁欲等同起来的年代。把爱情惭愧地藏起来,只有英雄才能受到尊重。伤残人的模型就是保尔(虽然保尔很会谈恋爱),就是钢铁(又黑又冷就像个英雄了)。当人意识到自己的残疾,就更想做个英雄,一方面是为了弥补自尊,另一方面是为了寻到一面盾牌。这盾牌很有用,可以抵挡住很多东西,甚至抵挡你自己的心……

她把那束海棠花乱七八糟地塞进了书包。

那天她没有待多久。

他呢?他的真心呢?他一直记得那束海棠花,枝枝丫丫的……他盼着她再来。但是你当时要问他,他会否认,而且他也确实没有骗你。他盼着她再来,一开始,连他自己都没有发觉。

海棠花又要开了吧?

他艰难地走着,望着远近一些黑黝黝的树枝。

也别总觉得自己命运不好,他想。“对上帝也应该公平些。”他对自己叨咕了一句。谁也有走运的时候,人们就是常常忘了自己走运的时候。他想:我曾经真是挺走运!

他本来是掉进了一眼枯井,忽然听到井口上传来了人声。他差点儿给错过了,差点儿当了一位井底的英雄,为了一些概念,差点儿扼杀了自己的心。真是轮到了他走运:她过了几天又来了,又来了,又来了……直到他发现他逐日怠慢了死神,他才承认了一个“英雄”按说是不该承认的事。后来有一次又说起了那束海棠花,她说她当时差点儿哭出来,“我好不容易偷来的,那个看园子的人老不走……”她说。他想,他那时真滑稽,明明一天到晚祈求死神援救,却又会演杂耍似地模仿“英雄”。唔,最好是谁也别模仿谁,大家都按着心愿去走。像她那样。

……她轻声地哼唱着那支歌，站在他那间小屋的窗前，背对着他。天上正飞过一群鸽子，鸽哨声像是一架电子琴。无论是“地”还是“的”，她都唱成重音。很好听。使人想起一些野花，一些矮树墩，青草地上的小牛犊，周围是夏天的桦树林，白色的树干上有眼睛一样的裂纹……

他躺在床上，望着她的背影，想象着她脸上是什么样的表情，希望她永远是欢快的。他写过一首诗，后两句是：轻拨小窗看春色，漏入人间一斜阳。还是住在医院时写的。后来被她看见了。她看了许久不说话，用钢笔在手背上乱画着，写着：人间、人间、人间……“你干吗这么想呀？”她问。“瞎写着玩的。”他说。现在他望着她的背影，希望她永远不要真弄懂那样的诗。

他吃力地挪动身子，弄得床“嘎吱吱”乱响。

她转过身来：“要我帮忙吗？”

“不。你唱你的。”

“唱得行吗？”她的脸有点红。

他忽然觉得应该做点什么，只是为了她的欢快，做点什么事情。鸽哨声时远时近。天像海，鸽子像白帆。小时候，他家附近有一所小学校，早晨，窗外的太阳晃他的眼睛的时候，总传来琴声和孩子们的歌声，他就一声不响地躺着，不吵也不闹，瞪着眼睛听……世界是那样晴朗、和平、美妙、神奇……他仿佛又在童年了。

他现在还记得当时的心境，记得当时的感觉。那是和死神不相容的心境和感觉。

他走上了一条灯火辉煌的大路。明晃晃的路面像一条河，映出路两边的景物。洒水车刚过去。路两旁的店铺早都关了门。只有一家照相馆的橱窗没有上板，橘黄色的灯光下有一个披着长纱的新娘。他觉得这地方有点眼熟,看不出是到了哪儿。橱窗里的新郎太严肃了,一身黑西服,倒像是在参加葬礼。

…………

"咱俩谁先死呢?"

"这要看怎么说了。"

"你尽是歪门邪道。用你的心说!"

"那最好是我先死。"

"嗬——!光剩下我是不是?!"

"所以得看怎么说了。"

"还怎么说?"

"用脑子说。用脑子说,你先死。"

"你说什么?!好哇!"

"哎哟哎哟,慢掐,要掐就掐腿,别掐胳膊,留下一样好的!"

"你敢再说一遍!"

"我是说,剩下我,大概我比你更有能力对付剩下的日子。"

她愣了好一会儿:"那……那还是你先死得了……"

"行,那我就不客气了。"

"别别。还不如一块儿呢,同时……"

"嗬,那可得看运气。"

她忽然大笑起来:"说的都是什么呀!"

…………

他离开那橱窗,继续往前走。

安静的大道上响着他蹒跚的脚步声。

他又摸出那枚硬币,一抛,让它顺着平坦的路面向前滚去。"要……'麦穗'!"他心里说。走近一看,真是"麦穗"。可惜事先并没有算点什么。不过,说对了总是吉利的。他总爱抛硬币,遇上什么不好判断的事他就想起抛硬币。有一回“点子”病了。不吃东西,也不喝水。扫街的老头给它找了个大夫。给“点子”吃了药,老头和他坐在“点子”旁边。还能干点什么呢?该干的都干了,他就又一遍一遍地抛开了硬币。“您不信这玩意儿?”闲得没事,他问老头。“干吗不信?”老头说:“你才不信呢。你老一遍一遍扔,你才不信呢。我信,我就不扔了……”

这条路,还有这几座楼,怎么这么眼熟?还有那根大烟囱。噢!他想起来了,这附近有一个小公园,他和她一起来过。是个不收门票的小公园,一座荒废了的古苑。有一道长满了野草的土岗,有一片小树林,一条绿荫盖顶的弯曲的小路,还有一座大铜钟。大铜钟半截埋进了土里,好像是故意站在那儿,为了向人们提醒点什么事……

“昨天夜里我做了一个梦。”

“我做了十个。”

“你梦见什么了?”

“梦见我总在做梦。”

“说真的!”

“嗯,梦见我和你在一个小公园里走,路两边是,”他指指路两边的树,“这是什么树?”

她仰起脸来看了看:“不知道。”

“两边是‘不知道’,开着毛茸茸的花,遮在我们头顶上。后来,你说你昨天夜里做了个梦,我说我做了十个。”

“你就瞎编吧。”

他想:真不是瞎编。现在就像是做梦。

“梦没梦见你兜里还藏了一包烟，后来发现没有了？”

他急忙摸兜。

她把几乎一整包烟扔进了路边的果皮箱。

“刚抽了一根儿！”

“等你抽了二十根儿，再扔就晚了！”

小路的尽头有一座大铜钟，钟旁边有个老头儿，直眉瞪眼的，不知在看什么。

她低声笑起来：“你看，那老头儿在看什么。”

那老头儿望着的地方有一团红红绿绿的东西——一对挨得很近的恋人。

他慌忙找出一句话来说：“你梦见了什么？”

他本能地感到，他与她之间，有一道不可超越的界线，超越了，会是灾难。

“噢，我梦见你死了。”

“唷，不敢当。”

“可你又活了！”

“我就知道我没那么大福气。”

“你猜你是怎么活的？”

“我家的红灯无人传。”

她又笑起来，笑得很响。他最愿意引得她大笑，笑得像个孩子，像个小疯子。可这一次她马上止住了笑，似乎很委屈的样子。

他赶紧正经起来：“怎么活的？”

“不说了。”

“怎么？”

“你没正形儿。”

不知为什么，也不知从什么时候起，他总愿意在她面前“没正形儿”。需要“正形儿”的地方太多了。“正形儿”往往是假面具。

一人多高的古钟歪着身子站着,底部陷进了土里:身上爬满了铜绿。那个老头儿走了,李玉和在他手里晃晃悠悠地唱。

她在大钟的另一边问:“你看过《白雪公主》吗?”

“她把冰碴弄进了那个男孩子的眼睛,男孩子就变得冷若冰霜。是那个吗?”

“还有这么一个?”她从大钟后面转过来,奇怪地望着他,“我还不知道,你讲讲。”

“男孩子变得冷若冰霜,亲人都不认识了。后来,他童年时的朋友——一个小姑娘,到处找他,用自己的热泪化开了他眼睛里的冰碴……怎么样?小朋友,好听吗?”

“噢……”她许久不说话。她对童话总那么认真。她常常津津有味地讲《小红帽》、讲《鼻拉长》、讲《七色花》,好像每一次讲之前他都是从来没听过似的,她也像从来没讲过似的;讲起来,样子像个“小朋友”,和她鼓励他写作时的样子完全对不上号。落日把她飘动的发丝染得金黄,眼睛的颜色很深。她身后是一片安静的草地。树林里有人在吹号,圆号,时断时续,使人想起山谷、田野……她的目光像是在另一个世界里漫游。

许久,她似乎才又回到了这个世界,说:“我说的是另一个《白雪公主》,白雪公主和七个小矮人。知道吗?白雪公主死了,王子赶来,吻了她,她就又活了。不过不完全一样……”

“当然知道,那个老妖婆配了一种毒药,想……”突然,他明白了,知道她做了一个什么梦了,知道自己是怎么活的了。心里忽地一下儿,说不清是沉下去了,还是升起来了。真心是逃避不了的,不管你用什么危险来警告。

他们默默地往前走。他觉得好像什么时候经历过眼前的情景,也是这样的夏天,这样的微风,这样的落日,远处古殿的檐头也站着几只鸽子……可他以前分明没有到这小公园来过。但愿这不是上辈子的事。但愿这是来世的征兆。如果有下辈子就好了,他一定要再找到她。这辈子不行。这辈子全是梦。全是不应该。不应该拖累别人;不应该耽误了她;不应该使她们家为他而不和睦……不应该,不应该!活得不应该,死还是不应该!

他们坐在那道荒草丛生的土岗上,看着太阳慢慢地下沉。他们都不说话。姑娘没有猜到他在想什么。他在想:要是我能把小说写好,要是我能像保尔似的成了个英雄,也许她父母就能同意她跟我……

那真是一个绝妙的想法,他现在想起来,觉得哭笑不得。“不过,他现在也不觉得当年那种冲动有什么可羞愧的,为了爱情而想成为英雄,这动机很原始,也很纯洁。

风更大了,云层被扯散了。星星真多。

可悲的是,到现在他也什么都没写好,写是写了不少,没有发表过。可笑的是,他那时不知道,即便他把小说写好,成了保尔式的英雄,她父母也不会同意。这是她后来告诉他的。那两位老人,怎么说呢?绝不趋炎附势,但却有些专横……

……但他还是写了,似乎只是为了心有个着落……

可是他总梦见一道有机玻璃的高墙。他和她站在墙两边,互相看得见,却摸不着,互相看得见对方在焦急地呼唤,却听不见声音。墙很高,又很滑,爬不上去,也打不碎。她指指前边,他俩开始往前跑,想找到一个大门或者一个缺口。都没有。那墙也没有尽头。他猛地挥拳朝那墙打去……打在了桌子角上。醒了。树影在窗户纸上轻摇，月亮透过窗帘的缝隙射进来一道白光。他望着屋顶，祈祷来世。来世要有个好身体。

……写，写……让心沉进那些方格子里去，离现实远一点，沉到那想象出来的世界中去……

但他还是梦见一道又宽、又长、又深的沟。她在沟那边向他打着手势，但他过不去，她也过不来。他看见沟里是一座座城市，一座座村落冒着淡蓝色的炊烟，一大片漂亮的房子……他们又往前跑，跑到了那道沟比较窄的地方。她笑着往他这边跳，天哪！她跳进了一片泥潭，不见了……他大喊一声，醒了，望着天上的星星，默默地为她祈祷，望着那颗最亮的星星，数一百下，不许眨眼睛，再说三遍“上帝保佑”……

……写，写，写！（把你的心关起来，能写得好吗?）也许单是为了填满今世的时间，也许还为了所谓“积下来世的阴德”。人有时候需要一点迷信。相信未来，像是一句叹息……

……四周是高高的楼房，每个窗口里都伸出来一个脑袋，每一张脸上都带着嘲笑……。他梦见自己去她家找她，怎么也找不到，谁也不告诉他，她家在哪儿。……每个楼门口都站着一些好奇的人，伸长着脖子看他，或是躲在阴影里盯着他。他忽然发现，自己是赤身裸体地走着，两条变了形的残腿非常显眼，丑陋，一走路的样子也显得滑稽。他拼命地逃。可四周全是人，密密麻麻，唱着，笑着，摆动起裙裾，挥舞着彩绸和花束，像是在庆祝一个什么节日。欢乐的人群像是一道圆形高墙，像是一座古罗马的竞技场，把他围在了中间。他没处逃，也没处藏。忽然，人群中有一个声音在喊：“就是他！他要毁掉一个姑娘的青春！”人们立刻都低下头来盯着他。又一个声音在喊：“那个姑娘不过是同情他，可他就想利用人家的同情。”人群中发出一阵阵鄙夷的嘲笑声，议论着他那两条难看的腿。又一个严肃的声音:“一个人丢掉了青春,不能再搭上一个!”又一个老练的声音:“狡猾的家伙!想骗取一个好心的姑娘。大家本来都同情你,你要是这么狡猾,谁还愿意再同情你呢?!”又一个裁判员似的人,胸前挂了个哨子,一边把人群往后推,一边吹哨子,说:“没关系,没关系,大伙儿都放心吧,反正他和那个姑娘成不了,可以肯定他们最终成不了。”人群向后退去,“嘁嘁喳喳”地笑着,议论着,交头接耳,像是在互相传告着一则新闻,一个笑话,一个谜底,只是不告诉他。他觉得自己正在变成一只狗。醒了。又是梦。幸亏是梦。不过,也并不都是梦……

要想逃避那可怕的人言是太难了,跟逃避自己的真心一样难。

你要是一扭身离开她,人们会说你是个好人。追求幸福是人的天性,而畏惧人言又是人生的弱点。放弃追求就可以逃开那可怕的人言,然而心中就只剩了忍受。你要是能忍,人们又会说你是条好汉。然而,这好汉是因为害怕别人的舌头而得名的,并不是因为他不想得到爱情。

满天的星星。

他走在星空下面。

深不见底的天,就像广阔无边的海。

脚下的地球也像是一只漂泊的船。几十亿支桨在划,几十亿个声音哼着艄公的号子,在这黑色的海洋上划,在无限的空间中走,想要走向幸福,走了千万年……人,活着,并且想得到幸福。也许这正是宇宙间的悲剧,也许这才是痛苦的原因。追求的途中布满了痛苦。要么你别去追求,忍受、压抑、苟活,用许多面盾牌封锁住自己的心;要么就拼力去摇动这沉重的桨。两样之中你总得接受一样,没别的办法,因为你活着。尽管幸福的彼岸缥缈,还是不如摇动起双桨,只是因为否则就只有逆来顺受,只是因为不如此就更没有欢乐。摇吧,荡吧,走吧,反正也是活着,何不把自我压抑的力量都用在这沉重的桨上!缩到角落里去流泪,去咬破嘴唇,并不少费力气。摇吧,荡吧,即便摇不到幸福的彼岸,至少荡出自由的欢畅……

自尊是桨,自卑是桨头上碰到的第一个恶浪。

紧接着你就会碰上第二个、第三个、第四个……当他奋力地摇起了桨,那些噩梦就几乎都变成了现实。

他们还是常常在一起。姑娘常常到他的小屋里来。

一般是在晚上。小台灯的光昏暗,但柔和。扫街的老头一见她来了,就不多呆,弄得她挺难为情。"您再呆会儿吧。"她说。老头摇摇头,笑笑,听得出来她这话说得并不情愿,老头不怪她。"他会生气吗?"老头走了,她惶然地问他。"不会。"他说。她还是不安心,愣愣地听着老头远去的脚步声,目光又变得遥远……老头的身世他们都听说过。许久,他们才又开始说别的事。她跟他讲很多事,单位里的事,外面的事,"叽里呱啦",又高兴起来。常常就忘记了时间。"鸡毛蒜皮,你真爱听我说?"她问他。当然真爱听,鸡毛蒜皮不绷着脸吓唬人。忽然想起时间已经太晚了,他们就一块儿编一个瞎话,以便她回家后可以平安无事。常常是编一个"单位里开会"的瞎话……

尽量不去想将来的事。他们爱,是真的;谁也不敢去想结局。想也想不清楚,命运不会像你想的那样去安排。

……最好的时光是在她下了夜班的时候,第二天是白班,她可以在他这儿呆一整天。她又说又笑,又连连打哈欠。"真困,得回家睡觉去了。"她一遍又一遍地这样说,仍然呆到了很晚。他送她到汽车站,一路上再编一个"加班"的瞎话……

他们有过那么一段好日子，最多隔一天就要见一次，见一次就呆很久，有很多话说。

……太阳在白杨树的枝叶间穿行，已经很低了，小路上横着树干长长的影子。他们走走歇歇，歇歇走走。

她忽然在他耳边小声说："哼，你还不知足？"

"什么？"

"你说什么，——我！"她不好意思地笑。

"噢，谁说不知足了？"真憨，也许是一时不知怎么回答好。

她嗤嗤地笑个不停："那你还老跟我吵架？"

"那叫什么吵架呀？！"他急了。她笑得更得意了。

他们有时候吵架，真可谓是替古人担忧，为了小说中的人物应该怎么办而争得脸红耳赤。

"别着那么大急，知足就行了。"她仍然开他的玩笑。

他却认真。他担心自己的小说总写不成；觉得自己什么本事也没有，不配得到她的爱。如果她爱的不是他，而是另一个和他的情况一样的人，他也会在心里为她可惜。

"也许我什么都写不成……"他轻声叹息着说。

"别老想着写得成写不成。'写就是了，干着就行了'，你自己说的话自己老忘！你……"她忽然不说了，觉出了他话中的另一种意思。

"够呛！"她说，看着他。

"什么够呛？"他发现她不大高兴，心里有些慌。

"别装傻，用我揭穿你话里的另一种意思吗？"

他没争辩。他知道，她爱他绝不是因为认定他将来能成功、能写出东西来。不过他冤枉，他那句话里没有别的意思，他只是担心自己无所作为，对不起她。但他不敢再说什么，他拿不准自己是否真有什么不应该的想法。他在她面前像个虔诚的教徒、诚实的孩子。

她看着他的窘态，笑了。他这才也笑了……

这样的日子有好几年。

有一次他也那么问她："你呢？"

"我怎么？"

"知足吗？"

"什么知足？噢——，"她想起来了："不知足！"

"……"

"你要也是个女的就好了。"

"怎么？"

"你就住到我们家去，咱们俩住在一块儿……"

鸽子在落日里飞。落日像一块透明的红胶片，像是小时候做灯笼时剪下来的，贴在玻璃上。

他们从来没说起过这些。他们知道那会遭到什么样的反对。她又是个孝顺的女儿……

他们真怕到了必须结婚的年龄。

她什么都好，就是软弱。他知道她不敢反抗她的父母，她自己也知道自己不敢。她父母都上了岁数了，又都有病，高血压、心脏病。他知道那是两位挺好的老人。在她刚认识他的时候，她父母曾很为自己的女儿能真诚地关心一个伤残人而高兴过，要不是后来出乎两位老人意料的发展，两位老人自己也会愿意帮助他的。他们没料到。他们一定是非常后悔了，后悔自己早没有制止女儿去接触那个伤残人。他在他们心中当然会是个恩将仇报的狡猾的家伙。他总告诫自己：不要恨他们，他们在这一点上也并不比别人更……总之，他们是两个挺好的老人，教育出来她的人当然是好人。唉,好人!

马车从天上下来,把我带回我的家乡,马车从天上下来,把我带回我的家乡……

他继续在黑夜中走着,去找他的鸽子,哼着这支歌。

那是一支被歧视的人的灵歌。有人说,半夜醒来,听见过他唱这歌。

歧视。偏见。最可怕的不是有人追在你屁股后头喊你瘸子,而是别的一些事。譬如:他和她在一起走,常常会遇到一些惊异的目光,那些目光在他和她的脸上来回移动,直到寻找出一些自以为相似的地方,认为他们是兄妹或者是别的亲戚,那目光才似乎是放了心。否则就总大惑不解地往他们这边瞟。再譬如:大家在一起互相开玩笑,开爱情方面的玩笑,这时候他可以放心,玩笑绝开不到他头上来,人们会不约而同地把他忘掉。这些事才可怕。还有,知道他们俩好的人对他们俩的事都保持沉默,这沉默像是否决,像是疑虑,像是哀悼;顶多是叹一口气,像是遗憾,更像在叹息夜里不会出太阳。人们什么都不说,对他们的事不表态。可他甚至希望有人能开他们俩一句玩笑,那也等于是对他们爱情的承认。可是,有些人却在背后把他们俩的事说来说去,似乎是说着一件奇闻。背后的奇闻,意味着不正常,可正是这种背地里的交头接耳、说来说去使他们的爱情变得不正常,像是偷来的,像是滑稽的、畸形的。没有正常的舆论,久了,会使你自己对自己产生怀疑。却有人在不辞辛苦地向她申明利害,替她设想未来,为她画着恐怖的图画。没有谁是坏人。没有谁强迫谁。但舆论最厉害。任何话,说的人多了,就都像真理。唉,偏见!会使本来挺好的爱情变成痛苦的旋涡，它不会直接站出来打翻你的小船，摧毁你的港湾，它没有勇气对抗法律，却有力量在小船四周制造旋涡，使小船在痛苦中自行沉没。爱情应该是幸福的，所以人们才追求，但当爱情被蛮横的偏见压迫得变了形，一排排痛苦的浪头打来，软弱些的船儿的转舵本不该过分谴责。谁愿意忍受那永无休止的折磨呢？然而，此刻偏见又跳出来说："我说过，你们在一块儿不会幸福！"夸耀它的先见之明："他们本来就不可能成。看，不出所料吧？"

唉，你还真没有办法反驳它……

……又是那道长满荒草的土岗。细雨蒙蒙。草叶上有一串串水珠。

"世界上的好人很多。"她说。

"当然。"

"我是说，世界上的好姑娘很多。"

"是不少，可这跟我有什么关系呢？"

她为了这句话，吻他，表情却更苦，"可是……"

"可是什么？"

"没什么。没事儿。我也不知道……"

……白花花的太阳；高高低低的房子的黑影印在发黏的柏油路面上。不时有几顶耀眼的阳伞从眼前飘过去。卖冰棍的老太太在树荫下吆喝。他们吃了很多冰棍，吃不出味道。

"你能碰到一个好姑娘的。"她说。

"我已经碰到了。"

"你没有。"

"我说了算。这得由我说了算。"

"我其实特别坏。"

“这也得由我说了算!”

“你说了也没用……”

是没用。连法律都没用。不知道有什么东西能对抗这偏见,能杀死这偏见……

……那山真高,山顶上有一片云,白的,发亮。

“我真想咱们俩一块爬上去。在山顶上有一座房子……”

“你将来可以和别人去爬。南方也有山,和那些能爬得上去的人去爬。”

山顶上的云越积越多,慢慢变灰,变黑。那儿大概在下雨。那山真高。

“你将来一定能碰上个好姑娘的,你……”

“是吗?碰上了又怎么样呢?”

“你别这样。我不好。我不值得你爱。”

“不值?昨天有个人跟我说,一块六买了个西瓜,不值。”

她哭了,又说起她父母的病……

他真想说:希特勒也有病,你们要不让他占领全世界,他就得病死。他没说,那样太过分了,他真想说:有个人对你说,把你的脑袋给我吧,否则我就得犯心脏病。你怎么办?你是把脑袋给他呢?还是请他随便到哪儿去歇着?他没说。他什么都没说。说什么都没用。他望着山顶上的云,云在变幻着形状。

“我还要回来的。”

但愿如此,他想。

“答应我一件事:如果你碰上一个好姑娘,就把我忘了,行吗?”

“那我可忘不过来。”

她皱着眉头笑了出来,眼睛里还有泪光,去拉他的手:“行吗?”

“行!”

“你糊弄我。”

“要不然,你糊弄我?”

“真的,我跟你说真的。行吗?”

“真的!你真的没有义务给我成个家!我也没有义务让别人给我包办个婚姻!我不是一把需要配套的茶壶,我是人!人!!配四个茶碗也不成套。我想得到的,别人不允许;别人允许的,对不起,我不识好歹!!”

他把她吓坏了。她那张惊慌的脸,也把他吓坏了……

如今,她已经走了好多年了,没有回来。

让偏见去自吹自擂吧!

半夜醒来过的人,都听见他在唱那支歌,一支关于从天上下来一驾马车的歌,想要回到家乡去的歌。

那姑娘到底是走了,没有回来。姑娘留给他的那只鸽子又飞丢了。他当然是得去找。那是只好鸽子,小城里的人们都知道。

让偏见先去得意吧!他想,这并不算完!绝不算完!看着吧!没完!他又想:可怎么个没完法儿呢……

7

后半夜了。他走到了城边。

古老的城墙上空,悬着一个月亮和很多星星。月亮周围有一个很大的风圈,月亮显得很小。远处就是那座山,就是山顶上现在常常有鸽子飞起来的那座山。

风渐渐小了些。

传来了婴儿的哭声，夜真静。一个小窗口亮了灯，晃动起一个母亲的身影。

每一颗星星都是一个亮着灯光的小岛。

唯有他，是一只永远也靠不了岸的船。

他猛地意识到了一件事：妹妹已经大了，母亲已经不在人世了；如果他现在死去，妹妹能够受得住了，母亲也不会伤心了。夜深人静，他好像刚刚才发现，他曾经等待的那个时候到了。

他走着，去找他的鸽子，为什么？因为活着。活着就都有个心愿，就得去找，不去找心里就难受。可为什么一定要活着呢？这么难，这么苦，这么费劲儿，这么累，干吗还一定要活着？

还有“点子”，干吗还要飞？“点子”和他，都像是一首歌里唱的：

> 小鸽子错了……它要到北方却往南飞，它把麦田当作海洋……它把大海当作天空，它把夜晚当作早晨……小鸽子错了，它弄错了……

真是错了，弄错了！他把所有的语言都当成了真的。说“伤残了并不重要，重要的是看你怎么对待”，他信了。说“只要尽力去为人们做些事情，扫街也一样。人们就一样会尊重你”，他当了真。说“伤残人和健康人是平等的，有爱的权利”，他感动……可实际是怎么回事呢？“实际呢?!”有一回他冲扫街的老头嚷。他心里憋得慌。老头陪着他。他心里难受的时候，老头看得出来，就来陪他呆半天。……“你不能那么想，谁那么说也不是想骗你”，老头说。老头又说：“谁那么说也都是想着能那样儿，都是好心，可是……”老头又望着天，不住地喝茶，年老的目光中藏着许多往事,一定不是让人愉快的往事。老头不那么会说话,再说不出什么来。老头的意思是:希望都是那么希望,但现实总落在希望后头,这不新鲜。

当然,在这个世界上,关心他的人很多。他知道自己应该感谢他们。譬如那个作家和他的妻子。他很久没见到他们了,他们一定会认为他太狂妄。其实他只是渴望平等。善意的宽容比恶毒的辱骂更难忍受。他有时在心里喊:“来吧,来吧!”希望那恶意的歧视冲他来。那样你还能反抗。如果一上来你就被宽容了,便连反抗的权利也被取消了。再说,宽容什么呢?他犯了什么罪了吗?他是在什么还没干的时候就已经被宽容了。譬如,他还没有动笔写什么,就已经被允许可以胡编滥造了,因为他是“残废”。可又有些事,一开始,或者还没开始,他就不能被允许……也因为他是个“残废”。……有一次,一个姑娘(为了一件什么事,那时常来找他)对他说:“我们单位的人无聊透了,闲得难受,问我,‘你总往那儿跑,谈得差不多了吧?’我说,‘算了吧你们!我是去看一个残废人。’”是呀,这是个多么有说服力的反驳,那些“闲得难受”的人一定是立刻理屈词穷了。……还有一次,一个平时非常关心他的老太太在他的小屋里碰上了她。晚上老太太又来了,对他说:“那姑娘真好,能对你这么好可真是……她有对象了吗?正好有个小伙子托我给介绍个对象。那小伙子也挺好,正在念研究生……”他的心一阵抽痛。倒不完全是因为吃醋,而是因为感到了另一种东西,一种“绝妙”的逻辑:他只应该得到照顾而不可能得到爱情这件事,被看得那么理所当然;姑娘对他好足以证明姑娘的好,而他如果也好,就不会想到爱这个姑娘,否则你就证明了自己不好。不过,也有人给他张罗过对象的事。更“妙”:给你介绍对象,你却没有说“不同意”的权利,因为,“怎么?你还会不同意?!”当然,你也不用说“同意”,因为,“你还有什么不同意的?就看人家同意不同意你了”。他像是一个处理西瓜,摆在柜台边,卖得出去就算够本儿。而他偏偏说了“不同意!”除了她,他谁也不同意,他心里只有一个人。没等介绍人说完,他就说:“不行。”介绍人那惊骇的目光,真像是见了鬼。爱不能说爱。不爱也不能说不爱吗?当然,谁也没说他不能说,可他说了,得到的是什么呢?嘲笑。唉,唉,就连最懂得爱情的人也只是劝他:“现实点儿吧,想办法找个女的,将来能照顾你的生活就行啦。”爱情呢?那些一直被人们歌颂着、赞美着的爱情哪儿去了?找一个女的?怎么个找法?谈谈价钱,自己出得起,对方也认可,于是拍板成交?或者是有一个女的愿意,而他无论爱不爱也就得感激涕零?又有人劝他:“吓!四肢健全的人也未必都能得到真正的爱情。”可是,结果和权利不一样。没有被选上总统的人,有些是有被选举权而没有被选上,有些则是没有被选举权而根本不可能被选上。这不一样。一点都不一样!残废了,但这并不意味着精神也就成了次品,感情也就成了处理品,人格也就成了等外品!

不知是什么时候,他已经在城边的空地上坐下了。两条腿不住地抽动,又酸又疼。身上全是汗。

这大概是在后半夜两点多钟。传说两三点钟的时候,他也没有喊他的“点子”,也没有唱那支马车的歌。

黑黪黪的城墙上只有枯草在晃动,月亮把他的影子印在那片坑洼不平的空地上,他心不在焉地玩着那枚硬币,想:就是为了这个!为什么还要这么费劲儿地活着?就是要给那些歧视和偏见做出相反的证明。抗争!否则,就这么死了真不服气,不甘心……

……他后来又做过那个噩梦，梦见那个古罗马式的大竞技场，他站在圆形的竞技场中央，不过不是一条狗了，而是一头骄蛮的斗牛。四周是人群，是彩绸，是刀光，他凭着一双角，一腔血，一条命，叫喊着，横冲直撞……

他把这个梦讲给扫街的老头听。老头听了显出很惊慌的样子，盯着他，好像是在心里喊了一声，然后慢慢垂下头，几乎垂到了膝盖上，他从来没见老头这么惊慌、恐惧过。

"告诉我，"许久，老头镇静了，说："是不是，所有的人你都恨？"

他觉得心里"咯噔"一下子，什么东西被点破了。但是他否认："没有。"心里含糊，又改口："不是恨所有的人。"

老头不听他的，说："可你能把什么事恨好了呢？"

他还想争辩，老头不容他争辩，说："没用。你就信我说的吧，什么好东西都不是恨好了的，什么坏事都是越恨越坏了的。"

"有时候，你看着别人过得好，你心里也恨。"老头说。

他不说话，沉着脸。

"有时候，你恨不能所有的人都跟你一样，也残废。"

他不言语，使劲摇头。

"你谁都恨，你没准儿也恨我。"

"没有！凭良心说话，这我可没有！"他急得喊。

"因为我跟你一样，也是个残废。"老头说，笑了笑。

他松了一口气，又低下头。

"可要是别人也都残废了，你就又该同情他们了，你又该盼着他们能治好了。像你愿意我这胳膊能治好，我盼着你的腿能治好似的。那你何必这会儿盼着他们坏呢？"

"我不是真那么盼。"他声音很低，看着老头。

"可是你心里老憋得慌，老那么想，觉着那么想想就痛快。你要老是这样,你准得变得古怪,让人家怕你,让人看见你就觉着不善净,不像个好人。"

"我用不着他们把我当好人! 我就是这副模样儿!"他嚷。

"那你就更让人瞧不起!"老头也抬高了声音。

"我用不着他们瞧得起!"

"那你还嚷嚷什么?! 你不就是怕人家瞧不起你吗?"

惶惶的夕阳,又在墙上颤抖。

"点子"吓呆了,看着这一老一少,不知跳到谁一边好。

"你要是真不在乎别人怎么说倒好了。"老头放低声音。

"甭在乎,有些恶言恶语的你倒真不用在乎。"老头的声音柔和多了,带着歉意:"有些你一下儿弄不好的事,你也甭在乎。可你自个儿心里得想得明白,你刚才那样不叫能耐。"

他搂着"点子",不说话。

"我没儿子。我把你当儿子看。你妈在世时托付过我。"

他不敢看老头。他怕哭出来。

"我问你一件事,你得说真话。"老头又说:"她有好些日子没来信了吧?"

他点点头。

"这些日子,你又想死?"

他不回答。

"你是想,死给她看!"

他心里又忽悠一下子。他本来没有很清楚地意识到这一层。老头这么一说,他才发现,是,又让老头说着了。

两个人都不说话了。长久的沉默。直到天黑了,星星出来了。老头一动不动地望着天,眼睛偶尔在黑暗中闪一下。月亮也升起来了,照着两个人。

“我都懂。”老头说。

“可你不懂，其实她心里比你还难受。”老头对他说。

“她比你难。她的心两下里扯着，你呢？你不用。她怎么办也还是心里不好受……”

“可你还说她软弱！”

“她也是有点儿。可她也真够不容易的了。你们俩这些年，你心里有多少苦，她心里也有多少。她比你还多。你是因为这病闹的。她因为什么？她是因为对你好！照这么说，她得恨什么？”

“可你还想用寻死去折磨她。你可真想得出来！”

他搂着他的鸽子，一声不吭，脑袋“嗡嗡”的。

“你这不算能耐，”老头还在说，“光会折磨别人。有能耐自个儿跟自个儿横着点！干出事来甭让人家瞧不起。那才算回事……”

就是说，那才算个男子汉，算反抗、抗争。

他在城边的空地上坐了很久。月亮贴近了城墙。

反抗歧视和偏见的办法，没别的，保持你人的尊严。

人的尊严不是西红柿，又大又红的就涨价，有点伤残的就降价。伤残人的创作不需要宽容。伤残人的爱情也没有价格。虽然这两条腿的样子很丑陋。

他想念她，直到现在也还是没有一天不想念她的。别人爱怎么样是别人的事。他心里只有她。爱情不要求等量交换，他不知道她现在过得好不好。但他相信她不会忘了他，他总认为她早晚还要回到他身边来。

正像那灵歌中唱的：但我的心仍向往着天堂……

他一次又一次抛着那枚硬币，有“国徽”也有“麦穗”。他不再把这当回事。是“国徽”又怎么样呢？“麦穗”又怎么样呢？他想：我反正还得往前走，得去找我的鸽子。老头的话：你心里想往东，你就别往西。

他掏出那个馒头来，吃着。他知道，还要走很远的路。

“小鸽子错了……”其实，何所谓错，何所谓不错呢？一个伤残人来到世界上也许就错了，但已经来了，就不用再说错不错。来了就得迈开这伤残的双腿，去走。按着心的指引去走，就不错。“它把星星当作露珠……它弄错了……”也许小鸽子找的就是星星，而是你们总想让它找露珠。总有人对他说：“你何苦这样？何苦这样嘛?!”有时是说他在写作上太固执，有时是指他对爱情太较真儿。何苦？要是苦他就不这样了。他只有这样“固执”，“较真儿”，才觉得有些欢乐。“把你的裙子当上衣，把你的心儿当作它的家，小鸽子错了，它弄错了……”其实它没错。你把什么当成家，什么就是你的家，只要你的心是真的……

他拍拍身上的馒头渣，站起来。城墙的黑影变宽了，向他靠过来。他走出那古老的拱形城门。

城边一带的居民又听见他在呼唤他的鸽子了。

正像那灵歌中唱的：我的心仍向往着天堂……

8

月光把路面照得发白，弯弯曲曲，起起伏伏，伸向远方。

小城被甩在了身后，前面的路仍然没有尽头。没有终点，也没有目标。只有路，只有走。

靠了两条伤残的腿，蹒跚而艰难地走。为了一只鸽子。那鸽子他可以找不到，但却不能不去找。找不到他也没办法，但是不找他心里就不安宁。

他“嘞儿——嘞儿——”地呼喊。人们忘不了那声音。

近处是一大片树林，远处是那座山，脚下是一条小路，头顶上是无边无际的天。风一点都没有了，到处都静极了，只有星星、月亮和小路有些光亮。小路像是通到宇宙中去的。再往身后看看，也是一样，小路像是从宇宙中伸出来的。你就是在这茫茫无边际的空间中走着。

人到这个世界上来是干吗呢？

千万年来，人类就这么走着，要走向哪儿呢？走弯了腰，走驼了背，走得青筋布满了双手，走得灯油熬瞎了两眼……还是走，走死了一辈，又出生了一辈，走老了一辈，又有一辈年轻的继续走。到底为了什么呢？发明了这个，创造了那个，又为了什么呢？一切还不都是为了摆脱痛苦，走向幸福吗？可是，指南针发明了，眼前的路并没有缩短；人上了月亮了，人类面临的未知世界也没有缩小。总还是有那么多你预料不到的灾难来伤害你，总还是有你消灭不了的病痛、歧视、偏见……来折磨你，压迫你。永远不会没有痛苦，永远不会有无忧无虑的日子。痛苦会轻一点吗？欢乐会大一点吗？其实，欢乐和痛苦都不过是一种感觉。现代人得到一座别墅的幸福，不见得比原始人得到一块兽皮的幸福大；现代人失去一次晋升机会的痛苦，也不见得比原始人失去一根兽骨的痛苦小。唉，人类奋力地向前走，却几乎是原地未动。痛苦还是那么多，欢乐还是那么少，你何苦还费那么大劲往前走呢？欢乐不过总是在前面引诱你，而痛苦却在左右扎扎实实地陪伴着你，你为什么还非要走不可呢？

他的腿一阵阵发软。实在是太累了。你不知道你到底要做什么,你不知道你做了好些事都是为什么,你不知道你什么时候能够歇一会儿,你就会立刻觉得累极了。

他又在路旁坐下来,看着天。

那儿是天堂。在这静寂的夜里死去,多好!

心上的姑娘走了,走了好几年了。小说总是发表不了,他写了多少年了呵!写满了字的稿纸够糊个结实的棺材。再说,发表了又怎么样呢?痛苦就会少一些了吗?哦,母亲不会知道了。妹妹也长大了。连"点子"也飞走了。真可谓一无所有、无牵无挂了。在这静悄悄的深夜,死去,是一件多么轻松、多么惬意的事!他不是保尔,从来就不是。那篇唯一发表的小说引来过几封读者来信,信中都三番五次地提到保尔,都是凭想当然,或者都是为了鼓励。他不是。他自己清楚。保尔只和死神聊过一回天儿,只狠狠地骂过自己一次"懦夫",便与死神结了仇。所以是保尔。所以保尔是英雄。他可不是,他常和死神聊天儿。他害怕得罪了死神,害怕一旦需要死神的时候,死神会给他小鞋穿。过去他只是无数次地对死神说:"别着急,老兄,我再试试……"现在呢?似乎一切都试过了。看不出还有什么必要这么费劲儿地走下去。

他仰面朝天地躺在路旁,双手垫在脑后。他又想到了死。不是为了给谁看。不打扰任何人。他累了,太累了。当太阳出来的时候,好心的人们把他的躯壳拿去烧掉。他变成一缕青烟,到处去飘……

他翻了个身,趴在土地上,轻轻地呻吟着。"啊——,真累呀——"浑身都疼。伸了几个懒腰,浑身都松快。有些草已经发绿了。他把脸贴在上面,似乎觉出地球在转,满天的星斗都在转。大约那就是西绪福斯滚动着的石头,他想,那是个伟大的神话,无尽无休地去滚动。死了呢?死了会是什么样?小时候妈妈总是对他说："死了？就什么都没有了。""什么什么什么都没有啦？"孩子的有些想法说不清楚。长大了他才知道，没有绝对的静止。假如真有一个天堂，那儿的事也少不了，一样累。从这儿跑到那儿去干吗呢？不过别这么残酷吧，至少留一个可以安息的地方吧，留一个静静的天堂，太累了！唔——，假设有那样一个天堂，一个用不着想，用不着盼、用不着走，也用不着喊的地方，永远安安静静，灵魂可以在那儿安歇……他设想着那样一个地方，竟忽然觉得轻松了，似乎得到了一个保障：静静的天堂！早晚是可以去的，而且是非去不可的。死神是个讲信用的家伙，放心，它谁也忘不了，在你实在没了力气的时候，它就会来帮你一把。"命运不会把你忍受不了的痛苦给你"，就是这个意思。所以，还怕什么呢？急什么呢？死神老兄还没来，就说明你老弟还有力气。何不用用你的力气呢？闲着也是闲着，闲着等于忍受，闲着就更痛苦。你因为痛苦而想死，何必因为想死而闲着，又因为闲着而更痛苦呢？你因为倒霉而想死，可闲着能让你走运吗？死了的都是因为力气用完了。活着的宁肯把力气白白废掉，也不肯去试试让人间变得走运一点吗？人间所以有背运，也许就是因为人们不肯出力气。徒劳？但你至少可以在沉重的桨端上感到抗争的欢乐，比随意受人摆布舒服，比闲着、忍着多一些骄傲。骄傲就够好的了！还有自由。自由，不是说你想得到什么就能得到什么。你想找到"点子"，可你没找到。但是你可以去找，可以再去找，这就是自由！

他猛地翻身，坐起来，像是忽然有了什么新发现，心里一阵亮，一阵跳：所有的"徒劳"也许都是功劳！

其实，他这发现一点都不新。譬如说：你走了一条绝路，你的功劳就是证明了这是一条绝路。当人们不知道宇宙是无限的时候，人们指望走到天涯去找来幸福。人上了月亮，发现嫦娥也是徒劳，这才相信了幸福不在天涯，而在自己的心中。当人们以为有一个没有痛苦的地方，人们打算走到海角去找到那个地方，逃开痛苦。当人们知道了未知世界永远会给人带来意想不到的痛苦，人们反而不再惊慌失措。知道痛苦是逃不掉的，倒镇静了。知道与挫折和苦难抗争本是人生之常，倒得到了解脱。不发愁，也不忍受，倒少了些痛苦。从抗争中去得些欢乐，欢乐不是挺多吗？真的，除去与困苦抗争，除去从抗争中得些欢乐，活着还有什么别的事吗？人最终能得到什么呢？只能得到一个过程！在这个过程中，谁专门会唉声叹气，谁的痛苦就更多些；谁最卖力气，谁就最自由、最骄傲、最多欢乐。

他慢悠悠地抽着烟，摆弄着那枚硬币。他不再抛它。抛也没用。谁都是只相信自己的心。

他就那么坐着。

传说，他听到了一种声音。不是风，而是在寂静之中有一种非常均匀的声音，流动着。传说，冥冥之中，那声音在对他说。他听着。

还传说，他在城外那条小路边的土地上写了几句话，用石头写在黄土上。风沙把那些话掩埋得残缺不全：

着什么急
在通往天堂的路上
没有早晚
别浪费诅咒和惊慌
牵牛花初开的时节
葬礼的号角就已吹响
…………

走吧，怀着骄傲
用蹒跚的脚印
写下欢笑

每一回心跳
都是一座路标
和一丛结籽的野草

每一次呼吸
都是一片海洋
和一根折断的桅樯

每一阵痉颤
都是一重山峦
和失落在山谷里的呼喊……

…………
走吧
因为活着
走吧

走吧
说着自己的悄悄话
再开几个玩笑

走吧

唱着心中的歌

闭上两眼……

…………

他上了路。

那条路是通到山上去的。

那已经是接近黎明的时候了。住在山脚下的几户人家都说，听到过他的笑声，都说还以为他找到了“点子”呢。

他独自“嗤嗤”地笑，觉得急着去死真是有点滑稽。又不是买豆腐，去晚了就买不上了。又不是不要购货本的鲜黄花鱼，去早了可以多买点。死，是按人供应的，不多不少每人一个，一模一样的一个。小时候，幼儿园的阿姨分苹果，他总是留到最后吃，馋他们。想到这儿，他就想笑，忍不住。把死神和鲜黄花鱼并排放在一起。他不停地笑。

笑声很响，不知道是为了什么，住在山脚下的人说。

不过也别对死神太刻薄了，他想，它已经起了誓，在你的力气用光了的时候来解救你，死神也是个有用的家伙。

相反，活着可是得着急，他想。生命是有限的，不能耽误，他想。否则，什么欢乐也没得到，什么事也没做好，多不开心！关系是没有，不过窝囊，心里别扭，真跟一条死黄花鱼似的。他又笑起来。

山脚下有个火车站。火车站旁边有个通宵营业的小饭馆。值夜班的是个老太太。老太太说，那天夜里，大约三点半了，反正不到四点，那个瘸腿的小伙子到过她的店里，买了一个五分钱的小烧饼,小伙子说他出来得匆忙,只带了一个钢镚儿。

估计就是那枚硬币。命运反正是算不出来的,算出来你也不信,不如用那枚硬币买个烧饼吃吃,还能添些力气。

老太太说,那个瘸腿的小伙子还和她说了一会话,总是问起那只鸽子。

“鸽子?”老太太摇摇头,“什么样儿的?”

“黑尾巴,黑脑瓜顶。”他比画着。

“‘点子’? 就是那只‘点子’?!”

“嗯。”

“那只鸽子就是你的?”

“丢了。飞走十天了。”

“没回来?”

他摇摇头,抱着一点希望问:“您没看见?”

“没有。”老太太说。

老太太给他倒了一碗热水。他就着热水把烧饼吃了。

没有到站的火车。小饭馆里很清静。

一只大花猫跳到了椅子上,冲老太太叫。

“我养了只猫。”老太太说。

她抱孩子似的把猫抱起来,摩挲着它的脑门儿:“它总跟着我,走到哪儿它跟你到哪儿。它自个儿跑来的,来的时候还小呢,瘦得皮包骨;下着雨,它躲在我那房檐下避雨。小可怜儿,这么大了……”

“您说,会飞到山上去吗?”

“什么?”老太太一愣。

“也许您看见‘点子’飞上山了吧?”

“没有。不知道。也没准儿吧……”

"谢谢您啦,"瘸腿的小伙子对老太太说,把喝水的碗放在柜台上。"我还得去找'点子'。"

"上山?"

"上山。"

"行吗?"

"兴许行。"

他离开了那个小饭馆。

老太太从窗户里看见他一摇一晃地上了山。

9

他开始还是走,摇摇晃晃,趺趺撞撞。后来干脆就是爬。身旁是黑色的山谷,头上是兀傲的山峰。山谷里,仍然有风在那儿呼啸,山峰很高,越是走近它,越是觉得它高得可怕。

不要往山谷里看,否则你总会想到要掉下去。也不要总看那山顶,要不你会胆怯,觉得太高了,爬不上去。就只看着你脚下的路吧。

他慢慢地走,爬,不着急。

神不告诉你鸽子在哪儿,也不担保你努力就会找到。

神不给你指路。

神知道,不给人指路,人也还是会去找。

不停地去找,就是神指给你的路。

什么是神?其实,就是人自己的精神!

都说,当他往那山顶上爬的时候,半山腰上又传来了他的歌声。

你若能先一步回到那地方，把我带回我的家乡，请告诉朋友们我也就要来到，把我带回我的家乡……

山路坎坷，有的地方很陡峭，又很滑，又很长。他想着鸽子，羽毛那么轻柔，洁白。他爬得上气不接下气，心里却是平和的。他记着扫街老头的话，他不恨什么，什么好东西都不是恨出来的，路得靠走。

他当然又想起了他的姑娘。她的路比他还要难。他想，等找到"点子"，回去要给她写封信了，告诉她不要担心。"我不能使她幸福，倒要她为我心神不安吗?"他想。"放心吧，我什么都能对付!"他想。"我至少不让你担心!"他想。前两天听别人说过一个专治她父母那种病的大夫，他想，等回去打听打听那个大夫的地址，给两位老人寄去。善有善报吗？这么多年了，还求什么报呢?心里好受些，就是善报。

……我的罪恶洗净，把我带回我的家乡，那也就是我最幸福的日子，把我带回我的家乡……

他想，以后除了扫街，还是要写些东西，按照自己的心去写。为伤残的人们去写。为自己制造深渊才是伤残，是罪恶。要走出深渊，不能光咒骂歧视和偏见。要让人们懂得伤残人的尊严是怎么一回事，伤残人自己更得懂。

他的心在走出深渊。

他艰难地爬着，爬向山顶。

他的腿在抽疼，簌簌地发抖。他"嘞儿——嘞儿——"地喊着。那声音在山谷里飘荡，又随着山风传得很远很远……

传说，那声音好响啊，惊醒了小城里不少的人。人们互相询问着，朝那座山上望着。扫街的老头告诉大伙："是那孩子上了山，准是那孩子上了山。"

传说，他在山上也望见了老头。老头的话只有一句他不信，就是：什么事儿都别往心里去，别那么认真。这句话他不信。活着，就认认真真地活着。

……我的灵魂仍向往着天堂……

有时候，他坐在树林边歇一会儿。

再过些天，树就都绿了，那些树枝上有不少叫得挺好听的鸟，不再像现在这么寂寞了。夏天呢？山上的生命都活跃起来，树丛里有星星似的蘑菇。他想，这世界被弄得挺不错，说不上什么荒唐。秋天有五彩斑斓的叶子和果实。冬天有白皑皑的雪和冒着炊烟的屋顶。他自然也想起了母亲，他相信她在天堂，他想让她知道，他已经走出了深渊。生活是活着的人的事，一步一步去走吧，爱你的亲人才会安心。

他又往前走，往前爬。这不荒唐。只有自寻烦恼是荒唐。走着而又觉得走着是荒唐的，那才真叫荒唐。

传说，他爬到一个很高很高的地方，坐在一块凸出的岩石上，仍然朝地上张望，朝小城里张望，朝遥远的南方的海边张望。姑娘在以前的信中总是说到海，海的声音，水和天的颜色，沙滩上傻乎乎的小螃蟹和漂亮的海星……他没有见过海，想象不出。在海边野餐时她把饭烧焦了。在海上划船，海鸟在船前船后"嘎嘎"地叫、飞。在海里游泳，她说她有一次差点见了龙王，"准是因为你在为我祈祷，一个浪头又把我捧上了沙滩"。……火红的木棉花，高高的椰子树，清新的海风吹得人透体松爽，“真想拥抱全世界！”……她应该是那个世界的。她应该幸福。“放心吧，我还在为你祈祷。”他在心里说。他在那块凸出的岩石上坐了好一阵子。

每个人都只能在自己的世界上走。他的世界在这儿！抬起头来，世界是天、月亮和星星；低下头，世界是地、树丛和小草；闭上眼睛，世界是通通的心跳声；睁开眼睛，世界是崎岖的山路。他站起来，又走，又往前爬。

……告诉朋友们，我也就要到来，把我带回我的家乡……

他一点一点地走呀，爬呀，心里平静极了。

他身后拖着两行歪歪扭扭的脚印，或是一条弯弯曲曲的身体的印记。这起码是一个证明，证明他有胆量，敢往这山顶上爬。

每个人有每个人的命运、路，上帝本来不公平。上帝给了你一条艰难的路，是因为觉得你行。他自己也这么觉得。他一边爬一边在心里对自己说：如果注定要有人倒运，那么还是让我来吧，没有谁能比我应付得更好了。

他感到了骄傲，甚至是狂妄。

他放开嗓子大喊了一阵。

将近黎明的时候，人们听见那喊声已经接近了山顶。

还有笑声，喘气声，和歌声。

马车从天上下来，把我带回我的家乡，
马车从天上下来，把我带回我的家乡……

传说，他爬上了山顶。他站在山顶上，接近了天上数不清的星星，望着地上数不清的灯火。

就在这时候，他看见了他的鸽子。鸽子看他看见了它，就又飞起来，向更远更高的山峰上飞去了……

10

天还是灰蒙蒙的时候，那鸽群又在山顶上空飞舞起来了，几十只，上百只，也许更多，像是无数白色的纸花，像是一群欢乐的天使。鸽哨声轻柔、活泼、悠扬，在黎明时分的山顶上、山谷里、小城的每一条街道上空飘，飘，飘……

扫街的老头和几个孩子坐在楼房前的台阶上。

“知道了吗？”老头说，声音不高。他太老了。

孩子们不说话，望着山顶。

凡属传说，都是由数不清的人，你说一句，他说一句，凑成的。说法不一。

关于山顶上这群鸽子的来历，至少有两种说法。一种说法是，山顶上住着一个瘸腿的老人，养了一大群鸽子。他时常下山来，寄出的稿件和他养的鸽子一般多。他总是把稿件寄到遥远的南方去，希望那些稿子发表了，他青年时代的朋友能够看到。

另一种说法是，山顶上住着的并不是一个瘸腿的老人，而是一个姑娘。她从南方回来。她还是那么年轻。为了让和平布满人间，她养了很多鸽子，一到天快亮的时候，就让鸽子都飞起来。鸽群中有一只“点子”一只黑尾巴、黑脑瓜顶的鸽子……

1984 年

赏析

走出心灵的深渊

中篇小说《山顶上的传说》写一位残疾青年（作品中的“他”，以下不再加引号）如何走出心灵深渊的故事。作品中主人公的生存处境，尤其是面对苦难时的心路历程，在某种程度上可以说就是史铁生当年心路的再现。从这个意义上说，《山顶上的传说》可以视为作者的精神（心灵）自传。

作品主人公是一个身有残疾（腿瘸）的男青年，他的生存处境极为艰难，找工作四处碰壁，所到之处都是冷脸，受尽屈辱，无奈之下只得拖着病体以街头扫地为生。他和一位姑娘相爱了，但姑娘的家人及身边所有人几乎全都反对，就因为他是残疾人——残疾人没有爱与被爱的权利。姑娘顶不住各方压力，无奈离开他到南方去了。他以坚韧的意志练习写作，但遭到的是一次又一次的退稿；好心人愿帮忙发表，哪怕降低标准也可以，因为他是残疾人。

这明显也是歧视——好心的歧视。生活中没有亮色,他内心异常沉重,陷入深渊。他多次想到自杀也曾付诸行动,但因各种原因没有成功。他内心渴望爱情,渴望成功,渴望得到人们的理解和承认,渴望获得做人的尊严。他的希望、梦想、爱情——在作品中化为一个核心意象——“点子”(鸽子),它丢失了,他苦苦地去寻找。寻找“点子”成了作品的主线,中间串连起主人公的苦难处境和内心对苦难的反思,对苦难的态度。故事最后,历经艰难,他终于爬上了高山,在山顶上“看见了他的鸽子。鸽子看他看见了它,就又飞起来,向更远更高的山峰上飞去了……”结尾象征性地暗示,他终于走出心灵的深渊——把一切想明白、想透彻了。心里敞亮了,精神成熟了,意志坚强了,他向着更远更高的目标攀登。

喜欢史铁生的读者往往对史铁生的人生经历,尤其最为艰难时的生存状态和心路历程深感兴趣,很想了解当年史铁生残疾后所面临的生存困境,当时最受煎熬最阴郁难耐的心情,以及他是如何走出心灵深渊的,那么笔者建议,你去看《山顶上的传说》是再好不过的选择了。这篇作品简直就是史铁生的心灵独白。

那么作品主人公是怎样走出心灵深渊的呢?换句话说,他是怎样一步步化解苦难从而走出心狱的呢?这需要读者深入作品详看全文,这里,笔者凭一己之理解,粗略梳理出以下几个方面和读者交流。

1. 听从内心指引,拒绝世俗干扰

他真心地爱着那位姑娘,姑娘也真心爱恋着他,但世俗对此翻白眼。世俗认为,残疾人不应该爱上健全的人,你爱她就是在害她,你爱她就应该离开她,你不放弃就是不道德。怎么办?离开吗?心有不甘;不离开,压力太大。他犹疑徘徊,饱受折磨。当初一直想死,就因为姑娘走进了生活才忘了死的念头,如今妥协、放弃等于又进入黑暗的心狱。这时候和他一起扫街的老头儿看透了他的心，告诉他“心里想去找找，就去找找吧”（鸽子暗寓的是爱情、希望……）；“人要是心里头乐意，怎么着都是好”；“你心里想往东，你就别往西”。他有什么事想问问老头该怎么办的时候，老头就这么说，不说别的。老头儿的话要表达的其实就一个意思：听从内心的指引，坚持做你自己。置换成名人的话就是：走你自己的路，让别人去说吧！老头的话说中了他的心，于是，“他走着，去找他的鸽子，为什么？因为活着。活着就都有个心愿，就得去找，不去找心里就难受”。

老头儿是谁？是和他一起扫大街的人；从艺术上看，其实质是他心里的另一个（自）我——主我，内心倔强的那个我，代表真实意愿的那个我。

坚持对爱的思念，爱的追求，支撑他坚强地活下去。在作品中，姑娘临走时给他留下的一只鸽子（“点子”）丢了，他拖着病体锲而不舍地找——这就是作品故事的主线。其他情节、回忆等都附着在这一线索上。

2. 反抗歧视和偏见的办法，没别的，保持你人的尊严

由于饱受偏见和歧视的折磨，他常做噩梦，梦见四周全是人，都在嘲笑他。有一次，他又梦见自己变成了一只骄蛮的斗牛，站在古罗马圆形大竞技场中央，向着四周发疯一样横冲直撞——噩梦中“骄蛮的斗牛”的意象，象征他面对苦难极度愤怒、极度不服，急于发泄，恨不能把整个世界毁灭的精神状态。这是一种可以理解的非理性情感，是遭受不公平命运的人的自然反应。老头儿看出他心理状态的可怕，批评他、说服他。老头儿说，什么好东西都不是恨好了的，什么坏东西都是越恨越坏了的。老头儿还说，光会折磨别人不算能耐，有能耐自个儿跟自个儿横着点，干出事来甭让人家瞧不起。

老人的话击中了他的要害，他心悦诚服，认识到“反抗歧视和偏见的办法，没别的，保持你人的尊严”。从此他的心开始沉静下来，不再怨天尤人，不再抛硬币算命，而是踏踏实实地做自己的事，走自己的路，坚持按自己的心愿活。

3. 既然活着，就不要让生命闲着，就不妨试着干点事

他极痛苦时多次试图自杀，没死成后来对死忽有所悟：死神是个讲信用的家伙，早晚有一天必会来到，在你实在没了力气的时候，它就会来帮一把。现在死神还没到来，就说明你还有力气，有力气为什么放着不用呢？闲着也是闲着，闲着等于忍受，闲着就更痛苦。换句话说，你的生命不用白不用，用了不白用，试着用自己的力气干点事，比随意受人摆布舒服，比闲着、忍着多一些骄傲。骄傲之外还有自由。什么自由？意志的自由，精神的自由，奋斗的自由，抗争的自由。有骄傲和自由就有了精神的快乐。人活着，要的不就是这个么?!

想到这一道理，“他猛地翻身，坐起来，像是忽然有了什么新发现，心里一阵亮，一阵跳：所有的‘徒劳’也许都是功劳！”“这才相信了幸福不在天涯，而在自己的心中”。

活着，就要试着干点事儿！这点事儿对于主人公（同时也是作者史铁生）来说就是写作。写作，执着地写作，是他苦难人生中的一条路。只有写作，能让他心灵进入安宁状态，才让他找到生命的意义。在写作中，他把自己所有的痛苦和对人生的思考与感悟都倾诉出来。当把心灵转化为文字的时候，他的认识走向深化，心灵开始逐步走向宁静。

4. 知道痛苦是逃不掉的，倒镇静了

他的思路开阔宏远。他从自己千方百计逃避痛苦，想到千百

年来人类的所有努力无不是在追求幸福、逃避痛苦，但结果怎样呢？结果是几乎原地未动——痛苦还是那么多，欢乐还是那么少。看来，痛苦是人生之常，是人生题中应有之义，或者说是宇宙之构成，自然之规律。这不是逃的事，是必须接受和如何应对的事。悟到这一层，就站到了宇宙规律、人生哲学的最高点上，自然就有了应对人生挫折和痛苦的智慧和力量。

作品中的原话是这样的："当人们知道了未知世界永远会给人带来意想不到的痛苦，人们反而不再惊慌失措。知道痛苦是逃不掉的，倒镇静了。知道与挫折和苦难抗争本是人生之常，倒得到了解脱。不发愁，也不忍受，倒少了些痛苦。从抗争中去得些欢乐，欢乐不是挺多吗？……"

这段话道出了由痛苦到欢乐转化的心理秘密，心理过程。深有道理，有说服力。

5. 悟出人生真谛——人生是一个过程

他在思考人生、超越苦难的过程中想到了"西绪福斯石头"——"他把脸贴在（土地）上面，似乎觉出地球在转，满天的星斗都在转。大约那就是西绪福斯滚动着的石头，他想，那是个伟大的神话，无尽无休地去滚动"。

西绪福斯是希腊神话中的人物，他因触犯众神而被罚推巨石上山，由于巨石太重，每每未上山顶就又滚下山去，前功尽弃，于是他就不断重复、永无止境地做这件事。诸神认为再也没有比这种无效无望的劳动更为严厉的惩罚了。西绪福斯的生命就在这无效又无望的劳作当中慢慢消耗殆尽。但是存在主义哲学家加缪对西绪福斯的故事有全新的理解。加缪认为面对永无穷尽的苦役，西绪福斯不屈服、不沮丧，而是坦然接受，然后做绝望的反抗；西绪福斯用自己的行为蔑视了同时也就是超越了荒诞的命运，他用顽强不屈的精神赢得了自己的尊严，证明了自己的伟大。史铁生赞赏加缪的理解，说："哲人则发现了西绪福斯式的徒劳，又发现这便是存在，又发现人的意义只可在这存在中获取，人的欢乐唯在这徒劳中体现。"这是一种与传统人生观完全不同的新的人生观。这种人生观把人生的欢乐、人生的意义不寄托于目的而寄托于过程，不寄托于外物而寄托于人不屈的精神。这种精神的代表就是西绪福斯。

"西绪福斯滚动的石头"这一意象在《山顶上的传说》中出现，意味着存在主义的人生观已经成为史铁生笔下残疾青年应对苦难的精神资源，已经从哲学上明白：人生是一个过程，"在这个过程中，谁专门会唉声叹气，谁的痛苦就更多些，谁最卖力气，谁就最自由、最骄傲、最多欢乐"。思想走到这一步，作品的调子就开始从沉郁变得激昂起来。因为，面对苦难，终于有了最理性、最坚定的精神支撑。

从多角度、多层面悟透了苦难的真相，当然也就是人生的真相，思想就从一己之苦难中跳出来走向了精神高地，就解放了，超越了，自由了，就从无边的怨忿走向无边的欢乐和自由。他对自己走好人生之路充满信心——"上帝给了你一条艰难的路，是因为觉得你行。他自己也这么觉得。他一边爬一边在心里对自己说：如果注定要有人倒运，那么还是让我来吧，没有谁能比我应付得更好了。""他感到了骄傲，甚至是狂妄。"

《山顶上的传说》是研究史铁生当年心路历程不可多得的作品，因为主人公的生存处境和内在心理与史铁生最为贴近。换句话说，是史铁生把自己的生活体验和心理活动放到了主人公身上。在这篇作品中，主人公、叙述人、作者，三者几乎达到了高度的统一（当然又不能绝对画等号）。人生在世，谁不会遇到苦难呢？遇到苦难千万别沮丧，如果你自己解脱不了自己，那么你就来看看史铁生的《山顶上的传说》吧，它一定可以对你有所启发和帮助。生活中每个人所遇到的具体苦难可能不同，但化解、应对苦难的智慧是可以借鉴的，史铁生作品对读者大众的价值和意义就在这里。

五、命若琴弦*

莽莽苍苍的群山之中走着两个瞎子，一老一少，一前一后，两顶发了黑的黑帽起伏躜动，匆匆忙忙，像是随着一条不安静的河水在漂流。无所谓从哪儿来，也无所谓到哪儿去，每人带一把三弦琴，说书为生。

方圆几百上千里这片大山中，峰峦叠嶂，沟壑纵横，人烟稀疏，走一天才能见一片开阔地，有几个村落。荒草丛中随时会飞起一对山鸡，跳出一只野兔、狐狸，或者其他小野兽。山谷中常有鹞鹰盘旋。寂静的群山没有一点阴影，太阳正热得凶。

“把三弦子抓在手里。”老瞎子喊，在山间震起回声。“抓在手里呢。”小瞎子回答。

“操心身上的汗把三弦子弄湿了。弄湿了晚上弹你的肋条！”

---

* 史铁生著:《史铁生作品系列:命若琴弦》，人民文学出版社 2011 年版，第 227—247 页。

“抓在手里呢。”

老少二人都赤着上身，各自拎了一条木棍探路，缠在腰间的粗布小褂已经被汗水洇湿了一大片。蹚起来的黄土干得呛人。这正是说书的旺季。天长，村子里的人吃罢晚饭都不呆在家里；有的人晚饭也不在家吃，捧上碗至路边去，或者到场院里。老瞎子想赶着多说书，整个热季领着小瞎子一个村子一个村子紧走，一晚一晚紧说。老瞎子一天比一天紧张、激动，心里算定：弹断一千根琴弦的日子就在这个夏天了，说不定就在前面的野羊坳。

暴躁了一整天的太阳这会儿正平静下来，光线开始变得深沉。远远近近的蝉鸣也舒缓了许多。

“小子！你不能走快点吗？”老瞎子在前面喊，不回头也不放慢脚步。小瞎子紧跑几步，吊在屁股上的一只大挎包叮当哐啷地响，离老瞎子仍有几丈远。

“野鸽子都在窝里飞啦。”

“什么？”小瞎子又紧走几步。

“我说野鸽子都回窝了，你还不快走！”

“噢。”

“你又鼓捣我那电匣子呢。”

“噫——！鬼动来。”

“那耳机子快让你鼓捣坏了。”

“鬼动来！”

老瞎子暗笑：你小子才活了几天。“蚂蚁打架我也听得着。”老瞎子说。

小瞎子不争辩了，悄悄把耳机子塞到挎包里去，跟在师父身后闷闷地走路。无尽无休的无聊的路。

走了一阵子，小瞎子听见有只獾在地里啃庄稼，就使劲学狗叫，那只獾连滚带爬地逃走了，他觉得有点开心，轻声哼了几句小调儿，哥哥呀妹妹的。师父不让他养狗，怕受村里的狗欺负，也怕欺负了别人家的狗，误了生意。又走了一会儿小瞎子又听见不远处有条蛇在游动，弯腰摸了块石头砍过去，“哗啦啦”一阵子高粱叶子响。老瞎子有点可怜他了，停下来等他。

“除了獾就是蛇。”小瞎子赶忙说，担心师父骂他。

“有了庄稼地了，不远了。”老瞎子把一个水壶递给徒弟。

“干咱们这营生的，一辈子就是走。”老瞎子又说，“累不？”小瞎子不回答，知道师父最讨厌他说累。

“我师父才冤呢。就是你师爷，才冤呢。东奔西走一辈子，到了儿没弹够一千根琴弦。”

小瞎子听出师父这会儿心绪好，就问：“什么是绿色的长乙（椅）？”

“什么？噢，八成是一把椅子吧。”

“曲折的油狼（游廊）呢？”

“油狼？什么油狼？”

“曲折的油狼。”

“不知道。”

“匣子里说的。”

“你就爱瞎听那些玩意儿。听那些玩意儿有什么用？天底下的好东西多啦，跟咱们有什么关系？”

“我就没听您说过，什么跟咱们有关系。”小瞎子把“有”字说得重。

“琴！三弦琴！你爹让你跟了我来，是为了让你弹好三弦子，学会说书。”

小瞎子故意把水喝得咕噜响。

再上路时小瞎子走在前头。

大山的阴影在沟谷里铺开来。地势也渐渐的平缓,开阔。

接近村子的时候,老瞎子喊住小瞎子,在背阴的山脚下找到一个小泉眼,细细的泉水从石缝里往外冒,淌下来,积成脸盆大小的水洼,周围的野草长得茂盛,水流出几十米便被干渴的土地吸干。

“过来洗洗吧,洗洗你那身臭汗味。”

小瞎子拨开野草在水洼边蹲下,心里还猜想着“曲折的油狼”。

“把浑身都洗洗。你那样儿准像个小叫花子。”

“那你不就是个老叫花子了?”小瞎子把手按在水里,嘻嘻地笑。

老瞎子也笑,双手捧起水来往脸上泼。“可咱们不是叫花子,咱们有手艺。”

“这地方咱们好像来过。”小瞎子侧耳听着四周的动静。

“可你的心思总不在学艺上。你这小子心太野。老人的话你从不着耳听。”

“咱们准是来过这儿。”

“别打岔!你那三弦子弹的还差着远呢。咱这命就在几根琴弦上,我师父当年就这么跟我说。”

泉水清凉凉的。小瞎子又哥哥妹妹的哼起来。老瞎子挺来气:“我说什么你听见了吗?”

“咱这命就在这几根琴弦上,您师父我师爷说的。我就听过八百遍了。您师父还给您留下一张药方,您得弹断一千根琴弦才能去抓那服药,吃了药您就能看见东西了。我听说过一千遍了。”

“你信不信?”

小瞎子不正面回答,说:“干吗非得弹断一千根琴弦才能去抓那服药呢?”

“那是药引子。机灵鬼儿,吃药得有药引子!”

“一千根断了的琴弦还不好弄?”小瞎子忍不住哧哧地笑。

“笑什么笑!你以为你懂得多少事?得真正是一根一根弹断了的才成。”小瞎子不敢吱声了,听出师父又要动气。每回就是这样,师父容不得对这件事有怀疑。

老瞎子也没再作声,显得有些激动,双手搭在膝盖上,两颗头一样的眼珠结着苍天,像是一根一根地回忆着那些弹断的琴弦。盼了多少年了呀,老瞎子想,盼了五十年了!五十年中翻了多少架山,走了多少里路哇。挨了多少回晒,挨了多少回冻,心里受了多少委屈呀。一晚上一晚上地弹,心里总记着,得真正是一根一根尽心地弹断了才成。现在快盼到了,绝出不了这个夏天了。老瞎子知道自己又没什么能要命的病,活过这个夏天一点不成问题。“我比我师父可运气多了,”他说,“我师父到了儿没能睁开眼睛看一回。”

“咳!我知道这地方是哪儿了!”小瞎子忽然喊起来。

老瞎子这才动了动,抓起自己的琴来摇了摇,叠好的纸片碰在蛇皮上发出细微的响声,那张药方就在琴槽里。

“师父,这儿不是野羊岭吗?”小瞎子问。老瞎子没搭理他,听出这小子又不安稳了。

“前头就是野羊坳,是不是,师父?”

“小子,过来给我擦擦背。”老瞎子说,把弓一样的脊背弯给他。

“是不是野羊坳,师父?”

“是!干什么?你别又闹猫似的。”

小瞎子的心扑通扑通跳,老老实实给师父擦背。老瞎子觉出他擦得很有劲。

“野羊坳怎么了?你别又叫驴似的会闻味儿。”

小瞎子心虚,不吭声,不让自己显出兴奋。

“又想什么呢？别当我不知道你这心思。”

“又怎么了，我？”

“怎么了你？上回你在这儿疯得不够？那妮子是什么好货！”老瞎子心想，也许不该再带他到野羊坳来。可是野羊坳是个大村子，年年在这儿生意都好，能说上半个多月。老瞎子恨不能立刻弹断最后几根琴弦。

小瞎子嘴上嘟嘟囔囔的心却飘飘的，想着野羊坳里那个尖声细气的小妮子。

“听我一句话，不害你。”老瞎子说，“那号事靠不住。”

“什么事？”

“少跟我贫嘴。你明白我说的什么事。”

“我就没听您说过，什么事靠得住。”小瞎子又偷偷地笑。

老瞎子没理他，骨头一样的眼珠又对着苍天。那儿，太阳正变成一汪血。

两面脊背和山是一样的黄褐色。一座已经老了，嶙峋瘦骨像是山根下裸露的基石。另一座正年轻。老瞎子七十岁，小瞎子才十七。小瞎子十四岁上父亲把他送到老瞎子这儿来，这是让他学说书，这辈子好有个本事，将来可以独自在世上活下去。

老瞎子说书已经说了五十多年。这一片偏僻荒凉的大山里的人们都知道他：头发一天天变白，背一天天变驼，年年月月背一三弦琴满世界走，逢上有愿出钱的地方就动琴弦唱一晚上，给寂寞的山村带来欢乐。开头常是这么几句：“自从盘古分天地，三皇五帝到如今，有道君王安天下，无道君王害黎民。轻轻弹响三弦琴，慢慢稍停把歌论，歌有三千七百本，不知哪本动人心。”于是听书的众人喊起来，老的要听董永卖身葬父，小的要听武二郎夜走蜈蚣岭，女人们想听秦香莲。这是老瞎子最知足的一刻，身上的疲劳和心里的孤寂全忘却，不慌不忙地喝几口水，待众人的吵嚷声鼎沸，便把琴弦一阵紧拨，唱道："今日不把别人唱，单表公子小罗成。"或者："茶也喝来烟也吸，唱一回哭倒长城的孟姜女。"满场立刻鸦雀无声，老瞎子也全心沉到自己所说的书中去。

他会的老书数不尽。他还有一个电匣子，据说是花了大价钱从一个山外人手里买来，为的是学些新词儿，编些新曲儿。其实山里人倒不太在乎他说什么唱什么。人人都称赞他那三弦子弹得讲究，轻轻漫漫的，飘飘洒洒的，疯癫狂放的，那里头有天上的日月，有地上的生灵。老瞎子的嗓子能学出世上所有的声音。男人女人、刮风下雨、兽啼禽鸣。不知道他脑子里能呈现出什么景象，他一落生就瞎了眼睛，从没见过这个世界。

小瞎子可以算见过世界，但只有三年，那时还不懂事。他对说书和弹琴并无多少兴趣，父亲把他送来的时候费尽了唇舌，好说歹说连哄带骗，最后不如说是那个电匣子把他留住。他抱着电匣子听得入神，甚至没发觉父亲什么时候离去。

这只神奇的匣子永远令他着迷，遥远的地方和稀奇古怪的事物使他幻想不绝，凭着三年朦胧的记忆，补充着万物的色彩和形象。譬如海，匣子里说蓝天就像大海，他记得蓝天，于是想象出满天排开的水锅。再譬如漂亮的姑娘，匣子里说就像盛开的花朵，他实在不相信会是那样，母亲的灵柩被抬到远山上去的时候，路上正开遍着野花，他永远记得却永远不愿意去想。但他愿意想姑娘，越来越愿意想；尤其是野羊坳的那个尖声细气的小妮子，总让他心里荡起波澜，直到有一回匣子里唱道，"姑娘的眼睛就像太阳"，这下他才找到了一个贴切的形象，想起母亲在红透的夕阳中向他走来的样子。其实人人都是根据自己的所知猜测着无穷的未知，以自己的感情勾画出世界。每个人的世界就都不同。

也总有一些东西小瞎子无从想象，譬如“曲折的油狼”。

这天晚上，小瞎子跟着师父在野羊坳说书。又听见那小妮子站在离他不远处尖声细气地说笑。书正说到紧要处——“罗成回马再交战，大胆苏烈又兴兵。苏烈大刀如流水，罗成长枪似腾云，好似海中龙吊宝，犹如深山虎争林。又战七日并七夜，罗成清茶无点唇……”老瞎子把琴弹得如雨骤风疾，字字句句唱得铿锵，小瞎子却心猿意马，手底下早乱了套数……

野羊岭上有一座小庙，离野羊坳村二里地，师徒二人就在这里住下。石头砌的院墙已经残断不全，几间小殿堂也歪斜欲倾百孔千疮，唯正中一间尚可遮蔽风雨，大约是因为这一间中毕竟还供奉着神灵。三尊泥像早脱尽了尘世的彩饰，还一身黄土本色返璞归真了，认不出是佛是道。院里院外、房顶墙头都长满荒藤野草，蓊蓊郁郁倒有生气。老瞎子每日到野羊坳说书都住在这儿。

散了书已经不早，老瞎子在下殿里安顿行李，小瞎子在侧殿的檐下生火烧水。去年砌下的灶火稍加修整就可以用。小瞎子撅着屁股吹火，柴草不干，呛得他满院里转着圈咳嗽。老瞎子在正殿里数叨他：“我看你能干好什么。”

“柴湿嘛。”

“我没说这事。我说的是你的琴，今儿晚上的琴你弹成了什么。”

小瞎子不敢接这话茬，吸足了几口气又跪到灶火前去，鼓着腮帮子一通猛吹。“你要是不想干这行，就趁早给你爹捎信把你领回去。老这么闹猫闹狗的可不行，要闹回家闹去。”

小瞎子咳嗽从灶火边跳开，几步蹿到院子另一头，呼哧呼哧大喘气，嘴里一边骂。

"说什么呢?"

"我骂这火。"

"有你那么吹火的?"

"那怎么吹?"

"怎么吹? 哼,"老瞎子顿了顿,又说,"你就当这灶火是那妮子的脸!"

小瞎子又不敢搭腔了,跪到灶火前去再吹,心想:真的,不知道兰秀儿的脸什么样。那个尖声细气的小妮子叫兰秀儿。

"那要是妮子的脸,我看你不用教也会吹。"老瞎子说。

小瞎子笑起来,越笑越咳嗽。

"笑什么笑!"

"您吹过妮子的脸?"

老瞎子一时语塞。小瞎子笑得坐在地上。"日他妈。"老瞎子骂道,笑笑,然后变了脸色,再不言语。

灶膛里腾的一声,火旺起来。小瞎子再去添柴,一心想着兰秀儿。才散了书的那会儿,兰秀儿挤到他跟前来小声说:"哎,上回你答应我什么来?"师父就在旁边,他没敢吭声。人群挤来挤去,一会儿又把兰秀儿挤到他身边。"噫,上回吃人家的煮鸡蛋倒白吃了?"兰秀儿说,声音比上回大。这时候师父正忙着跟几个老汉拉话。他赶紧说:"嘘——,我记着呢。"兰秀儿又把声音压低:"你答应给我听电匣子你还没给我听。""嘘——,我记着呢。"幸亏那会儿人声嘈杂。

正殿里好半天没有动静。之后,琴声响了,老瞎子又上好了一根新弦,他本来应该高兴的,来野羊坳头一晚就又弹断一根琴弦,可是那琴声却低沉、零乱。

小瞎子渐渐听出琴声不对,在院里喊:"水开了,师父。"

没有回答。琴声一阵紧似一阵了。

小瞎子端了一盆热水进来。放在师父跟前,故意嘻嘻笑着说:“您今儿晚还想弹断一根是怎么着?”

老瞎子没听见,这会儿他自己的往事都在心中。琴声烦躁不安,像是年年旷野里的风雨,像是日夜山谷中的溪流,像是奔奔忙忙不知所归的脚步声。小瞎子有点害怕了:师父很久不这样了,师父一这样就要犯病,头疼、心口疼、浑身疼,会几个月爬不起炕来。

“师父,您先洗脚吧。”

琴声不停。

“师父,您该洗脚了。”小瞎子的声音发抖。

琴声不停。

“师父!”

琴声戛然而止,老瞎子叹了口气。小瞎子松了口气。老瞎子洗脚,小瞎子乖乖地坐在他身边。

“睡去吧,”老瞎子说,“今儿格够累的了。”

“您呢?”

“你先睡,我得好好泡泡脚。人上了岁数毛病多。”老瞎子故意说得轻松。

“我等您一块儿睡。”

山深夜静,有一点风,墙头的草叶子响。夜猫子在远处哀哀地叫。听得见野羊坳里偶尔有几声狗吠,又引得孩子哭。月亮升起来,白光透过残损的窗棂进了殿堂,照见两个瞎子和三尊神像。

“等我干吗,时候不早了。”

“你甭担心我,我怎么也不怎么。”老瞎子又说。

“听见没有,小子?”

小瞎子到底年轻,已经睡着。老瞎子推推他让他躺好,他嘴里咕囔了几句倒头睡去。老瞎子给他盖被子时,从那身日渐发育的筋肉上觉出,这孩子到了要想那些事的年龄,非得有一段苦日子过不可了。唉,这事谁也替不了谁。

老瞎子再把琴抱在怀里,摩挲着根根绷紧的琴弦。心里使劲念叨:又断了一根了,又断了一根了。再摇摇琴槽,有轻微的纸和蛇皮的摩擦声,唯独这事能为他排忧解烦。一辈子的愿望。

小瞎子做了一个好梦。醒来吓了一跳,鸡已经叫了。他一骨碌爬起来听听,师父正睡得香,心说还好。他摸到那个大挎包,悄悄地掏出电匣子,蹑手蹑脚出了门。

往野羊坳方向走了一会儿,他才觉出不对头,鸡叫声渐渐停歇,野羊坳里还是静静的没有人声。他愣了一会儿,鸡才叫头遍吗?灵机一动扭开电匣子。电匣子里也是静悄悄。现在是半夜。他半夜里听过匣子,什么都没有。这匣子对他来说还是个表。只要扭开一听,便知道是几点钟,什么时候有什么节目都是一定的。

小瞎子回到庙里,老瞎子正翻身。

“干吗哪?”

“撒尿去了。”小瞎子说。

一上午,师父逼着他练琴。直到晌午饭后,小瞎子才瞅机会溜出庙来,溜进野羊坳。鸡也在树荫下打盹,猪也在墙根下说着梦话,太阳又热得凶,村子里很安静。

小瞎子踩着磨盘,扒着兰秀儿家的墙头轻声喊:“兰秀儿——兰秀儿——”

屋里传出雷似的鼾声。

他犹豫了片刻,把声音稍稍抬高:“兰秀儿——!兰秀儿!”

狗叫起来。屋里鼾声停了,一个闷声闷气的声音问:“谁呀?”

小瞎子不敢回答，把脑袋从墙头上缩下来。屋里吧唧了一阵嘴，又响起鼾声。

他叹口气，从磨盘上下来快快地往回走。忽听见身后嘎吱一声院门响，随即一阵细碎的脚步声向他跑来。

"猜是谁？"尖声细气。小瞎子的眼睛被一双柔软的小手捂上了。——这才多余呢。兰秀儿不到十五岁，认真说还是孩子。

"兰秀儿！"

"电匣子拿来没？"

小瞎子掀开衣襟，匣子挂在腰上。"嘘——，别在这儿，找个没人的地方听去。"

"咋啦？"

"回头招好些人。"

"咋啦？"

"那么多人听，费电。"

两个人东拐西弯，来到山背后那眼小泉边。小瞎子忽然想起件事，问兰秀儿："你见过曲折的油狼吗？"

"啥？"

"曲折的油狼。"

"曲折的油狼？"

"知道吗？"

"你知道？"

"当然。还有绿色的长椅。就一把椅子。""椅子谁不知道。"

"那曲折的油狼呢？"

兰秀儿摇摇头，有点崇拜小瞎子了。小瞎子这才郑重其事地扭开电匣子，一支欢快的乐曲在山沟里飘荡。

地方又凉快又没有人来打扰。

“这是《步步高》。”小瞎子说，跳着哼。一会儿又换了支曲子，叫《旱天雷》，小瞎子还能跟着哼。兰秀儿觉得很惭愧。

“这曲子也叫《和尚思妻》。”

兰秀儿笑起来：“瞎骗人！”

“你信不信？”

“不信。”

“爱信不信。这匣子里说的古怪事多啦。”小瞎子玩着凉凉的泉水，想了一会儿，“你知道什么叫接吻吗？”

“你说什么叫？”

这回轮到小瞎子笑，光笑不答。兰秀儿明白准不是好话，红着脸不再问。

音乐播完了一个女人说，“现在是讲卫生节目。”

“啥？”兰秀儿没听清。

“讲卫生。”

“是什么？”

“嗯——，你头发上有虱子吗？”

“去——，别动！”

小瞎子赶忙缩回手来，赶忙解释：“要有就是不讲卫生。”

“我才没有。”兰秀儿抓抓头，觉得有些刺痒，“噫——瞧你自个儿吧！”兰秀儿一把搬过小瞎子的头。“看我捉几个大的。”

这时候听见老瞎子在半山上喊：“小子，还不给我回来！该做饭了，吃罢饭还得去说书！”他已经站在那儿听了好一会儿了。

野羊坳里已经昏暗，羊叫、驴叫、狗叫、孩子们叫，处处起了炊烟，野羊岭上还有一线残阳，小庙正在那淡薄的光中，没有声响。

小瞎子又撅着屁股烧火。老瞎子坐在一旁淘米，凭着听觉他能把米中的砂子拣出来。

“今天的柴挺干。”小瞎了说。

“嗯。”

“还是焖饭?”

“嗯。”

小瞎子这会儿精神百倍,很想找些话说,但是知道师父的气还没消,心说还是少找骂。两个人默默地干着自己的事,又默默地一块儿把饭做熟。岭上也没了阳光。

小瞎子盛了一小碗米饭,先给师父:“您吃吧。”声音怯怯的,无比驯顺。

老瞎子终于开了腔:“小子,你听我一句行不?”

“嗯。”小瞎子往嘴里扒拉饭,回答得含糊。

“你要是不愿意听,我就不说。”

“谁说不愿意听了?我说‘嗯!’”

“我是过来人,总比你知道得多。”

小瞎子闷头扒拉饭。

“我经过那号事。”

“什么事?”

“又跟我贫嘴!”老瞎子把筷子往灶台上一摔。

“兰秀儿光是想听听电匣子。我们光是一块儿听电匣子来。”

“还有呢?”

“没有了。”

“没有了?”

“我还问她见过曲折的油狼。”

“我没问你这个。”

“后来,后来,”小瞎子不那么气壮了,“不知怎么一下就说起了虱子……”

“还有呢?”

“没了,真没了!”

两个人又默默地吃饭。老瞎子带了这徒弟好几年,知道这孩子不会撒谎,这孩子最让人放心的地方就是诚实、厚道。

“听我一句话,保准对你没坏处。以后离她远点好。早年你师爷这么跟我说,我也不相信……”

“师爷?说兰秀儿?”

“什么兰秀儿,那会儿还没她呢。那会儿还没有你们呢……”老瞎子阴郁的脸又转向暮色浓重的天际,骨头一样白色的眼珠不住地转动,不知道在那儿他想能“看”见什么。许久,小瞎子说:“今儿晚上您多半又能弹断一根琴弦。”想让师父高兴些。

这天晚上师徒在野羊坳说书。“上回说到罗成死,三魂七魄赴幽冥,听歌君子莫嘈嚷,列位听我道下文。罗成阴魂出地府,一阵旋风就起身,旋风一阵来得快,长安不远面前存……”老瞎子的琴声也乱,小瞎子的琴声也乱,小瞎子回忆着那双柔软的小手捂在自己脸上的感觉,还有自己的头被兰秀儿搬过去的滋味。老瞎子想起的事情更多……

夜里老瞎子翻来覆去睡不安稳,多少往事在他耳边喧嚣,在他心头动荡,身体里仿佛有什么东西要爆炸。坏了,要犯病,他想。头昏,胸口憋闷,浑身紧巴巴的难受。他坐起来,对自己叨咕:“可别犯病,一犯病今年又甭想弹够那些琴弦了。”他又摸到琴。要能叮叮当当随心所欲地疯弹一阵,心头的忧伤或许就能平息,耳边的往事或许就会消散。可是小瞎子正睡得香甜。

他只好再全力去想那张药方和琴弦:还剩下几根,还只剩最后几根了。那时就可以去抓药了,然后就能看见这个世界——他无数次爬过的山,无数次走过的路,无数次感到过她的温暖和炽热的太阳,无数次梦想着的蓝天、月亮和星星……还有呢?还有什么?他朦胧中所盼望的东西似乎比这要多得多……

夜风在山里游荡。

猫头鹰又在凄哀地叫。

不过现在他老了,无论如何没几年活头了,失去的,已经永远失去了,他像是刚刚意识到这一点。七十年中所受的全部辛苦就为了最后能看一眼世界,这值得吗?他问自己。

小瞎子在梦里笑,在梦里说:“那是一把椅子,兰秀儿……”

老瞎子静静地坐着,静静地坐着的还有那三尊分不清是佛是道的泥像。

鸡叫头遍的时候老瞎子决定,天一亮就带这孩子离开野羊坳。否则这孩子受不了,他自己也受不了。兰秀儿不坏,可这事会怎么结局,老瞎子比谁都“看”得清楚。鸡叫二遍,老瞎子开始收拾行李。

可是一早起来小瞎子病了,肚子疼,随即又发烧。老瞎子只好把行期推迟。

一连好几天,老瞎子无论是烧火、淘米、捡柴,还是给小瞎子挖药、煎药,心里总在说:“值得,当然值得。”要是不这么反反复复对自己说,身上的力气几乎就要垮掉。“我非要最后看一眼不可。”“要不怎么着?就这么死了去?”“再说就只剩下最后几根了。”后面三句都是理由。老瞎子又冷静下来,天天晚上还到野羊坳去说书。

这一下小瞎子倒来了福气。每天晚上师父到岭下去了,兰秀儿就猫似的轻轻跳进庙里来听匣子。兰秀儿还带来熟的鸡蛋,条件是得让她亲手去扭那匣子的开关。“往哪边扭?”“往右”“扭不动。”“往右,笨货,不知道哪边是右哇?”“咔哒”一下,无论是什么便响起来,无论是什么俩人都爱听。

又过了几天,老瞎子又弹断了三根弦。

这一晚，老瞎子在野羊坳里自弹自唱："不表罗成投胎事，又唱秦王李世民。秦王一听双泪流，可怜爱卿丧残身，你死一身不打紧，缺少扶朝上将军……"

野羊坳上的小庙里这时更热闹。电匣子的音量开得挺大，又是孩子哭，又是大人喊，轰隆隆地又响炮，嘀嘀嗒嗒地又吹号。月光照进正殿，小瞎子躺着啃鸡蛋，兰秀儿坐在他旁边。两个人都听得兴奋，时而大笑，时而稀里糊涂莫名其妙。

"这匣子你师父哪买来？"

"从一个山外头的人手里。"

"你们到山外头去过？"兰秀儿问。

"没。我早晚要去一回就是，坐坐火车。"

"火车？"

"火车你也不知道？笨货。"

"噢，知道知道，冒烟哩是不是？"

过了一会儿兰秀儿又说："保不准我就得到山外头去。"语调有些恓惶。

"是吗？"小瞎子一挺坐起来，"那你到底瞧瞧曲折的油狼是什么。"

"你说是不是山外头的人都有电匣子？"

"谁知道。我说你听清楚没有？曲、折、的、油、狼，这东西就在山外头。"

"那我得跟他们要一个电匣子。"兰秀儿自言自语地想心事。

"要一个？"小瞎子笑两声，然后住气，然后大笑："你干吗不要俩？你可真本事大。你知道这匣子几千块钱一个？把你卖了吧，怕也换不来。"

兰秀儿心里正委屈，一把揪住小瞎子的耳朵使劲拧，骂道："好你个死瞎子。”

两个人在堂殿里扭打起来。三尊泥像袖手旁观帮不上忙,两个年轻的正在发育的身体碰撞在一起,纠缠在一起,一个把一个压进身下,一会儿又颠倒过来,骂声变成笑声。匣子在一边唱。

打了好一阵子,两个人都累得住手,心怦怦跳,躺着喘气,不言声儿,谁却也不愿意再拉开距离,兰秀儿呼出的气吹在小瞎子的脸上,小瞎子感到了诱惑,并且想起那天吹火时师父说的话,就往兰秀儿脸上吹气。兰秀儿并不躲。

“嘿,”小瞎子小声说,“你知道接吻是什么了吗?”

“是什么?”兰秀儿的声音也小。

小瞎子对着兰秀儿的耳朵告诉她。兰秀儿不说话。老瞎子回来之前,他们试着亲了嘴儿,滋味真不坏……

就是这天晚上,老瞎子弹断了最后两根琴弦。两根弦一齐断了。他没料到。他几乎是连跑带爬地上了野羊岭,回到小庙里。小瞎子吓了一跳:“怎么了,师父?”

老瞎子喘吁吁地坐在那儿,说不出话。小瞎子有些犯嘀咕:莫非是他和兰秀儿干的事让师父知道了?

老瞎子这才相信一切都是值得的。一辈子的辛苦是值得的。能看一回,好好看一回,怎么都是值得的。

“小子,明天我就去抓药。”

“明天?”

“明天。”

“又断了一根了?”

“两根。两根都断了。”

老瞎子把那两根弦卸下来,放在手里揉搓了一会儿,然后把他们并到另外的九百九十八根去，绑成一捆。

“明天就走？”

“天一亮就动身。”

小瞎子心里一阵发凉。老瞎子开始剥琴槽上的蛇皮。

“可我的病还没好利索。”小瞎子小声叨咕。

“噢，我想过了，你就先留在这儿，我用不了十天就回来。”

小瞎子喜出望外。

“你一个人行不？”

“行！”小瞎子紧忙说。

老瞎子早忘了兰秀儿的事。“吃的、喝的、烧的全有。你要是病好利索了，也该学着自个儿出去说回书。行吗？”

“行。”小瞎子觉得有点对不住师父。

蛇皮剥开了，老瞎子从琴槽中取出一张叠得方方正正的纸条。他想起这药方进琴槽时，自己才二十岁，便觉得浑身上下都好像冷。

小瞎子也把那药方放在手里摸了一会儿，也有了几分肃穆。

“你师爷一辈子才冤呢。”

“他弹断了多少根？”

“他本来能弹够一千根，可他记成了八百。要不然他能弹断一千根。”

天不亮老瞎子就上路了。他说最多十天就回来。谁也没想到他竟去了那么久。

老瞎子回到野羊坳时已经是冬天。漫天大雪，灰暗的天空连接着白色的群山。没有声息，处处也没有生气，空旷而沉寂。所以老瞎子那顶发了黑的草帽就尤其蹿动得显著。他蹒蹒跚跚地爬上野羊岭，庙院中衰草瑟瑟，蹿出一只狐狸，仓皇逃远。

村里人告诉他,小瞎子已经走了些日子。

“我告诉他等我回来。”

“不知道他干吗就走了。”

“他没说去哪儿,留下什么话没?”

“他说让您甭找他。”

“什么时候走的?”

人们想了好久,都说是在兰秀儿嫁到山外去的那天。老瞎子心里便一切全明白。

众人劝老瞎子留下来,这么冰天雪地的上哪去?不如在野羊坳说一冬天书。老瞎子指指他的琴,人们见琴柄上空荡荡已经没了琴弦。老瞎子面容也憔悴,呼吸也孱弱,嗓音也沙哑了,完全变了个人。他说得去找他的徒弟。

若不是还想着他的徒弟,老瞎子就回不到野羊坳。那张他保存了五十年的药方原来是一张无字的白纸。他不信,请了多少识字而又诚实的人帮他看,人人都说那果真是一张无字的白纸。老瞎子在药铺前的台阶上坐了一会儿,他以为是一会儿,其实已经几天几夜,骨头一样的眼珠在询问苍天,脸色也变成骨头一样的苍白。有人以为他是疯了,安慰他,劝他。老瞎子苦笑:七十岁了再疯还有什么意思?他只是再不想动弹,吸引着他活下去、走下去、唱下去的东西骤然间消失干净。就像一根不能拉紧的琴弦,再难弹出悦耳的曲子。老瞎子的心弦断了,准确地说,是有一端空无所系了。一根琴弦需要两个点才能拉紧。心弦也要两个点——一头是追求,一头是目的——你才能在中间这紧绷绷的过程上弹响心曲。现在发现那目的原来是空的。老瞎子在一个小客店里住了很久,觉得身体里的一切都在熄灭。他整天躺在炕上,不弹也不唱,一天天迅速地衰老。直到花光了身上所有的钱,直到忽然想起他的徒弟，他知道自己的死期将至，可那孩子在等他回去。

茫茫雪野，皑皑群山，天地之间蹒动着一个黑点。走近时，老瞎子的身影弯得如一座桥。他去找他的徒弟。他知道那孩子目前的心情、处境。

他想自己先得振作起来，但是不行，前面明明没有了目标。

他一路走，便怀恋起过去的日子，才知道以往那些奔奔忙忙兴致勃勃的翻山、走路、弹琴，乃至心焦、忧虑都是多么欢乐！那时有个东西把心弦扯紧，虽然那东西原是虚设。老瞎子想起他师父临终时的情景。他师父把那张自己没用上的药方封进他的琴槽。“您别死，再活几年，您就能睁眼看一回了。”说这话时他还是个孩子。他师父久久不言语，最后说：“记住，人的命就像这琴弦，拉紧了才能弹好，弹好了就够了。”……不错，那意思就是说：目的本来没有。不错，他的一辈子都被那虚设的目的拉紧，于是生活中叮叮当当才有了生气。重要的是从那绷紧的过程中得到欢乐，老瞎子知道怎么对自己的徒弟说了。可是他又想：能把一切都告诉小瞎子吗？老瞎子又试着振作起来，可还是不行，总摆脱不掉那无字的白纸……

在深山里，老瞎子找到了小瞎子。

小瞎子正跌倒在雪地里，一动不动，想那么等死。老瞎子懂得那绝不是装出来的悲哀。老瞎子把他拖进一个山洞，他已无力反抗。老瞎子捡了些柴，打起一堆火。

小瞎子渐渐有了哭声。老瞎子放了心，任他尽情尽意地哭。只要还能哭就还有救，只要还能哭就有哭够的时候。

小瞎子哭了几天几夜，老瞎子就那么一声不吭地守着。火光和哭声惊动了野兔子、山鸡、野羊、狐狸和鹞鹰……

终于小瞎子说话了：“干吗咱们是瞎子！”

“就因为咱们是瞎子。”老瞎子回答。

终于小瞎子又说:“我想睁开眼看看,师父,我想睁开眼看看!哪怕就看一回。”

“你真那么想吗?”

“真想,真想——”

老瞎子把篝火拨得更旺些。

雪停了。铅灰色的天空中,太阳像一面闪光的小镜子,鹞鹰在平稳地滑翔。

“那就弹你的琴弦,”老瞎子说,“一根一根尽力地弹吧。”

“师父,您的药抓来了?”小瞎子如梦方醒。

“记住,得真正是弹断的才成。”

“您已经看见了吗? 师父,您现在看得见了?”

小瞎子挣扎着起来,伸手去摸师父的眼窝。老瞎子把他的手抓住。

“记住,得弹断一千二百根。”

“一千二?”

“把你的琴给我,我把这药方给你封在琴槽里。”老瞎子现在才懂了师父当年对他说的话——咱的命就在这琴弦上。

目的虽是虚设的,可非得有不行,不然琴弦怎么拉紧? 拉不紧就弹不响。

“怎么是一千二,师父?”

“是一千二。我没弹够,我记成了一千。”老瞎子想:这孩子再怎么弹吧,还能弹断一千二百根? 永远扯紧欢跳的琴弦,不必去看那无字的白纸……

这地方偏僻荒凉,群山不断。荒草丛中随时会飞起一对山鸡,跳出一只野兔、狐狸,或者其他小野兽。山谷中鹞鹰在盘旋。

现在让我们回到开始：

莽莽苍苍的群山之中走着两个瞎子，一老一少，一前一后，两顶发了黑的草帽起伏蹿动，匆匆忙忙，像是随着一条不安静的河水在漂流。无所谓从哪儿来、到哪儿去，也无所谓谁是谁……

1985年4月20日

赏析

人生是一个过程

这是一篇讨论人生哲理的小说，其中渗透着作者对人生意义的理解；从本书的主旨看，对人生意义的理解中包含着化解人生苦难的智慧。即，命运如此不幸，面对苦难，为什么还要活？或者说，生活那么难，活着的意义是什么？

透过小说的故事层面，我们大体上可以感悟到以下几层意蕴。

第一，苦难中人，乃至于所有人，活着必须树立一个目标，或者说必须心怀一个理想、梦想、希望、愿望……这样，人活着才有内在的精神动力，才能生机勃勃，永远充满欢乐。这正是小说标题（“命若琴弦”）所宣示的意义：一头是生命，一头是目标，两点之间扯起一根弦，人的生命就像这根弦，拉紧了才能弹奏出动听的人生乐章。否则，没有目标，心无所系，人就丧失了活着的内在动力，生活就没有了任何意义，人活着就等于一个动物性生存。作品中的老瞎子已丧失了所有人世间的幸福,但因为心中怀有一个美好的希望,所以他一辈子照样活得幸福、愉快,充满激情与活力。总之,确立一个目标并为之奋斗,这是人与动物的最大区别。

第二,作品更为深刻的一层意思是说,即使这个目标是虚设的,最后终于没有实现,但你只要为此而奋斗了,拼搏了,你的人生也仍然是有价值、有意义的。人生的意义并不在于目标的实现当中,而在于为实现目标追求奋斗的过程之中。作品中老瞎子的师父悟到了这一点,临终时深情地告诫徒弟:“记住,人的命就像这根弦,拉紧了才能弹好,弹好就够了。”老瞎子知道药方原是白纸后回顾平生经历,也深刻领悟了师父的深意,明白人活着的意义就在于追求奋斗的过程,即“永远扯紧欢跳的琴弦,不必去看那张无字的白纸……”

第三,命若琴弦,人生的意义不在于目的而在于过程,这是一个相当深刻的命题。不过,这一命题通过老瞎子的命运表现出来,多少显得有些悲凉和无奈,让人心里感到沉重和压抑。作品中老瞎子的精神状态最后终于没有调整过来,就说明了这一点。不过,随着思考的步步深入,史铁生的情绪基调由低沉到昂扬,由悲凉到热烈,由无奈到从容。通过对人生过程的反复探究,他终于从终极角度确认了“过程”的价值和意义。他认为人生百般奋斗,不断超越的意义不在于任何一个具体现实的功利“目的”的实现上,而在于不懈追求的“过程”本身之中,简单说,即“过程就是目的”。

为什么“过程就是目的”,史铁生的心路是怎么通向这一观点的呢?他以球迷看球赛为例进行论证。一场足球赛 90 分钟常常只进一两个球或以 0∶0结束,那么目的是什么呢?就是过程。在这 90 分钟“过程”中,球员展现了、球迷欣赏了生命的矫健、坚强、智慧和优美,否则无论进多少球都没有意思。如 90 分钟光是罚点球肯定进球多，但这有意思吗？没有了过程就没有了趣味，没有了快乐。在真正的球迷看来，过程比目的要紧。所以没有及时看上实况转播而只能看录像的球迷不让别人告诉结果，因为他们要在前途未卜的过程中享受激情、享受惊险、享受渴望、享受悲欢，他们着迷的是过程。

生活和球赛一样，“上帝”给人们设置障碍和困境，让你去奋斗、去拼搏、去超越，在这一过程中你充满了渴望、充满了激情、充满了悲欢，于是才有了趣味和快乐。这就是说，奋斗过程中的渴望、激情、悲欢本身就是趣味和快乐，就是最大的精神享受，就是美。这就是生活的目的和意义。有人对此大不理解，认为奋斗、奋斗、奋斗，过程、过程、过程，总也达不到目的，这不有点荒诞吗？史铁生说，你并不是一无所得，而是——“你得到了一个快乐的过程。就像一场球赛，你无论是输了还是赢了，只要你看重的是过程，你满怀激情地参与过程，生龙活虎不屈不挠地投入了过程，你在这过程的每一分钟里就都是快乐的。”

当然，重视“过程”并不等于不要“目的”，没有“目的”，“过程”就没有方向，也是一种很空茫的处境。只是需要明白，“目的”的设置不是目的，而是为了引出一个精彩的“过程”。为了“过程”的精彩与辉煌，人们需要设置高尚远大的“目的”。为了追求这一“目的”，你全力以赴，不屈不挠，充满激情，时时刻刻都充满快乐。在这一过程中，你把超越连续的痛苦看成跨栏比赛，把不断地解决矛盾当做不尽的游戏，你实现了生命的骄傲和壮美。这时候的你，已经超越了任何现实的、世俗的、功利的目的，而只陶醉在充满活力的奋斗、拼搏、创造过程之中。这是什么境界？当然是一种审美境界：这是一种审美的人生观、价值观，也就是尼采所说的人生只有求助于审美而获得意义。

总之，“人生是一个过程”，无论对于残疾人还是非残疾人，都是一种积极、健康、通达、理性的人生观。透彻地理解了这一点，就可以使我们的精神永远处于自由、幸福、快乐的境地，使我们的人生永远充满生命的活力，充满创造的激情。

在艺术方面，需要提醒两个小点：一是，老瞎子反复提醒小瞎子不要和兰秀儿在一起，否则将来会吃苦，但小瞎子不听，结果失恋痛苦得要死不活。老瞎子为什么反复提醒？因为他年轻时就是这样走过来的，他也有类似的经历。这说明，老瞎子一辈子没有爱情，没有家庭，没有依靠，他靠什么活了一辈子？就靠心里有个希望。作家这一笔是要强调希望或目标对人生的意义。

二是，作品在结构方面非常明显的特点是开头和结尾两段文字几乎完全相同，展现的是同一幅“画面”。这样的结构，这样的意象，给人的直接启发就是：人生就是一个圆圈，既不知从哪儿来也不知往哪儿去，只是一代代周而复始不停地走——走——走，走在生命的旅途上。

这两段空灵的诗化叙述有着奇妙的艺术魅力，吸引你兴奋莫名地反复读，读的结果，眼前意象进一步虚化升华：我们看到正在匆匆忙忙走着的已不是一老一少两个苦难中的瞎子，而是望不见尽头的人群，是整个人类；而且，他们也不是走在莽莽苍苍的群山之中，而是走在苍茫的天地之间；或者也不是“走”，而是“漂”，漂流于无边无涯的宇宙长河中！

史铁生

六、车　神*

一　残疾人车

去年我终于自己挣够了一笔钱,买了一辆电动的残疾人车。这样就不再为出远门发愁了,把一对电瓶充足电可以跑几十公里,速度跟健康人骑自行车差不多。车开起来,电机一路风儿似的轻唱,平稳又潇洒,引得路人赞叹。腿坏了十几年,这一来心野了,冲出城圈去常不着家,去圆明园,去香山,再多备一套电瓶甚至可以到更远的郊外去疯跑了。关键在于你什么时候想去疯跑什么时候就能去疯跑,轻而易举之事。有回到了健康时候的感觉。只是还上不了山,但揣摸那也不会是永远的绝望。

有了新车,原来用的那辆笨重的手摇车便闲在角落里。每从

* 史铁生著:《史铁生作品系列:命若琴弦》,人民文学出版社 2011 年版,第 292—299 页。

外面疯够了兴冲冲开了新车回到家，见那旧车不声不响独自度着寂寞，浑身的血一下子全静下来。忧伤像影子一样从四周围悄悄漫起，淹没到心头。于是抽一支烟再抽一支烟，怀疑自己是不是那种容易忘记老朋友的人。一支烟又一支烟挨到夜深，困了，慢慢去睡，又睡不着。旧车下，一只蟋蟀彻夜地叫。这车驮我走过最艰难的日子，十几年。

二　二十个母亲

两个老太太，头发都已花白。蜻蜓在她们头顶上盘桓不去，随后蝴蝶又飞来。那样的年纪她们还都穿着裙子，蓝色和紫色的裙子，上面有星星一样的碎斑点。裙子下面的脚步，缓缓地就是秋天。

也许是在路上，也许是在林间或是河岸，有一个人坐在手摇车上抽烟。那不是我。

路很长，或者林子很静，要么就是河面上的薄雾中有一只船。

两个老太太走近那抽烟的人，冲他笑笑，弯腰去看那车的链盘，又直起身来把车摸遍，退后几步估摸它的长度，再向抽烟的人问了车的价钱。

抽烟的人说："不管是您当中的哪一位，都摇不动这车。老年人摇不动它。"

两个老太太心里叹息，说："是给一个孩子。"

"您的？还是您的？"抽烟的人把烟掐掉。

九月的天空渐渐深远。白云满怀心事，在所到之处投下影子。

这时候在一家工厂里，那辆注定将属于我的手摇车正在组装。

抽烟的人想：这世上又多了一个不幸的年轻人，他无论如何料想不到,在剩下的日子里都将碰上什么。

正像这抽烟的人也没料到:这两个老太太又召集起十八个老太太,和她俩一样,她们的儿女都是我少年时代的同学。给我买那手摇车的,是二十个母亲。

三 乌鸦和鸽子

乌鸦飞过灰白的天空,吵散了梦里的鸽子。

整整一夜我的腿都是好的,赤脚在柔软的山路上走。黑色的岩石上栖息着鸽群,时而欢唱着飘上天去,时而笑闹着纷纷落下,数不清有多少……

醒了。腿却睡去,不能动了,也没有知觉。晨光熹微中,有个孩子站在我的手摇车前等着我醒来;他已穿戴整齐,斜挎着小小的行囊。

"你这是要到哪儿去?"

"你说的,今天和我去远游。"

不错,我答应过他。于是我平生第一次摇了那辆车走出家。孩子站在车尾的木箱上,身体轻得像是并不存在。

"可我们去哪儿呀?"

"你说过,去远游。"

大雪在夜里盖满了世界。风,又冷又大。孩子一路说着歌谣:

"假如你已经死了,你还有什么可怕……"

我才想起问问这孩子是谁。但他不回答。

我们走过空旷的大街,走过安静的小巷,高楼和矮屋的窗口还都拉着窗帘,五颜六色的图案被冰凌冻在玻璃上装饰起一个个温暖的家。雪在车轮下爆裂。孩子说着他的歌谣:

“既然死你都不怕,何不同我去远游……”

我想扭回头看看这孩子究竟是谁。孩子搂着我的脖子笑,热气喷在我脸上和心里。

我们走过城镇和村庄,走了大道走小路,走出树林,走上冰封的河面……辽阔无垠的雪野上栖息着成群的乌鸦,时而聒噪着涌起来,时而落下铺开一地阴郁。

我跟孩子说起梦里的鸽子。孩子说道:“乌鸦是只黑鸽子,鸽子是只白乌鸦。”

孩子说罢消失不见。无边的白色的世界上有两道不尽的黑色的车辙。在那个冬天的早晨,车神扮成孩子的模样,带我开始去远游。

四 小作坊

小巷深处有一家小作坊,三十几个家庭妇女一天到晚在那儿低着头忙。腰都弯了,眼都花了,长年累月皱纹悄悄爬到她们脸上。我摇着车走遍世界想找一份工作,最后走到这儿,她们把我收留。

低矮又歪斜的小房是她们自己盖的,没有玻璃没有太阳。她们在阴暗中笑得露出白牙,说为了盖这间小房她们夜里去偷过砖瓦灰沙,其中一个年老的小脚儿女人险些让人抓住。

她们愿意听我讲这手摇车的来历,说那二十个母亲来生可得荣华富贵子孙满堂。

我在这个小作坊一干好多年。我们每天把黏稠的黑色的生漆调出七色,画成神仙一样的才子佳人,一如画着无声的梦想。

五　在海边

有一年我到了遥远的海边,在那儿见到一匹老马和一个老人。

春天在海天之间激动不安。老人像一块褐色的沉静的礁石,老马如同他的游魂。

我摇车接近老马,它不慌不忙地吻了吻我的车把和车轮。

老人说:“它还不老,还能风似的跑呢。”

“骑它跑一圈要多少钱?”我问。

“一块钱,再少了不行。”

“生意好吗?”

“现在不行,得到夏天。你是我今年见到的第一个游客。”

“可惜我不能骑上它跑一回了。”

“可你是怎么来的?就靠这辆车?”

“朋友们把我背上火车,把这车也抬上去。”

“我这辈子头一回见这样的车。”

“坐了几天几夜火车才到这儿,朋友们又把我背下来,把这车再抬下来。”

“我在这海边几十年了,没见有人坐你这样的车来过呢。”

“朋友们让我看看海。”

“他们在哪儿?”

我指指海上。那儿,一群年轻人在浪巅上海鸟似地欢叫,叫声在大海轰鸣震响的呼吸之中时隐时现。

“我也不能再到海上去了。”老人说。老人和老马一齐望着海天相接之处,很久。

“想不想让这马带上你围着海湾跑一圈?”

“行吗?”

老人纵身上马,一手抓缰,弯下腰来一手推住我的车,在海边飞跑,气喘吁吁地说:“在我年轻的时候……”我们跑过沙滩,跑过长长的陡坡,跑上面海朝天的崖顶,老人气喘吁吁地说:“……那时候这匹马的老祖父也还年轻。”

六 天河里的船歌

疯狂的夏天,死神一度要把我和我的车推下深渊;车轮顺着陡坡不可收拾地向下滚动,这时候一个姑娘挡在我的车前。

刹那间天也知道地也知道,我们各自寻找对方,都已经多年。

我重又睁开双眼。从白天到黑夜,太阳和月亮所在的地方有船桨掀动水波的声音:星星索……星星索……

“我们以前互相见过?”

“我们以前见过。”

“什么时候?”

“也许是在童年?”

“是在天地初开的时候。”

呵,我恍惚记得。

两个人各伸出一只手,细看那两道爱情线:又深又长没有枝杈。

“没错!”我说。

她却有些忧郁:“也许是道又深又长的天河。”

“两道!”我喊,“可没有过两道天河!”

星星索……星星索……星星索……太阳和月亮所在的地方,无始无终地唱着一首船歌。

七　岸

十几年中,总是她来看我,我却从没到她住的那间小屋里去过。到那儿去要上一百级楼梯,要在许多子弹一样的目光中摇着我的车。这车肯定会在那儿给她闯祸。

其实,人间有双重的天河。

如今她远在异乡,只身漂泊。

在最后一个夏天的最后一个晚上,她费尽心机要满足我多年的愿望:让我看看她住过的小屋,让我记住小屋里的全部陈设。一道长满青苔的土岗旁,有一座红色的小楼。她把我的车推上土岗,指给我看一个白杨遮掩的窗口。

“明天就只剩下它离我最近。”

“不过,别忘了它的主人。”

夜色浓重的时候,她把我的酒杯斟满,跑下土岗。黑暗里我数着她的脚步。

忽然那个窗口灯火辉煌,窗帘像舞台的帷幕般轻轻启开。十二个方格后面,她端着一面镜子走来走去。我从镜子里看见了她的小屋,小屋的每一个角落,与我一千次梦见过的相差不多……

时钟敲过十下,我们如约举起酒杯,这时候我从那面镜子里看见,她的屋门被粗暴地推开……幕落了,灯熄了。玫瑰色的酒中映出浩渺的天河。

星星索……星星索……木桨打着水波。明天,她将远离故土;我将摇着车在岸边守候,地老天荒时据说河水也会干涸。

八　雨中的陌生人

黄昏像一群不会叫的飞蛾,纷乱的白光在苍茫里游来游去。夏天只剩下不可挽救的记忆。墙根下的野草,把疯狂结成种子,精心地埋进土里。

空中淅淅沥沥地哼着一支歌:天上的星星为什么像地上的人群一样拥挤,地上的人群为什么像天上的星星一样疏远……反反复复只这两句。

我的车蹲在窗前,似对我说:“出去走走吧,我们俩。”我不知道去哪儿。“走吧,不管是哪儿。”我不知道为什么要去。“别问为什么,只管先去。”

它驮我走进秋雨。“这下好些了吗?”“就算好些了吧,兄弟。”

湿漉漉的路面上反映着五彩的灯光,灯光中晃着无数五彩的人形。

什么是幻觉?不过是视觉所不能证实的听觉和触觉所不能证实的视觉吧。照理说,你完全能够走过去和任何一个陌生人拉拉手或干脆扑在他怀里哭泣,以证明一切都不是幻影;但是你不敢。不敢就是不能。

我坐在雨地里,到深夜。

一个汉子晃悠悠走来,播散一路酒气,走近了站住,醉眼蒙胧地看着我。他把我也当成了醉汉。确实,夜静更深在这路边淋雨的只有我们两个。

很久,他说:“别这样,兄弟,回去吧。”

很久,他又说:“跟我回去吧!相信我,咱们都是喝酒的人。”

九　车神是谁

我的车神无处不在。我的车神变化万千。现在我终于知道车神是谁了:信心告诉你她是谁,她就是谁。

十几年前当我得到这辆车的时候,我曾一本正经地写下二十个名字,想等我将来挣够了一笔钱时去还上。现在我才知道这不可能,当初的想法太近荒唐。

我也不可能放弃那辆电动的新车。只有一个念头十分明晰:这辆手摇车驮我走过最艰难的岁月,无论如何不能把它卖掉。

车神无所不知。礼拜日的晨钟敲响,车神扮成一对年轻夫妇的模样,来把这辆手摇车修整一新,说:"这世上又有一个需要它的人。"便驾着它飘然而去。

神的事我不去问。对于那辆车,对于那个需要它的人,神留给我想象。

1987 年

赏析

信心就是自己的神

《车神》是一篇不像小说的小说，不像小说的小说才像史铁生的小说。史铁生多次申明，他的笔耕叫写作，不同于传统的文学，文学是“学”，有多多的规矩，而自己的写作是随心所欲，心到笔随，写出自己想说的话就成。《车神》就是这样一篇史式作品。

《车神》共九节，结构松散，每节故事各有不同，但内在有一线贯穿，那就是“车”（残疾人车），九节都与“车”有关。

想当初，双腿坏了，必须以车代步，从此离不开车，车成了“我”生命的一部分。从此，车到之处即“我”到之处，车的运行轨迹即“我”的活动轨迹，“我”的生命轨迹。车驮着“我”走过最为艰难的岁月，车载“我”去远游，还将载“我”走向未知的未来——

在截瘫后的艰难岁月，二十个老太太即二十位可敬可爱的母亲看“我”艰难，集资给“我”买了一辆手摇车，给了“我”温暖的同时也给了“我”化解苦难的力量。“我”驾着这辆车，出门远游——走进小作坊，走向大海边，走进白天，走进黑夜，走进秋雨——换句话说也可以说是走进人间，走进爱情，走向无边的世界——

《车神》最后一节（“车神是谁”）是全文画龙点睛之段：“我的车神无处不在。我的车神变化万千。现在我终于知道车神是谁了：信心告诉你她是谁，她就是谁。”

信心 = 神，点出史铁生化解苦难的心理秘密——面临苦难，说一千道一万，归根到底要靠自己，靠自己的精神，即超越苦难战胜苦难的信心。世上没有救世主，能够拯救自己的，只有自己。

上述意思，史铁生在不少地方谈到过，每次谈到都有饱含感情的精彩表述。如：“什么是神？其实，就是人自己的精神！”（《山顶上的传说》）“每一个人都有的神名曰精神。”（《读洪峰小说有感》）“有一天我认识了一个神，他有一个更为具体的名字——精神。在科学的迷茫之处，在命运的混沌之点，人唯有乞灵于自己的精神。”（《我二十一岁那年》）

七、原　罪*

我要给您讲的这个人以及我要讲的这些事,如果确实存在过的话,也是在好几十年前了。我这么说,是因为那时我还太小,如今他们在我的记忆里已经模糊到了这种程度:假如我的奶奶还活着,跟我说,“哪儿有这么个人呀,没有”,或者“哪儿来的这些事呀,压根儿就没有过”,那样我就会相信我不曾见过这个人,世上也不曾有过这些事。然而我的奶奶已经去世多年。

因此您对这个故事的真确性,不必过于追究。不妨权当是曾经进入了他的意识而后又合着他的意识出来的那些东西,我只能认为这就是真确。假如当一个故事来说,这理由也就很充分了。

这个人姓什么叫什么,我看也不重要;重要也没办法,我反正是一点印象也没有了。我只记得奶奶让我管他叫十叔。那时我们

---

* 史铁生著:《史铁生作品系列:原罪·宿命》,人民文学出版社 2011 年版,第 213—237 页。

住在同一条街上,差不多在街的正中间有一座小庙叫净土寺,我家住在街的南头,他们家挨近街的北口。他的父亲在那儿开着一爿豆腐坊,弄不清什么岁数上死了老婆,请来个帮工叫老谢。老谢来的时候,据说我爸跟我妈还谁都不认识谁呢。

十叔整天整夜躺在豆腐房后面的小屋里。他脖子以下全不能动,从脖子到胸,到腰,一直到脚全都动不了。头也不能转动。就是说除了睁眼闭眼、张嘴闭嘴、呼气吸气之外,他再不能有其他动作。可他活着。他躺在床上,被子盖到脖子,你看不出他的身体有多长,你甚至会觉得被子下面并没有身体。你给他把被子盖成什么样就老是什么样,把一个硬币立在被子上,别人不去动就总不会倒。他就这么一年一年地活着。现在让我估算一下的话,他那时总也有十六七岁了,不会再小,否则奶奶不至于让我管他叫十叔,而且他能像大人那样讲很多有趣的故事。正是因为这后一点,我极乐意跟奶奶到豆腐坊去,去打豆浆要么去买豆腐。奶奶说我是喝十叔他爸的豆浆长大的。几十年前天天都喝得起牛奶的人家还不多。那时我六岁,正是能记事而又记不清楚事的年龄。

甚至也记不清楚我是不是六岁,单记得比我大四岁的阿夏早就上了小学,她弟弟阿冬比我小一岁和我一样整天在家里玩。阿夏阿冬和我家在一个院子里住。他们家天天都喝得起牛奶可还是爱喝豆浆,奶奶和我去打豆浆时,阿夏阿冬的妈妈就让他俩也跟我们一块去,让阿夏提一个小铁桶。阿夏管十叔叫十哥,她说是她爸爸让这么叫的,可见那时十叔的年龄再大也不会比我估计的大很多。阿冬有时随着她姐姐叫十哥,有时又随着我叫十叔。为什么是十叔我也不知道,我记得他连一个哥哥姐姐弟弟妹妹都没有。

街不宽,虽然长却很直,站在我家院门口一眼就能望到十叔家的豆腐坊。午后的街上几乎没人,倘净土寺里没有法事,就能听见豆腐坊嗡隆嗡隆的石磨声，听久了，竟觉得是满地困倦的阳光响，仿佛午后的太阳原是会这么响的。磨声一停，拉磨的驴便申冤似地喊一顿，然后磨声又起。直到天要黑时，磨才彻底停了，驴再叫喊一回，疲惫、舒缓，悠悠长长贯过整条苍茫了的小街，在沿途老墙上碰落灰土，是月亮将出的先声。

我和阿冬在院门口的台阶上跳上跳下，消磨我们的童年。净土寺的两个尼姑在南墙下的荫凉里走过，悄无声息仿佛脚并不沾地。我和阿冬就站到门两旁的石台上去，每人握一把“手枪”朝她们瞄准，两个尼姑冲我们笑笑仍不出丁点儿声音，像善良的两条鱼一样游进净土寺去。阿冬的枪是铁皮做的，是从商店买来的，可以噼噼啪啪响，我的枪是木头削的而且样子不像真枪。我跟阿冬说：“咱俩换着玩一会儿吧？”他说：“老换老换老换！”我只好变一个法儿说。

我说：“可惜你昨天没听见十叔讲的故事。”

“什么故事？”阿冬说。

“可惜昨天是你家阿姨打的豆浆，你和阿夏都不知道十叔讲了什么故事。”

“什么故事？”阿冬说。

我“哼！”一声，看着他的枪。阿冬一点都不笨，装出不在乎的样子说：“可惜十叔讲的故事我也听过呀，可惜呀。”

我说：“可惜昨天那个你没听过呀，可惜昨天那个故事才叫棒呢，是新的不是老的。”

阿冬闷了一阵，然后问：“是讲什么的？”

“是神话的。”

“什么神话？”

“嘿哟喂！”我说，“那个神话又好听又长。”

阿冬把他的枪掂来倒去，我知道我很快就能玩到它了，但我故意不看它。我说："才不是你听过的那些呢，才不是讲耗子跳舞的那个呢。"阿冬就把他的枪递给我，说："换就换。"这样，我就玩着那把铁皮枪开始给阿冬讲那个故事。

"你知道为什么会刮风吗？"阿冬摇摇头，"你不知道吧？刮风是老天爷出气儿呢。你知道为什么会刮特别大特别大的风吗？"阿冬又摇摇头。"那是老天爷跑累了喘呢，不信你试试。"我把嘴对着阿冬的脸，呼哧呼哧大喘气，吹得他直闭眼。"你看是不是？"阿冬信服地点点头，等着我往下讲。可我已经讲完了，十叔讲了老半天的故事让我这么两句话就讲完了。阿冬问："完啦？"可我还没玩够那把枪呢，我就说："没有，还长着呢。"但是十叔讲的那些我都不会讲，老天爷怎么跑哇，跑到了哪儿又跑到了哪儿呀，看见了什么呀，山怎么海怎么云彩怎么树怎么，我都不会讲。"没完你倒是讲啊！"阿冬催我。我就瞎胡编："你知道为什么会下雨吗？"

"为什么？"我随口说道："那是老天爷撒尿呢。"不料阿冬却笑起来对此深觉有趣，于是我也很兴奋而且灵感倍增。我又说："下雪你知道吗？是老天爷拉屎呢。"阿冬使劲笑使劲笑。"打雷呢？打雷你知道吗是老天爷放大屁呢！""老天爷——放大屁——！"阿冬就喊，笑个没完。"轰隆轰隆，老天爷放屁可真响，是吧阿冬？"

"轰隆——！轰隆——！"我们俩便坐在台阶上齐声喊，"老、天、爷！放、大、屁！轰隆——！轰隆——！老、天……"这时候阿夏跑出来了，站在门槛上听我们喊了一会儿，让我们别胡说八道了。我们反而喊得更响亮、更高兴了。她就回过头去喊她妈妈和我奶奶："快来看呀，你们管不管他们俩了呀？！"我和阿冬赶紧闭了嘴，跑回院里去。这时豆腐房那边的磨声停了，驴叹气般地拖长着声音叫，家家都预备吃晚饭了。

阿夏却不回来，一个人在幽暗的门道里轻轻跳舞，转着圈，嘴里低声哼唱，浅颜色的连衣裙忽而展开忽而垂下，一会儿在这儿，一会儿在那儿……

十叔的小屋只有六平方米，或者还要小，放一张床一张桌子，余下的地方我和阿冬阿夏一去就占满了。但那屋子特别高，比周围的屋子都高好多，所以我说站在我家院门口一眼就能望到。唯一的小玻璃窗高得连阿夏站到床栏上去都够不着，有一回她说她准保能够着，可她站到床栏上使劲够还是差一大截。十叔急得喊她快下来，可别摔坏了腰。

“十叔让你快下来呢，阿夏!”我说。

“十叔叫你快下来呢!”阿冬也说。

“你又叫十叔，”阿夏说阿冬，“爸让咱们叫十哥你怎么老记不住。”

正对着窗户的墙上挂了一面镜子，窗户下又挂一面镜子对着第一面镜子，第一面镜子下再挂了一面镜子对着第二面镜子，这样，两面墙上一共挂了七面镜子，一面比一面矮下来，互相斜对着，跟潜望镜的道理是一样的，屋顶上还有两面镜子，也都斜对着墙上的镜子，这样十叔虽然不能动却可以看见窗外的东西了，无论怎么躺都能看见。是老谢给他想出这法子来的，老谢不识字也根本不知道什么叫潜望镜。阿夏回家把这事讲给她爸爸听。阿夏阿冬的爸爸是大学教授，整天埋头在书案上不是写就是算，这时抬起头来笑笑说：“哦，是吗？老谢没上过学真是可惜了。”

从那些镜子里可以看到：墙头上的一溜野草(墙的这边想必是一条窄巷，偶尔能听见有人从那儿走过)，墙那边的一大片灰压压的屋顶和几棵老树，最远处是一座白色的楼房和一块蓝天。再没有别的了。十叔永远看到的就只是这些东西，但那儿有他永远也讲不完的故事。

“你们看见树梢都绿了吗?”十叔说。

我说:“看见了,怎么啦?”

阿冬也说:“看见了,怎么啦?”

“阿冬就会跟人学,”阿夏说,“笨死了快。”

“看没看见有一棵还没绿?”十叔说。

“我看见了,怎么啦?”阿冬抢先说,然后看看阿夏。阿夏这时偏不注意他。

十叔说:“那是棵枣树,枣树发芽晚。看那上头有什么?”

阿夏说:“一条布吧? 是一条破布条儿。”

阿冬也说是一条破布条儿。“我没跟你学,我也看见了! 我就是也看见了,干吗就许你一个人看见呀!”阿冬冲阿夏喊,差点要哭。

“娇气包儿,笨死了。”阿夏说。

阿冬把眼泪咽回去。

“你们都没说对,”十叔说,“是纸条儿。是一个风筝,一个风筝挂在树上挂坏了就剩下那么一片纸条儿。是昨天下午的事。画得挺讲究的一个大沙燕儿,准把他心疼坏了。”

“谁呀十叔? 把谁心疼坏了?”我问。

“他应该到南边空场上放去。”十叔说。

“谁呀? 谁应该到南边空场上放去呀?”

“那儿多宽敞,是不是?”十叔说,“就是使劲跑那儿也跑得开,闭上眼跑都保证撞不上什么东西。等风筝升高了你就把它拴在树上,一点儿甭管它它也不会掉下来。拴在一块石头上也行,然后你就坐在石头上,你看着那风筝在天上一动也不动,你就可以随便干点儿别的事了。就是枕着那石头睡一觉也不怕,睡醒了你看见那风筝还在天上。唉,要是我,反正我宁可多走几步路到南边空场上放去。”

“十叔,南边哪儿有空场呀?”我问。

十叔便望着镜子老半天不说话。枣树上那纸条儿飘呀飘的,一会儿也不停。

阿冬说:“十叔你讲个故事吧。”

“你又叫十叔。”阿夏打阿冬屁股一下。

“十哥你讲个别的,讲个故事吧。”阿冬说。

十叔出了一口长气,说:“你还要听什么故事呢?”阿冬说听神话的。“好吧神话的。”十叔说,又出一口长气,“知道人有下辈子吗?”

“没有,十哥没有,”阿夏说,“那是迷信。”

“什么是迷信呀?”阿冬问,然后嚷开了:“不不!就讲这个十哥你就讲这个,敢情阿夏她听过了。”

“我给你讲个别的,讲个更好的。”

“不!我就要听这个,阿夏都听过了。”

“你要是捣乱咱们就回家吧。”阿夏说。

阿冬这才不嚷了,说讲一个别的也得是神话的。十叔说行,沉一下,讲:“看见阳台上那个姑娘没有?三层,三层的那个阳台上?”

十叔说的是远处那座白色的楼房。

“是穿红衣服的那个吗?”我说。

十叔闭一下眼,如同旁人点一下头。“每天这时候她都站在那儿往楼下看。从她还没有阳台栏杆高的那会儿,我就天天这时候见她站在那儿。那会儿她是两手抓住栏杆从栏杆的空隙里往下看。下雨了,她就伸出小手去试试雨的大小,雨大了她就直抹眼泪。她是在等母亲下班回来。”

我问:“你怎么知道是?”

“因为过了一会儿就见她高兴地跳,然后蹲在窗台底下藏起来,紧跟着阳台的门开了,母亲就走出来还没来得及放下手里的书包呢。母亲装着在阳台上找她,她就忍不住跳出来大喊一声,喊声又尖又脆连我都听见了。母亲就抱起她来使劲亲她。”

“她大概还没我高吧?”阿冬说。

“是,那时候还没有。后来她长得比阳台栏杆高了,她就扒着横栏欠起脚往下看,还是都在每天的这会儿。还是像先前那样,一会儿母亲回来了,已经顾得上先把手里的东西放下了,她还是藏在窗台下这时候跳出来,喊声又清又柔,母亲弯下腰来亲她。”

“这有啥意思呀,十哥你讲个神话的吧。”

“少捣乱你,听着!”阿夏说。

“再后来她就长到现在这么高了,比她母亲还高半个头了。她还是天天这时候都在那儿等母亲回来,胳膊肘支在横栏上往下看,两条腿又长又结实。可她还是有点儿孩子气,窗台底下藏不下了就躲在门后头,母亲一回来一走上阳台,她就从后面捂住母亲的眼睛,她不再那么大声喊了,可她的笑声又圆又厚,母亲嗔怪她的声音倒像是个孩子了。”

“这不是神话,根本就不像神话。”阿冬说。

“有一天又是这时候她又在阳台上,一会儿往楼下看看,一会儿来来回回走,拿着一本书可是不看,隔一分钟就对着窗玻璃拢拢头发。她有点儿心神不定,她确实是有点儿心神不定,我应该想到可我一点儿也没想到。然后就见她轻轻跳了一下,我知道她又要跟母亲捉迷藏了,可这一回她好像忘了该躲在哪儿,在阳台上转了好几圈儿还是没找好地方。我算计着她母亲上楼的脚步。最后她还是又躲在了门后头。这时门开了,可出来的不是她母亲,是个我从来没见过的高个儿小伙子。”

“他是谁?”阿夏轻声问。

十叔闭上眼睛不讲了。

“这不是神话,”阿冬说。

我跟阿冬说:“这回没准儿是神话了。”然后我又问十叔:“这个小伙子是王子吧?”

“他是勇敢的王子吧?”阿冬也问。

我说:“是‘白雪公主’里那个王子吧?”

阿冬也说:“是‘灰姑娘’里那个王子吧?”

十叔仍闭着眼,说:“这下我才想起来,一转眼都过去这么多年了。”他是说给自己听。

“这到底是不是神话呀,十哥?”

“就算是吧,”十叔说。

“那后来呢? 后来他们怎么啦?”

“后来,白天晚上小伙子都在那儿了。”

“完了? 这就完了呀?”阿冬轻叹一声,又对我说:“这不像神话是吧? 一点儿都不像。”

“可这是神话。”十叔说,“是。”

我看见十叔用上牙使劲咬自己的下嘴唇,都咬出挺深的牙印来了,都快咬破了。

回家的路上,阿冬还是一股劲念叨:“这根本不是神话,这有什么意思呀。”

“笨死了你,自己听不懂你怨谁。”阿夏说。

阿冬委屈得直要哭。

我问:“阿夏,他们后来到底怎么啦?”

阿夏不吭声,低着头走她的路。

这样看来,十叔当时的年龄就与我估计的有些出入了。细算一下的话,他那时至少该有二十多岁了,甚至可能在三十岁以上。

我跟您说过,我的奶奶已去世多年。一个人早年的历史只好由着他模糊的记忆说了算,便连他自己也没有旁的办法。对您来说,只有我给您讲过这么一个故事——这件事本身才是真确的。倘您再把它讲给别人,那时就只有您给别人讲了一个故事——这才是真确的了。历史都不过是一个故事,一个传说,由一些人讲给我们大家,我们信那是真的是因为我们只好信那是真的,我们情愿觉得因此我们有了根,是因为这感觉让人踏实、让人愉快。

那时奶奶领着我们三个往家走,小街又是黄昏。走过净土寺,两个尼姑正关山门,朝我们笑笑依旧无声息,笑脸埋没在苍茫里。

我问奶奶:"十叔的病还能治好吗?"

"能。"奶奶说。

阿夏却说不能:"我爸说的,不能。"

阿夏阿冬的爸爸是科学家,光是书就有好几屋子,他说什么,没有人不信。

"你可千万别跟十叔他爸这么说。"奶奶说阿夏。

阿冬说:"我们叫十哥,是不是阿夏?"

阿夏问奶奶:"为什么别说呀?"

"反正你别说,要说你就说能治好。"

"那不是骗人吗?"

"那你就什么都别说,行不?"

"可是为什么呀?"

奶奶说过,十叔他爸从早到晚磨豆腐挣的钱,全给十叔瞧病用了,除去买黄豆和给那匹驴买草料,剩下的钱都送到药铺去了。

奶奶说过,要不他挣的钱再续弦一个也够了,再盖几间大瓦房也够了，再买十匹驴也够了。“奶奶，什么叫续弦呀？”奶奶不理我。

十叔他爸的那匹驴已经老得皮包骨了，只能拉半天磨了，剩下的半天十叔他爸自己推。老谢专管滤豆浆、煮豆浆、点豆腐，永远在蒸腾的热气中忙得顾不上说话。

阿夏阿冬的爸爸说：“十哥的父亲太不懂科学了，科学才不管人的感情呢。”

“你也叫他十哥吗？”阿冬问。

阿夏阿冬的爸爸说：“这么多年了，既然毫无效果，何苦还总把钱往药铺送呢？”

阿夏说：“要不要我去告诉他？”

“告诉什么？”

“十哥的病治不好了呀，干吗撒谎？”

“我也去！”阿冬说。

阿冬阿夏的爸爸说：“我问过最有名的大夫了，脊髓要是完全断了，简直一点儿办法也没有。”

“我去告诉他们吧？”阿夏说。

“我也去！”阿冬说着跳下床，往屋外跑。

“回来，阿冬！”他妈妈喊住他。

阿冬阿夏的爸爸说，不应该让十叔这么整天躺在床上什么都不干，得给他想个别的办法活下去。可是，就连阿夏阿冬的爸爸自己也想不出还能有什么别的办法。很少有阿夏阿冬的爸爸也不知道的事。他偶尔闲了，也给我们讲故事，讲月亮之所以亮不过是反射了太阳的光；讲一共有九颗行星围着太阳转，地球不过是其中一颗；讲银河系中的恒星少说也有一千亿颗，而银河系在宇宙中不过像一片叶子长在大树上。“十哥讲过，星星都在跳舞。”阿冬说。他爸爸便笑笑，说：“这说法也不坏，它们确实像在跳舞。”

除去冬天最冷的时候，十叔的小窗不分昼夜总是开着的，为了看清外边的事为了听清外边的声音，成了习惯，他倒也不因此受凉生病。对于十叔，无所谓昼夜，他反正是躺着，什么时候睡着了便是夜，醒了就在镜子里看他的世界，世界还通过那小窗送给他各种声音。他常从梦里大叫几声惊醒，叫声凄长且暴烈，若在深夜便听得人发瘆。“什么叫哇，奶奶？”“还有谁？又是豆腐坊那边儿。”奶奶说，叹一口气。我便知道，此刻十叔又在看那些镜子了。我便也掀起窗帘看天上，我很想看看夜里星星怎么跳舞，可是这夜星星都不动，满天的星星各自悄悄呆在自己的位置上。即便是冬天最冷的时候，太阳一上来，十叔也要叫老谢把他的小窗打开一会儿。您能想象，他不能太久地不看到什么不听到什么。您可以想象，他独自在那儿同世界幽会，不知是它们从那儿来了还是他从那儿去了。您想像一道阳光罩住一张木床，在阳光中飞舞的是他的灵魂，在阳光中死去的是他的肉体。待夕阳把远处那座白楼染得凄艳，十叔就盼着我们去听他的故事了。要是我们不去，要是晚上老谢没事了，十叔憋了一整天的故事便讲给老谢一个人听。当然，十叔屋里有一个非常旧非常旧的无线电，可他没法去扭那两个旋钮，要是他爸和老谢都忙着，他不想听的他也得听，所以十叔不怎么爱听它。十叔更乐意自己讲故事。自己想听什么自己讲来听，这有多好。当然，他更盼着我和阿冬阿夏去听。

“十哥你昨天又做噩梦了吧？我妈说你夜里又做噩梦了。”

“阿冬你胡说什么！”阿夏搡了他一把，“什么都不懂什么都不懂，简直快笨死了你。”

“我是叫的十哥我没跟人学。”阿冬分辩说。

“都快笨死了你知道吗，还不知道呢！”

"阿夏!"十叔喊。然后他闭了一会儿眼睛,仿佛有个噩梦在他脸上很快地跑了一圈,之后他猛地睁开眼睛问我们:"今天想听什么故事呀?"完全换了一副神情。

"神话的!"阿冬说,"听那个耗子跳舞的。"

"光会听一个,你都快笨死了。"

"嘘——"十叔说,"你们听。"

一个男人轻轻地唱着歌从窗外走过去了,从镜子里看不见他,声音跟牛似的。

"他又去演出了。"十叔自言自语地说。

"演什么? 你怎么知道他去演出?"阿夏问。

"一到这时候他就走了,半夜里准回来。你听他的嗓子有多好,是不是?"

"他唱的什么呀?"阿冬问。

"我也听不清,"十叔说,"他总唱这支歌,可我总也听不清这歌里唱的是什么。"

阿夏说:"我倒听清了一句,好像是——'你可看见了魔王'。"

"他的嗓子真是好,你说呢阿夏?"

"他是谁呀?"

"他就住在那座楼上,四层,从左边数第三个窗口。每天夜里他从这儿过去不一会儿,那个窗口的灯就亮了。"

十叔指的还是那座白色的楼房。从早到晚,那楼房在阳光里变换着颜色,有时是微蓝的,有时是金黄的,这会儿太阳西垂了它是玫瑰色的。楼下几棵大树,枝繁叶茂,绿浪一样缓缓地摇。

"他长的什么样儿?"阿夏问。

十叔想了想,说:"嗯,个子长得真高。"

阿冬说:"有我爸高吗?"

"当然有。他比谁都高,也比谁都魁梧,腿比谁都长肩比谁都宽,欧对了,他是运动员,也是歌唱家也是运动员。"

"那他跑得快吗?"

"当然,当然快,特别快。他跳得也特别高。你说什么,跳起来摸房顶?当然能,这在他算什么呀。你们会打篮球吗?"

"我会!"阿夏说。

"他一跳你猜怎么着?头都碰着篮筐了。"

"十叔你也会打球?"我问。

"可我听说过,那篮筐高极了是吧阿夏?"

"高极了高极了的,"阿夏比划着说,"连我们体育老师使劲跳都够不着篮板呢!"

"都快有天高了吧?"阿冬说。

"可我轻轻一跳,连头都能碰着篮筐。"

"十叔你怎么说你呀?你怎么说'我'呀?"

"我说我了?没有没有,我哪儿说我了?"

"十哥,我想听个神话的。"阿冬说。

"他又特别聪明,"十叔继续讲,"跟他一般大的人中学还没毕业呢,他都念完大学了。等人家大学毕业了,他早都是科学家了。"

"想跟他结婚的人数也数不过来,光是特别漂亮的就数不过来。可他还不想结婚,他想先得到全世界去玩玩,就一个人离开家。他也坐过飞机也坐过轮船,也会开汽车也会骑马。他还是最喜欢骑马,他有一匹好马,浑身火红像一个妖精,跑得又快又通人性,是一个好妖精。"

"那只会跳舞的耗子也是好妖精。"阿冬说。

"是,也是。"

"你还说有一只猫和一只狗都是好妖精。你还说有一棵树和一只虫子也都是好妖精。”

“这匹马也是。不管到哪儿它都不会迷路。高兴了我就和它一起跑，累了就骑一会儿。”

“十叔你又说‘我’了，你说‘高兴了我就’，你说了。”

“啾是吗，我说错了。”十叔停了一会儿，又说：“我讲到哪儿了？啾对了，他就这么绕世界玩了一个痛快。还记得我给你们讲过风的故事吗？他就像风一样到处跑到处玩儿，想到哪儿去就到哪儿去，一会儿在深山里，一会儿在大道上。江河湖海他也都见了。当然，当然会划船，再说他也会游泳，多深多急的河里他也敢游。废话，淹死了还算什么，他能在海里游两天三夜也不上岸，他能一口气在水里憋好几分钟也不露出头来。当然是真的，不是真的我还给你们讲什么劲儿？他也到大森林里去过，十天半个月都走不出来的大森林，都是十好几丈高的大树，一棵挨一棵一棵挨一棵。不累，他从来不知道累，更不知道什么叫生病。他哪儿都去过，哪儿都去过什么都看见过。告诉你阿夏，他的腿比你的腰还粗一倍呢，你想想。”

阿夏问：“他去过非洲吗？”

“怎么没去过？”十叔说，“那儿有沙漠有狮子，对不对？当然得去。他还有一杆枪，他的枪法没问题，一枪撂倒一头狮子，要不一头狗熊，这对他根本不算一回事。”

“十哥，我也有一杆枪！”阿冬说。

“哈，你那枪！”十叔笑起来，“阿夏，要是我没准儿把阿冬也带上。夜里就住山洞，阿冬你敢吗？用火烤熊肉吃你敢吗？狼和猫头鹰成宿地在山洞外头叫，你敢吗阿冬？”

“阿冬这会儿就快吓死了。”阿夏笑着。

“还说什么你那枪！”十叔也笑着。

阿夏又问："十哥，那他去过南极洲吗？见过企鹅吗？"

"什么你说？什么鹅？"

"怎么你连企鹅都不知道哇？"

十叔脸上的笑容渐渐消失，那个恶梦好像在别处跑了一圈这会儿又回来了。

"企鹅是世界上最不怕冷的动物，"阿夏还在说，"南极洲是世界上最冷的地方，一年四季都是冰天雪地。"

"那有什么，"十叔低声自语，"只要他想去他就能去。"

"那他去过美洲吗？还有欧洲？"

"他想去他就能去。"十叔又闭上眼睛。

"还有澳洲呢？他去过吗？"

"只要他想去，阿夏我说过了，他就能去。别拿你刚学的那点儿玩意儿来考我。"

"十叔，他去过天上吗？"我问。

"十叔，我爱听星星跳舞的那个故事。"

"阿冬你又叫十叔，你少跟人学行不行！"

这档儿十叔一直闭着眼，紧咬着下嘴唇。

阿夏看看阿冬和我，愣了一会儿，趴到十叔耳边说："十哥你生气啦？我没想考你。"

十叔松开牙但仍闭着眼，出一口长气有点颤抖："没有，阿夏，我不是生你的气。我不是生别人的气。我凭什么生别人的气呢？别人想到哪儿去就到哪儿去，跟我有什么关系？我就在这儿。"

十叔虽这么说，可我觉得他还是生了谁的气了。他一使劲咬下嘴唇而且好半天好半天闭着眼睛，就准是生谁的气了，可我不知道他到底是生谁的气。太阳又快回去了，十叔的小屋里渐渐幽暗。在墙上，你几乎分不清哪是窗口哪是镜子了，都像是一个洞口一条通道,自古便寂寞着呆在那儿,从一座无人知晓的洞穴往旷远的世界去。那儿还有一块发亮的天空,那座楼变成淡紫色,朦朦胧胧飘忽不定。阿夏轻声说:“咱们该走了。”“不,十哥还没讲神话的呢!”阿冬不肯走。磨房里的驴便亮开嗓门叫起来,磨声停了。然后那驴准是跟了老谢踱到街上,叫声在古老的黄昏里飘来荡去,随着晚风让人松爽,又伴了暮色使人凄惶。净土寺那边再传来作法事的钟鼓声。

十叔好像睡着了。

阿夏拉起阿冬和我,让我们不要出声,轻一点儿轻一点儿,悄悄的,往外走。

“别走阿夏,我答应了阿冬,我得给他讲一个神话的。”十叔睁开眼,像是才睡醒。

我们等着。连阿冬都大气不出。很久。

“有一天夜里,满天的星星又在跳舞。我这么看着他们已经看了好几十年,一天都没耽误过。就是阴天,我也能知道哪片云彩后面是哪颗星星。这天夜里,星星上的神仙到底被感动了,就从这窗口里进来,问我,要是他把我的病治好,我怎么谢谢他。”

“十哥这是迷信,”阿夏说,“你的病治不好了。你的病要是治不好了呢?”

“你的性子真急阿夏,我还没说完呢。我的病治不好了这我不比谁都知道?所以我说我讲的是个神话。”

“让我告诉你爸去吗?”阿冬说。

“欧可别,阿冬你千万可别。”十叔说。

“干吗撒谎?”阿冬学着阿夏的语气。

“这你们还不懂,你们还小。一个人总得信着一个神话,要不他就活不成他就完了。”

暗夜在窗外展开，又涌进屋里，那些镜子中亮出几点灯光，或者竟是星星也说不定。净土寺那边的钟声鼓声诵经声，缈缈缥缥时抑时扬，看看像要倦下去却不知怎么一下又高起来。

十叔苦笑道："要是神仙把我的病治好，我爸说要给他修一座比净土寺还大的庙呢。"

"十叔你呢？你怎么谢他？"

"我？我就把他杀了。他要是能治这病，他干吗让我这么过了几十年他才来？他要是治不了他干吗不让我死？阿冬，他是个坏神仙，要不就是神仙都像他一样坏。"十叔的语气极其平静，像在讲一个无关痛痒的故事。

"你也信一个神话吗，十哥？"

"阿夏，平时你可不笨。"十叔说，"人信以为真的东西，其实都不过是一个神话；人看透了那都是神话，就不会再对什么信以为真了；可你活着你就得信一个什么东西是真的，你又得知道那不过是一个神话。"

"那是什么呀？"

"谁知道。"黑暗中十叔望着那些镜子。

我们去问阿夏阿冬的爸爸，他摇头沉吟半晌，最后说，一定得想个办法，让十叔能做一点有实际价值的事才行。

"什么是实际价值？"

"就是对人有用的。"

"什么是有用的？"

"阿冬！别总这么一点儿脑子也不用。"

可结果我们还是给十叔想不出办法来。他要是像阿夏阿冬的爸爸那么有学问也好办，可他没有，没有就是没有甭管为什么，也甭说什么“要是”。但从那以后阿冬阿夏的爸爸不让他们去十叔那儿听故事了,说那都是违反科学的对孩子没好处。阿冬阿夏的爸爸便尽量抽出些时间来,给我们讲故事,讲太阳是一个大火球,热极了热极了有几千几万度;讲地球原来也是个火球,是从太阳身上甩出来的后来慢慢变凉了;讲早晚有一天太阳也要变凉的,就像一块煤,总有烧乏了的时候。阿夏说:“那可怎么办呀?”她爸爸说:“放心,那还早着呢。”阿夏说:“早晚得烧完,那时候怎么办呢?粮食还怎么长呀?”她爸爸笑笑说:“那时候还有地球吗?地球在这之前就毁灭了。”阿夏说:“那可怎么办?”她爸爸说:“那时候人类的科学早就特别发达了,早就找到另外的星球另外的适合人类生活的地方了。”阿夏松了一口气。我也松了一口气。阿冬问:“要是找不着呢?”阿冬阿夏的爸爸说:“会找着的,我相信会找着的。”

我还是能经常到十叔那儿去。奶奶不在乎什么科学不科学,她说谁到了十叔那分儿上谁又能怎么着呢?死又不能死。

这一来我反倒经常可以玩到阿冬那把枪了,还有他妈妈给他买的各种各样好玩的东西。我只要说,“十叔昨天又讲了一个神话的”,阿冬就会把他所有的玩具都端出来让我挑。对我们来说,阿夏阿冬的爸爸讲的和十叔讲的,都一样都是故事,我们都爱听。

我问阿冬:“你还记得十叔家窗户外的那座白楼吗?”阿冬一点也不笨,阿冬说:“你想玩儿什么你就玩儿吧,这些玩具是咱们俩的。”我说:“你还记得那座楼房旁边有好几棵大树吗?上头老有好些乌鸦的?”阿冬说:“我记得,十哥说它们都是好妖精。”我说:“十叔说它们没有发愁的事跟咱俩一样,一早起来就那么高兴,晚上回来还是那么高兴。”阿冬说:“那些乌鸦,啊——啊——啊——的老叫是不是?”我说:“你还记得楼顶上老落着一群鸽子吗?”

“那也是一群好妖精,十哥说过。十叔说它们也没那么多烦心事,它们要是烦心了就吹着哨儿飞一圈,它们能飞好远好远好远也不丢。”十叔的故事都离不开那座楼房,它坐落在天地之间,仿佛一方白色的幻影,风中它清纯而悠闲,雨里它迷蒙又宁静,早晨乒乒乓乓的充满生气,傍晚默默地独享哀愁,夏天阴云密布时它像一座小岛,秋日天空碧透它便如一片流云。它有那么多窗口,有多少个窗口便有多少个故事。一个碎了好几块玻璃的窗口里,只住着一个中年男子,总不见女人也不见孩子,十叔说他当初有女人也有孩子,偏他那时太贪杯太恋着酒了,女人带着孩子离开了他。十叔说:“不过他的女人就快回来了,女人一直在等着他,现在知道他把酒戒了。”我说:“要是她还不知道呢?”十叔说:“那就去找她,要是我我就把酒戒了去找她。”我问:“她在哪儿呀?”十叔想了一会儿,说:“也许,就在那一大片屋顶中的哪一个屋顶下。”……另一个窗口里,有一对老人。老两口整日对坐窗前,各读各的书或者各写各的文章,很久,都累了,便再续一壶茶来,活动活动筋骨互相慢慢地谈笑。十叔说他们的儿女都是有出息的儿女,都在外面做着大事呢。十叔说:“他们的儿子是个音乐家。”我说:“你怎么知道?”十叔说:“他们的儿媳妇是个画家。”我说:“你是怎么知道的?”十叔说:“他们的女儿是个大夫,女婿是个工程师。”我问:“你到底是怎么知道的呀?”十叔便久久地发愣……

还有个窗口里住着个黑漆漆的壮小伙子,一到晚上就在那儿做木工活。十叔说他就快结婚了,未婚妻准是个美人儿。我问:“怎么准是呢?”十叔闭一下眼睛如同旁人点一下头,说:“准是。”表情语气都不容怀疑。……还有一个窗口白天也挂着窗帘,十叔说那家的女人正坐月子呢,生了一对双儿,一个男孩一个女孩。十叔说:“当爹的本想要个闺女,当妈的原想要个儿子,爷爷呢,想要孙子,奶奶想要孙女,这一下全有了。”……还有一个摆满了鲜花的窗口,那儿有个白发苍苍的老太太。十叔说她都快一百岁了,身体还那么硬朗,什么事都不用别人干。那些花都是她自己养的,几十种月季几十种菊花,还有牡丹、海棠、兰花,什么都有,天天都有花开,满满几屋子都是花,都是花的香味儿。十叔说:"她侍弄那些花高高兴兴的一辈子,有一天觉得有点儿累了,想坐在花丛里歇一会儿,刚坐下,怎么都不怎么就过去了。"我问:"过哪儿去了?"十叔说:"到另一个世界去了。"我说:"到天上去了吧?"

我说我知道了,这是个神话。十叔笑一笑,叹一口气又闭上眼睛。

白色的楼房,朝朝暮暮都在十叔的镜子里,对十叔的故事无知无觉。那些窗口里的人呢,各自度着自己的时光,日复一日年复一年,不曾想到世上还有十叔这么个人。

阿冬阿夏终于耐不住了,有一天我们又一起到十叔的小屋去。我们进去的时候,正好听见那个男人又唱着歌从窗外走过。

阿夏说:"十哥我又听清一句了!他唱的是,'你可看见了魔王?他头戴王冠,露出尾巴'。"

"谁呀?阿夏,他是谁呀?"阿冬问。

"阿冬你这么笨可怎么办!就是那个又高又大全世界哪儿都去过的人。这都记不住。"

阿冬说:"十哥,我好些天没来我真想你。"

"阿冬就会甜言蜜语。"阿夏撇一下嘴。

"我就是想了,我没骗人我就是想了。"

"怎么想的你?"

"我,我想听个神话的。"

只有十叔没笑,他说:"我正要给你们讲件怪事呢,我发现了一件特别奇怪的事。"

“十哥我爱听奇怪的事,我爱听神话的。”

“你们看最顶层尽左边那个窗口。”十叔指的还是那座白楼。

“那儿总也不亮灯,晚上也从来不亮灯,真是怪了。”

“大概那儿没人住吧?”阿夏说。

“可你们看那窗帘,多漂亮是不是? 窗台上还放着两个苹果呢。看见墙上那个大挂钟没有? 钟摆还来回动呢。”

太阳这时正照在那面墙上,好大好大的一只挂钟,钟摆左一下右一下,闪着金光。

“也许晚上没人在那儿住吧?”

“我原来也这么想,”十叔说,“可是有天晚上月亮正好照进那个窗口,我看见那儿有人。我明明看见有一个人,一会儿坐在窗前,一会儿在屋里走动,可就是不开灯。这下我才开始注意那儿了,原来每天夜里都有人,我看见他点火儿抽烟了,我看见烟头儿的红光在屋里走来走去,可他在那黑屋子里就是不开灯,从来都不开。”

阿冬说:“十哥,我有点儿害怕。”

“胆小鬼,又笨胆儿又小。”阿夏说。

那座楼房这会儿是枯黄色的。楼顶上的鸽子探头探脑地蹲在檐边,排成行。乌鸦还没回来,老树都安静着。

“我们去那楼里看看吧,”阿夏说。

阿冬说:“我不想去。”

“你不想去因为你是个胆小鬼! 十哥,我们到那楼里去看看吧? 我们还从来没到那楼里去过呢。”

十叔说:“我早就想到那儿去看看了,可是阿夏,我怎么去呢?”

“要是有一辆车就行了,我们推你去。”

“我早就想去了,可是不行阿夏,我想过多少遍了,那么高我可怎么上去呀?”

“让老谢抱你上去,我们再把车抬上去。”

“阿夏你要是去,我就告诉爸爸。”

“胆小鬼,你敢!”

我记得是老谢给十叔做了一辆小车,不过是钉了个大木箱又装上四个小轱辘,十叔躺在里头,我们推着他到那座白色的楼房去。小车轱辘“叽里嘎啦叽里嘎啦”地响,十叔的身体短得像个孩子,轻得像个孩子。老谢跟在我们身后走,什么话也不说。

奇怪的是,我们在那些七拐八弯的小胡同里转了很久,也没能接近那座白楼,我们总能看到它却怎么也找不着通到那儿去的路。阿冬不停地说,咱们回去吧咱们回去吧。阿夏便骂他是胆小鬼,仍然推着车往前走。阿冬紧拽着阿夏的衣襟不松手。残阳掉在了一家屋顶上,轻轻的并不碰响什么,凄艳如将熄的炭火,把那座楼房一染呈暗红色了。我们推着十叔再往西走了一阵,又往北走,那楼房像也会走似的,仍然离我们那么远。阿夏问老谢:“到底该怎么走呀?”老谢说他没去过他不知道,说:“问你十哥,他要去他想必知道。”十叔让我们再往东走。乌鸦都飞回来,在老树上吵闹不休。暮霭炊烟在层层叠叠的屋顶上,在纵横无序的小巷里,摇摇荡荡。看看那座楼像是离我们近了,大家欢喜一回紧走一阵,可是忽然路到了尽头,又拐向南去,再走时便离那楼愈远了。阿冬还是不住地说,回去吧,阿夏咱们回去吧。阿夏说:“要回你自己回去!”阿冬只好念念叨叨再跟了走,不断回头去望。离家已是那么遥远了,仿佛家在千里之外。天便更暗下来,四周模糊不清,那座楼由青紫色变成灰黑。“老谢,到底怎么走才对呀?”“问你十哥,他要来他就应该知道。”老谢还是这么说。可是无论我们怎么走,总还是那些整齐或歪斜的屋顶、整齐或歪斜的高墙、整齐或歪斜的无数路口,总是能看到那座楼也总还是离它那么远。天黑透下去,乌鸦藏进老树都不出声。阿冬说:“阿夏咱们别走了,一会儿该迷路了。”阿夏没好气地说:“我们已经迷路了,我们回不去家了!”阿冬愣一下,蒙了,转身就跑,看看不对又往回跑,然后站住,“哇”的一声哭出来。十叔忙哄他:“阿冬别怕,阿夏吓唬你玩儿呢。”阿冬才慌慌地住了哭声,紧跑到阿夏身边抱住阿夏,抽噎着再不敢动。阿夏把他搂在怀里。

这时候传来一阵歌声,低沉浑厚得像牛一样:“……啊父亲,你听见没有,那魔王低声对我说什么?你别怕,我的儿子你别怕,那是寒风吹动枯叶在响……”

“十哥,是他!”阿夏说,“是那个人。”

“啾!他在哪儿?”十叔说。

从一个巷口拐出一个人来,他手里拎根竹竿探路,边走边轻声唱。走近了,我们听得更清楚了:“……啊父亲,你看见了吗?魔王的女儿在黑暗里。儿子、儿子,我看得很清楚,那是些黑色的老柳树……”他从我们面前走过,我们也看清他的模样了,他长得又矮又小又瘦,而且他手里拎了根竹竿探路。他大概觉出有几个人在屏住呼吸看他,便朝我们笑笑点一点头,不说什么,一心唱他的歌一心走他的路去。

阿夏对十叔说:“咱们问问他,往那个楼去怎么走吧?”

十叔不吭声。

“十哥,你不是说他就住在那座楼上吗?他能知道到那儿去怎么走。”

“不。”十叔说。

“他不是住在四层左边第三个窗口吗?”

"不,那不是他。"十叔说,"他不是那个人,他不是!那个人不是他,不是……"

在黑得看不见的地方,仍传来那个人的歌声:"……啊父亲,啊父亲,魔王已抓住我,它使我痛苦不能呼吸……"渐行渐远,渐归沉寂。

渐归沉寂,我们还在那儿坐着。

我们还在那儿坐了很久。满天的星星都出来,闪闪烁烁闪闪烁烁,或许就是十叔说的在跳舞吧。净土寺里这夜又有法事,钟声鼓声诵经声满天满地传扬,噌噌吰吰伴那星星的舞步。那座楼房仿佛融化在夜空里隐没在夜空里了,唯点点灯光证明它的存在,依然离我们那么远。

"老谢,咱们还去吗?"

"问你十哥,他应该知道了。"

十叔的眼睛里都是星光。

阿冬已经困得睁不开眼了,不住地说,十哥咱们回家吧,咱们回家吧十哥。

十叔说:"回家,阿冬咱们回家,我以前给你们讲的都是别人的神话。"

我们便往回走。阿夏背着阿冬,告诉阿冬别睡,睡着了可要着凉,"马上就到家了,快醒醒阿冬。"声音无比温柔。老谢背着我,又推着十叔。我不记得是怎么回到家的了,很可能我在路上也睡着了。

我说过,我不保证我讲的这些事都是真的。如果我现在可以找到阿冬阿夏,我就能知道这些事是不是真了,可我找不到他们。

好几十年过去了,我不知道阿冬阿夏现在在哪儿。我看这不影响我把这个故事讲完。您要是听烦了您随时都可以离开,我不会觉得这是对我的轻蔑——请原谅,这话我该早说的。人有权利不去听自己不喜欢的故事,因为,人最重要的一个长处,就是能为自己讲一个使自己踏实使自己愉快的故事。

那夜归来,十叔病了。第二天我和阿冬阿夏去看他,他那小屋的门关得严严的。耳朵贴在门上听听,屋里静得就像没人。"十哥,十哥!""十叔!"叫也没人应。我们正要推门进去,老谢来了,说十叔病了正睡呢,叫我们明天再来。这样有好多天,每次去老谢都说十叔正又睡呢:"他刚吃了药,正睡呢。""他什么时候醒啊?"

"你们看这门什么时候开了,他就醒了。"

也不知又过了多久,终于有一天那门开了,我和阿冬阿夏跳着跑进去。阿冬喊:"十哥,这么多天没见你我可真想你。"阿夏撇一下嘴。阿冬说:"我没甜言蜜语!我也想听神话的我也想十哥了。"

小屋里稍稍变了样子,所有的镜子都摘了下来,都扣着摞在墙旮旯。十叔平躺在床上,头垫高起来,胸上放一只小碗,嘴上叼一根竹管,竹管如铅笔一般长短一般粗细。见我们来了他冲我们笑笑,笑得很平淡。然后,他上嘴唇压过下嘴唇把竹管插进碗里,再下嘴唇压过上嘴唇把竹管抬起来,轻轻吹出一个泡泡。泡泡颤几下脱离开竹管,便飘飘摇摇升起来,晃悠悠飞出窗口去,在太阳里闪着七色光芒。

"我能吹一个非常大的,"十叔说。

他果然吹出了一个挺大的。

"这不算,"十叔说,"这不算大的。"

他又吹出了一个更大的。

"我也会,"阿冬说,"让我吹一个行吗?"

"少讨厌你,阿冬!"阿夏把阿冬拉在怀里。

十叔说:“我得吹一个比磨盘还大的,那才行呢。”

“你能吹那么大的吗?”

“我要能吹一个比这窗户还大的就好了。”

“怎么就好了呀,十叔?”

“下辈子就好了。”

“十哥,那是迷信。”阿夏说。

十叔不理会阿夏的话,专心地吹了一个泡泡又吹一个泡泡,吹了一个又一个。

“嘿,快看这个! 大不大?”十叔兴奋地喊。

满屋里飞着大大小小七彩闪耀的泡泡,忽上忽下忽左忽右轻盈飘逸,不断有破碎的,十叔又吹出新的来。我和阿冬满屋里追逐它们,又喊又笑又蹦又跳。十叔吹得又专心又兴奋。

“都太小了,”十叔说:“我要能一连吹出一百个像刚才那个那么大的,就好了。”

“什么就好了,十哥?”

“像我这样的病就都能治好啦!”

“这也是迷信,十哥,这也是。”阿夏说。

“明天我让老谢给我找一根再粗一点儿的竹管来,”十叔说,“那才能吹出更大的来呢。也许我能一连气儿吹出一万个来呢。”

“吹那么多呀!”阿冬说,高兴得不得了。“吹一万一万一万一万个,是吧十哥?”

“那就没人得病了,就没病了。”

“十哥,我觉得这还是迷信。”阿夏说。

“这不是迷信,阿夏你说这怎么是迷信?”

阿夏怔怔的,回答不出来。

泡泡一个又一个,一个又一个,飞得满屋,飞出窗口,飞得满天。十叔说:“阿夏你看哪,飞得多漂亮!”

阿夏回家又去问她爸爸,什么是迷信?她爸爸说:“盲目,盲目地相信一件事。”

阿冬问:“什么是盲目?”

“就是没有科学根据。”

“什么是科学根据?”

“好啦阿冬,你这脑子又动得太多了,这你还不懂。还是我来多给你们讲些故事吧。我以后一有时间就给你们讲些科学的故事,好吗?”

阿夏阿冬的爸爸又给我们讲月亮、讲太阳、讲银河、讲宇宙、讲一光年是多远;讲宇宙一直在膨胀一直都在膨胀,讲所有的天体都离开我们越来越远越来越远;讲总有一天宇宙也要老的,要走完生命的旅程,要毁灭。

“那可怎么办?那我们到哪儿去?”阿夏问。

“那时候人类的科学已经非常非常发达了,人早就又找到一个可以生存的地方了。”

“要是找不着呢?”阿冬问。

“会找着的,我相信会找着的。”

“为什么会找着?”

“我想会的。”

1987 年

赏析

看透了人生而后爱它才是明智之举

《原罪》的故事沉重得让人喘不过气来：主人公十叔，高位截瘫，脖子以下全不能动，一天到晚躺在床上，一躺几十年。这样的日子，你说让人怎么过？

人，只要不想死，就要想办法活下去。十叔想出的办法是什么？是给小孩子们讲故事，讲神话故事。他的神话，不是女娲造人，不是盘古开天地，而是他自己的幻想、梦想、猜想，或者说是期盼与渴望。如，一个小姑娘长大了，该恋爱了，一个高个儿小伙子出现了。这是再平常不过的事了，但对于十叔来说，却无异于神话，因为，他也想成为那个小伙儿，但却怎么也不可能了。一个从没见过的人，在他的心里既是运动员，又是歌唱家，一跳能摸得着房顶，头能碰着篮筐，能像风一样满世界玩儿。这样一个无比幸运的人在十叔的口中，一不留神就变成第一人称“我”了。是啊！那就是他的梦想，他的神话，他的无意识啊！他就是靠这个活着的啊，否则，他怎么办呢?！他还做梦——神仙问他，如果能把他的病治好，将怎样谢他。孩子们看出十叔讲的不是神话，是迷信。十叔说，我的病治不好了这我不比谁知道，所以我说我讲的是个神话。他怕孩子们听不懂，进一步解释说："一个人总得信着一个神话，要不他就活不成他就完了。"

因为十叔明白神话对人的意义，所以，当孩子们要把十叔知道自己的病再也治不好的消息告诉他爸爸时，十叔坚决阻止了。因为他知道，自己的爸爸几十年来之所以辛辛苦苦地磨豆腐，就为了攒钱给他治病，就盼着能治好他的病。换句话说，能治好十叔的病是爸爸的神话。如果让爸爸的神话破灭了，他怎么活?

仅仅是绝境中的十叔和他的父亲活在神话中吗？非也。作品中阿夏阿冬的爸爸是位科学家，他一而再，再而三地说十叔讲的违反科学，是迷信，不让孩子们听十叔的故事，而他自己呢？当孩子们问他地球毁灭之后人类怎么办时，他回答说人类的科学到那时候已经发达到找到另外适合人类生活的地方了。当孩子们对他的论断提出怀疑时，他信誓旦旦地保证，会找着的，我相信会找着的。——"会找着的"，你凭什么这么自信？既不能证实也不能证伪的事，你凭什么说得这么肯定。你敢肯定这种猜想就不是神话吗？从性质上讲，其实这位科学家讲的也和十叔讲的一样——不过是神话。

看来，十叔说的没错——"一个人总得信着一个神话"；推而广之，所有人，即(全)人类，活着也需要一个神话。

《原罪》最为深刻也最为悲凉的是，十叔对"神话"真相的勘破："人信以为真的东西，其实都不过是一个神话；人看透了那都是神话，就不会再对什么信以为真；可你活着你就得信一个什么东西是真的，你又得知道那不过是一个神话。”

什么叫智慧？这就是了吧！人类需要真，亦需要假；既需要现实，也需要神话。真做假时假亦真，假作真时真亦假。聪明的人类就游移于真与假的张力场中，就活在既真又假，既假又真，亦真亦假的智慧之中。

常听人说，看不透人生，没劲；看透了人生，也没劲。今天我们看了史铁生的《原罪》才明白，平常所谓的“看透”其实是假看透，或者说没真看透；真正的看透是——看透了人生而后爱它，这才是明智之举。

八、我的梦想*

也许是因为人缺了什么就更喜欢什么吧，我的两条腿虽一动不能动，却是个体育迷。我不光喜欢看足球、篮球以及各种球类比赛，也喜欢看田径、游泳、拳击、滑冰、滑雪、自行车和汽车比赛，总之我是个全能体育迷。当然都是从电视里看，体育馆场门前都有很高的台阶，我上不去。如果这一天电视里有精彩的体育节目，好了，我早晨一睁眼就觉得像过节一般，一天当中无论干什么心里都想着它，一分一秒都过得愉快。有时我也怕很多重大比赛集中在一天或几天（譬如刚刚闭幕的奥运会），那样我会把其他要紧的事都耽误掉。

其实我是第二喜欢足球，第三喜欢文学，第一喜欢田径。我能说出所有田径项目的世界纪录是多少，是由谁保持的，保持的时间

---

* 史铁生著：《史铁生作品系列：我与地坛》，人民文学出版社 2011 年版，第 146—148 页。

长还是短。譬如说男子跳远纪录是由比蒙保持的,20 年了还没有人能破,不过这事不大公平,比蒙是在地处高原的墨西哥城跳出这八米九〇的,而刘易斯在平原跳出的八米七二事实上比前者还要伟大,但却不能算世界纪录。这些纪录是我顺便记住的,田径运动的魅力不在于纪录,人反正是干不过上帝;但人的力量、意志和优美却能从那奔跑与跳跃中得以充分展现,这才是它的魅力所在,它比任何舞蹈都好看,任何舞蹈跟它比起来都显得矫揉造作甚至故弄玄虚。也许是我见过的舞蹈太少了。而你看刘易斯或者摩西跑起来,你会觉得他们是从人的原始中跑来,跑向无休止的人的未来,全身如风似水般滚动的肌肤就是最自然的舞蹈和最自由的歌。

我最喜欢并且羡慕的人就是刘易斯。他身高一米八八,肩宽腿长,像一头黑色的猎豹,随便一跑就是十秒以内,随便一跳就在八米开外,而且在最重要的比赛中他的动作也是那么舒展、轻捷、富于韵律,绝不像流行歌星们的唱歌,唱到最后总让人怀疑这到底是要干什么。不怕读者诸君笑话,我常暗自祈祷上苍,假若人真能有来世,我不要求别的,只要求有刘易斯那样一副身体就好。我还设想,那时的人又会普遍比现在高了,因此我至少要有一米九以上的身材;那时的百米速度也会普遍比现在快,所以我不能只跑九秒九几。写小说的人多是白日梦患者。好在这白日梦并不令我沮丧,我是因为现实的这个史铁生太令人沮丧,才想出这法子来给他宽慰与向往。我对刘易斯的喜爱和崇拜与日俱增,相信他是世界上最幸福的人。我想若是有什么办法能使我变成他,我肯定不惜一切代价;如果我来世能有那样一个健美的躯体,今天这一身残病的折磨也就得了足够的报偿。

奥运会上,约翰逊战胜刘易斯的那个中午我难过极了,心里别别扭扭别别扭扭的一直到晚上,夜里也没睡好觉。眼前老翻腾着中午的场面:所有的人都在向约翰逊欢呼,所有的旗帜与鲜花都向约翰逊挥舞,浪潮般的记者们簇拥着约翰逊走出比赛场,而刘易斯被冷落在一旁。刘易斯当时那茫然若失的目光就像个可怜的孩子,让我一阵阵地心疼。一连几天我都闷闷不乐,总想着刘易斯此刻会怎样痛苦;不愿意再看电视里重播那个中午的比赛,不愿意听别人谈论这件事,甚至替刘易斯嫉妒着约翰逊,在心里找很多理由向自己说明还是刘易斯最棒;自然这全无济于事,我竟似比刘易斯还败得惨,还迷失得深重。这岂不是怪事么?在外人看来这岂不是精神病么?我慢慢去想其中的原因。是因为一个美的偶像被打破了么?如果仅仅是这样,我完全可以惋惜一阵再去竖立起约翰逊嘛,约翰逊的雄姿并不比刘易斯逊色。是因为我这人太恋旧,骨子里太保守吗?可是我非常明白,后来者居上是最应该庆祝的事。或者是刘易斯没跑好让我遗憾?可是九秒九二是他最好的成绩。到底为什么呢?最后我知道了:我看见了所谓"最幸福的人"的不幸,刘易斯那茫然的目光使我的"最幸福"的定义动摇了继而粉碎了。上帝从来不对任何人施舍"最幸福"这三个字,他在所有人的欲望前面设下永恒的距离,公平地给每一个人以局限。如果不能在超越自我局限的无尽路途上去理解幸福,那么史铁生的不能跑与刘易斯的不能跑得更快就完全等同,都是沮丧与痛苦的根源。假若刘易斯不能懂得这些事,我相信,在前述那个中午,他一定是世界上最不幸的人。

在百米决赛后的第二天,刘易斯在跳远比赛中跳出了八米七二,他是个好样的。看来他懂,他知道奥林匹斯山上的神火为何而燃烧,那不是为了一个人把另一个人战败,而是为了有机会向诸神炫耀人类的不屈,命定的局限尽可永在,不屈的挑战却不可须臾或缺。我不敢说刘易斯就是这样,但我希望刘易斯是这样,我一往情深地喜爱并崇拜这样一个刘易斯。

这样,我的白日梦就需要重新设计一番了。至少我不再愿意用我领悟到的这一切,仅仅去换一个健美的躯体,去换一米九以上的身高和九秒七九乃至九秒六九的速度,原因很简单,我不想在来世的某一个中午成为最不幸的人;即使人可以跑出九秒五九,也仍然意味着局限。我希望既有一个健美的躯体又有一个了悟了人生意义的灵魂,我希望二者兼得。但是,前者可以祈望上帝的恩赐,后者却必须在千难万苦中靠自己去获取。我的白日梦到底该怎样设计呢?千万不要说,倘若二者不可兼得你要哪一个?不要这样说,因为人活着必要有一个最美的梦想。

后来知道,约翰逊跑出了九秒七九是因为服用了兴奋剂。对此我们该说什么呢?我在报纸上见了这样一个消息,他的牙买加故乡的人们说,“约翰逊什么时候愿意回来,我们都会欢迎他,不管他做错了什么事,他都是牙买加的儿子。”这几句话让我感动至深。难道我们不该对灵魂有了残疾的人,比对肢体有了残疾的人,给予更多的同情和爱吗?

1988年

赏析

幸福的真谛在于具有了悟人生意义的灵魂

该文从羡慕从而梦想像美国田径运动员刘易斯那样有一副好身体，到亲眼看到自己认为“最幸福”的刘易斯也有局限，也有失败，也有痛苦，终于悟出，幸福不止于有一副好身体，而在于同时具有“一个了悟人生意义的灵魂”；有了这样的灵魂，才能明白，只有在无尽的路途上不断地挑战并超越自我局限，在此过程中展现人不屈的意志，才能获得幸福，只有这样的人生才算有意义。

值得注意的是史铁生化解苦难（不幸、局限、残疾的同义语）的思路：个人残疾、不幸——羡慕刘易斯的健美、幸福——发现刘易斯也有局限、不幸——推而广之，所有人都有局限、不幸，即上帝在所有人的欲望面前设下永恒的距离，从来不给任何人施舍“最幸福”三个字——悟出幸福的真谛不在于没有苦难、局限，而在于“有一颗了悟人生意义的灵魂”，明白只有不断超越自我，同苦难顽强抗争才是幸福。

由个人推及人类，上升到哲理，看见宇宙规律，这就是史铁生思考问题的惯常思路，史铁生独特的思维特点，即人们所说的自发哲学家的气质。

该文借题（刘易斯的“失败”）发挥，讨论的其实是人们普遍关心的重大人生命题——幸福观和人生意义观，以及如何超越苦难的问题。这是一种超越传统观念的人生观和价值观，这种观念因为建立在哲理基础上，所以有思想深度，理论上有说服力，醒人耳目，给人力量。

九、我与地坛*

一

我在好几篇小说中都提到过一座废弃的古园，实际就是地坛。许多年前旅游业还没有开展，园子荒芜冷落得如同一片野地，很少被人记起。

地坛离我家很近。或者说我家离地坛很近。总之，只好认为这是缘分。地坛在我出生前四百多年就坐落在那儿了，而自从我的祖母年轻时带着我父亲来到北京，就一直住在离它不远的地方——五十多年间搬过几次家，可搬来搬去总是在它周围，而且是越搬离它越近了。我常觉得这中间有着宿命的味道：仿佛这古园就是为了等我，而历尽沧桑在那儿等待了四百多年。

---

* 史铁生著：《史铁生作品系列：我与地坛》，人民文学出版社 2011 年版，第 1—18 页。

它等待我出生，然后又等待我活到最狂妄的年龄上忽地残废了双腿。四百多年里，它一面剥蚀了古殿檐头浮夸的琉璃，淡褪了门壁上炫耀的朱红，坍圮了一段段高墙又散落了玉砌雕栏，祭坛四周的老柏树愈见苍幽，到处的野草荒藤也都茂盛得自在坦荡。这时候想必我是该来了。十五年前的一个下午，我摇着轮椅进入园中，它为一个失魂落魄的人把一切都准备好了。那时，太阳循着亘古不变的路途正越来越大，也越红。在满园弥漫的沉静光芒中，一个人更容易看到时间，并看见自己的身影。

自从那个下午我无意中进了这园子，就再没长久地离开过它。我一下子就理解了它的意图。正如我在一篇小说中所说："在人口密聚的城市里，有这样一个宁静的去处，像是上帝的苦心安排。"

两条腿残废后的最初几年，我找不到工作，找不到去路，忽然间几乎什么都找不到了，我就摇了轮椅总是到它那儿去，仅为着那儿是可以逃避一个世界的另一个世界。我在那篇小说中写道："没处可去我便一天到晚耗在这园子里。跟上班下班一样，别人去上班我就摇了轮椅到这儿来。园子无人看管，上下班时间有些抄近路的人们从园中穿过，园子里活跃一阵，过后便沉寂下来。""园墙在金煌煌的空气中斜切下一溜阴凉，我把轮椅开进去，把椅背放倒，坐着或是躺着，看书或者想事，撅一枚树枝左右拍打，驱赶那些和我一样不明白为什么要来这世上的小昆虫。""蜂儿如一朵小雾稳稳地停在半空；蚂蚁摇头晃脑捋着触须，猛然间想透了什么，转身疾行而去；瓢虫爬得不耐烦了，累了祈祷一回便支开翅膀，忽悠一下升空了；树干上留着一只蝉蜕，寂寞如一间空屋；露水在草叶上滚动，聚集，压弯了草叶轰然坠地摔开万道金光。""满园子都是草木竞相生长弄出的响动，窸窸窣窣片刻不息。"这都是真实的记录，园子荒芜但并不衰败。

除去几座殿堂我无法进去，除去那座祭坛我不能上去而只能从各个角度张望它，地坛的每一棵树下我都去过，差不多它的每一米草地上都有过我的车轮印。无论是什么季节，什么天气，什么时间，我都在这园子里呆过。有时候呆一会儿就回家，有时候就呆到满地上都亮起月光。记不清都是在它的哪些角落里了，我一连几小时专心致志地想关于死的事，也以同样的耐心和方式想过我为什么要出生。这样想了好几年，最后事情终于弄明白了：一个人，出生了，这就不再是一个可以辩论的问题，而只是上帝交给他的一个事实；上帝在交给我们这件事实的时候，已经顺便保证了它的结果，所以死是一件不必急于求成的事，死是一个必然会降临的节日。这样想过之后我安心多了，眼前的一切不再那么可怕。比如你起早熬夜准备考试的时候，忽然想起有一个长长的假期在前面等待你，你会不会觉得轻松一点？并且庆幸并且感激这样的安排？

剩下的就是怎样活的问题了，这却不是在某一个瞬间就能完全想透的，不是一次性能够解决的事，怕是活多久就要想它多久了，就像是伴你终生的魔鬼或恋人。所以，十五年了，我还是总得到那古园里去，去它的老树下或荒草边或颓墙旁，去默坐，去呆想，去推开耳边的嘈杂理一理纷乱的思绪，去窥看自己的心魂。十五年中，这古园的形体被不能理解它的人肆意雕琢，幸好有些东西任谁也不能改变它的。譬如祭坛石门中的落日，寂静的光辉平铺的一刻，地上的每一个坎坷都被映照得灿烂；譬如在园中最为落寞的时间，一群雨燕便出来高歌，把天地都叫喊得苍凉；譬如冬天雪地上孩子的脚印，总让人猜想他们是谁，曾在哪儿做过些什么，然后又都到哪儿去了；譬如那些苍黑的古柏，你忧郁的时候它们镇静地站在那儿，你欣喜的时候它们依然镇静地站在那儿，它们没日没夜地站在那儿从你没有出生一直站到这个世界上又没了你的时候；

譬如暴雨骤临园中，激起一阵阵灼烈而清纯的草木和泥土的气味，让人想起无数个夏天的事件；譬如秋风忽至，再有一场早霜，落叶或飘摇歌舞或坦然安卧，满园中播散着熨帖而微苦的味道。味道是最说不清楚的。味道不能写只能闻，要你身临其境去闻才能明了。味道甚至是难于记忆的，只有你又闻到它你才能记起它的全部情感和意蕴。所以我常常要到那园子里去。

二

现在我才想到，当年我总是独自跑到地坛去，曾经给母亲出了一个怎样的难题。

她不是那种光会疼爱儿子而不懂得理解儿子的母亲。她知道我心里的苦闷，知道不该阻止我出去走走，知道我要是老待在家里结果会更糟，但她又担心我一个人在那荒僻的园子里整天都想些什么。我那时脾气坏到极点，经常是发了疯一样地离开家，从那园子里回来又中了魔似的什么话都不说。母亲知道有些事不宜问，便犹犹豫豫地想问而终于不敢问，因为她自己心里也没有答案。她料想我不会愿意她跟我一同去，所以她从未这样要求过，她知道得给我一点独处的时间，得有这样一段过程。她只是不知道这过程得要多久和这过程的尽头究竟是什么。每次我要动身时，她便无言地帮我准备，帮助我上了轮椅车，看着我摇车拐出小院。这以后她会怎样，当年我不曾想过。

有一回我摇车出了小院，想起一件什么事又反身回来，看见母亲仍站在原地，还是送我走时的姿势，望着我拐出小院去的那处墙角，对我的回来竟一时没有反应。待她再次送我出门的时候，她说："出去活动活动，去地坛看看书，我说这挺好。"许多年以后我才渐渐听出，母亲这话实际上是自我安慰，是暗自的祷告，是给我的提示，是恳求与嘱咐。只是在她猝然去世之后，我才有余暇设想，当我不在家里的那些漫长的时间，她是怎样心神不定坐卧难宁，兼着痛苦与惊恐与一个母亲最低限度的祈求。现在我可以断定，以她的聪慧和坚忍，在那些空落的白天后的黑夜，在那些不眠的黑夜后的白天，她思来想去最后准是对自己说："反正我不能不让他出去，未来的日子是他自己的，如果他真的要在那园子里出了什么事，这苦难也只好我来承担。"在那段日子里——那是好几年前的一段日子，我想我一定使母亲做过了最坏的准备了，但她从来没有对我说过："你为我想想。"事实上我也真的没为她想过。那时她的儿子还太年轻，还来不及为母亲想，他被命运击昏了头，一心以为自己是世上最不幸的一个，不知道儿子的不幸在母亲那儿总是要加倍的。她有一个长到二十岁上忽然截瘫了的儿子，这是她唯一的儿子；她情愿截瘫的是自己而不是儿子，可这事无法代替；她想，只要儿子能活下去哪怕自己去死呢也行，可她又确信一个人不能仅仅是活着，儿子得有一条路走向自己的幸福；而这条路呢，没有谁能保证她的儿子终于能找到。——这样一个母亲，注定是活得最苦的母亲。

有一次与一个作家朋友聊天，我问他学写作的最初动机是什么？他想了一会儿说："为我母亲。为了让她骄傲。"我心里一惊，良久无言。回想自己最初写小说的动机，虽不似这位朋友的那般单纯，但如他一样的愿望我也有，且一经细想，发现这愿望也在全部动机中占了很大比重。这位朋友说："我的动机太低俗了吧？"我光是摇头，心想低俗并不见得低俗，只怕是这愿望过于天真了。他又说："我那时真就是想出名，出了名让别人羡慕我母亲。"我想，他比我坦率。我想，他又比我幸福，因为他的母亲还活着。而且我想,他的母亲也比我的母亲运气好,他的母亲没有一个双腿残废的儿子,否则事情就不这么简单。

在我的头一篇小说发表的时候,在我的小说第一次获奖的那些日子里,我真是多么希望我的母亲还活着。我便又不能在家里待了,又整天整天独自跑到地坛去,心里是没头没尾的沉郁和哀怨,走遍整个园子却怎么也想不通:母亲为什么就不能再多活两年?为什么在她儿子就快要碰撞开一条路的时候,她却忽然熬不住了?莫非她来此世上只是为了替儿子担忧,却不该分享我的一点点快乐?她匆匆离我而去时才只有四十九呀!有那么一会儿,我甚至对世界对上帝充满了仇恨和厌恶。后来我在一篇题为《合欢树》的文章中写道:“我坐在小公园安静的树林里,闭上眼睛,想:上帝为什么早早地召母亲回去呢?很久很久,迷迷糊糊的我听见了回答:‘她心里太苦了,上帝看她受不住了,就召她回去。’我似乎得了一点安慰,睁开眼睛,看见风正从树林里穿过。”小公园,指的也是地坛。

只是到了这时候,纷纭的往事才在我眼前幻现得清晰,母亲的苦难与伟大才在我心中渗透得深彻。上帝的考虑,也许是对的。

摇着轮椅在园中慢慢走,又是雾罩的清晨,又是骄阳高悬的白昼,我只想着一件事:母亲已经不在了。在老柏树旁停下,在草地上在颓墙边停下,又是处处虫鸣的午后,又是鸟儿归巢的傍晚,我心里只默念着一句话:可是母亲已经不在了。把椅背放倒,躺下,似睡非睡挨到日没,坐起来,心神恍惚,呆呆地直坐到古祭坛上落满黑暗然后再渐渐浮起月光,心里才有点明白,母亲不能再来这园中找我了。

曾有过好多回,我在这园子里待得太久了,母亲就来找我。她来找我又不想让我发觉,只要见我还好好地在这园子里,她就悄悄转身回去,我看见过几次她的背影,我也看见过几回她四处张望的情景。她视力不好,端着眼镜像在寻找海上的一条船,她没看见我时我已经看见她了,待我看见她也看见我了我就不去看她,过一会儿我再抬头看她就又看见她缓缓离去的背影。我单是无法知道有多少回她没有找到我。有一回我坐在矮树丛中,树丛很密,我看见她没有找到我;她一个人在园子里走,走过我的身旁,走过我经常待的一些地方,步履茫然又急迫。我不知道她已经找了多久还要找多久,我不知道为什么我决意不喊她——但这绝不是小时候的捉迷藏,这也许是出于长大了的男孩子的倔强或羞涩?但这倔强只留给我痛悔,丝毫也没有骄傲。我真想告诫所有长大了的男孩子,千万不要跟母亲来这套倔强,羞涩就更不必,我已经懂了可我已经来不及了。

儿子想使母亲骄傲,这心情毕竟是太真实了,以致使"想出名"这一声名狼藉的念头也多少改变了一点形象。这是个复杂的问题,且不去管它了罢。随着小说获奖的激动逐日暗淡,我开始相信,至少有一点我是想错了:我用纸笔在报刊上碰撞开的一条路,并不就是母亲盼望我找到的那条路。年年月月我都到这园子里来,年年月月我都要想,母亲盼望我找到的那条路到底是什么。母亲生前没给我留下过什么隽永的哲言,或要我恪守的教诲,只是在她去世之后,她艰难的命运,坚忍的意志和毫不张扬的爱,随光阴流转,在我的印象中愈加鲜明深刻。

有一年,十月的风又翻动起安详的落叶,我在园中读书,听见两个散步的老人说:"没想到这园子有这么大。"我放下书,想,这么大一座园子,要在其中找到她的儿子,母亲走过了多少焦灼的路。多年来我头一次意识到,这园中不单是处处都有过我的车辙,有过我的车辙的地方也都有过母亲的脚印。

三

如果以一天中的时间来对应四季,当然春天是早晨,夏天是中午,秋天是黄昏,冬天是夜晚。如果以乐器来对应四季,我想春天应该是小号,夏天是定音鼓,秋天是大提琴,冬天是圆号和长笛。要是以这园子里的声响来对应四季呢?那么,春天是祭坛上空飘浮着的鸽子的哨音,夏天是冗长的蝉歌和杨树叶子哗啦啦地对蝉歌的取笑,秋天是古殿檐头的风铃响,冬天是啄木鸟随意而空旷的啄木声。以园中的景物对应四季,春天是一径时而苍白时而黑润的小路,时而明朗时而阴晦的天上摇荡着串串杨花;夏天是一条条耀眼而灼人的石凳,或阴凉而爬满了青苔的石阶,阶下有果皮,阶上有半张被坐皱的报纸;秋天是一座青铜的大钟,在园子的西北角上曾丢弃着一座很大的铜钟,铜钟与这园子一般年纪,浑身挂满绿锈,文字已不清晰;冬天,是林中空地上几只羽毛蓬松的老麻雀。以心绪对应四季呢?春天是卧病的季节,否则人们不易发觉春天的残忍与渴望;夏天,情人们应该在这个季节里失恋,不然就似乎对不起爱情;秋天是从外面买一棵盆花回家的时候,把花搁在阔别了的家中,并且打开窗户把阳光也放进屋里,慢慢回忆慢慢整理一些发过霉的东西;冬天伴着火炉和书,一遍遍坚定不死的决心,写一些并不发出的信。还可以用艺术形式对应四季,这样春天就是一幅画,夏天是一部长篇小说,秋天是一首短歌或诗,冬天是一群雕塑。以梦呢?以梦对应四季呢?春天是树尖上的呼喊,夏天是呼喊中的细雨,秋天是细雨中的土地,冬天是干净的土地上的一只孤零的烟斗。

因为这园子,我常感恩于自己的命运。

我甚至现在就能清楚地看见，一旦有一天我不得不长久地离开它，我会怎样想念它，我会怎样想念它并且梦见它，我会怎样因为不敢想念它而梦也梦不到它。

四

现在让我想想，十五年中坚持到这园子来的人都是谁呢？好像只剩了我和一对老人。

十五年前，这对老人还只能算是中年夫妇，我则货真价实还是个青年。他们总是在薄暮时分来园中散步，我不大弄得清他们是从哪边的园门进来，一般来说他们是逆时针绕这园子走。男人个子很高，肩宽腿长，走起路来目不斜视，胯以上直至脖颈挺直不动；他的妻子攀了他一条胳膊走，也不能使他的上身稍有松懈。女人个子却矮，也不算漂亮，我无端地相信她必出身于家道中衰的名门富族；她攀在丈夫胳膊上像个娇弱的孩子，她向四周观望似总含着恐惧，她轻声与丈夫谈话，见有人走近就立刻怯怯地收住话头。我有时因为他们而想起冉阿让与柯赛特，但这想法并不巩固，他们一望即知是老夫老妻。两个人的穿着都算得上考究，但由于时代的演进，他们的服饰又可以称为古朴了。他们和我一样，到这园子里来几乎是风雨无阻，不过他们比我守时。我什么时间都可能来，他们则一定是在暮色初临的时候。刮风时他们穿了米色风衣，下雨时他们打了黑色的雨伞，夏天他们的衬衫是白色的裤子是黑色的或米色的，冬天他们的呢子大衣又都是黑色的，想必他们只喜欢这三种颜色。他们逆时针绕这园子一周，然后离去。他们走过我身旁时只有男人的脚步响，女人像是贴在高大的丈夫身上跟着飘移。我相信他们一定对我有印象，但是我们没有说过话，我们互相都没有想要接近的表示。十五年中,他们或许注意到一个小伙子进入了中年,我则看着一对令人羡慕的中年情侣不觉中成了两个老人。

曾有过一个热爱唱歌的小伙子,他也是每天都到这园中来,来唱歌,唱了好多年,后来不见了。他的年纪与我相仿,他多半是早晨来,唱半小时或整整唱一个上午,估计在另外的时间里他还得上班。我们经常在祭坛东侧的小路上相遇,我知道他是到东南角的高墙下去唱歌,他一定猜想我去东北角的树林里做什么。我找到我的地方,抽几口烟,便听见他谨慎地整理歌喉了。他反反复复唱那么几首歌。"文化革命"没过去的时侯,他唱"蓝蓝的天上白云飘,白云下面马儿跑……"我老也记不住这歌的名字。"文革"后,他唱《货郎与小姐》中那首最为流传的咏叹调。"卖布——卖布嘞,卖布——卖布嘞!"我记得这开头的一句他唱得很有声势,在早晨清澈的空气中,货郎跑遍园中的每一个角落去恭维小姐。"我交了好运气,我交了好运气,我为幸福唱歌曲……"然后他就一遍一遍地唱,不让货郎的激情稍减。依我听来,他的技术不算精到,在关键的地方常出差错,但他的嗓子是相当不坏的,而且唱一个上午也听不出一点疲惫。太阳也不疲惫,把大树的影子缩小成一团,把疏忽大意的蚯蚓晒干在小路上。将近中午,我们又在祭坛东侧相遇,他看一看我,我看一看他,他往北去,我往南去。日子久了,我感到我们都有结识的愿望,但似乎都不知如何开口,于是互相注视一下终又都移开目光擦身而过;这样的次数一多,便更不知如何开口了。终于有一天——一个丝毫没有特点的日子,我们互相点了一下头。他说:"你好。"我说:"你好。"他说:"回去啦?"我说:"是,你呢?"他说:"我也该回去了。"我们都放慢脚步(其实我是放慢车速),想再多说几句,但仍然是不知从何说起,这样我们就都走过了对方,又都扭转身子面向对方。他说:"那就再见吧。"我说:"好,再见。”便互相笑笑各走各的路了。但是我们没有再见，那以后，园中再没了他的歌声，我才想到，那天他或许是有意与我道别的，也许他考上了哪家专业文工团或歌舞团了吧？真希望他如他歌里所唱的那样，交了好运气。

还有一些人，我还能想起一些常到这园子里来的人。有一个老头，算得一个真正的饮者；他在腰间挂一个扁瓷瓶，瓶里当然装满了酒，常来这园中消磨午后的时光。他在园中四处游逛，如果你不注意你会以为园中有好几个这样的老头，等你看过了他卓尔不群的饮酒情状，你就会相信这是个独一无二的老头。他的衣着过分随便，走路的姿态也不慎重，走上五六十米路便选定一处地方，一只脚踏在石凳上或土埂上或树墩上，解下腰间的酒瓶，解酒瓶的档儿眯起眼睛把一百八十度视角内的景物细细看一遭，然后以迅雷不及掩耳之势倒一大口酒入肚，把酒瓶摇一摇再挂向腰间，平心静气地想一会什么，便走下一个五六十米去。还有一个捕鸟的汉子，那岁月园中人少，鸟却多，他在西北角的树丛中拉一张网，鸟撞在上面，羽毛戗在网眼里便不能自拔。他单等一种过去很多而现在非常罕见的鸟，其他的鸟撞在网上他就把它们摘下来放掉，他说已经有好多年没等到那种罕见的鸟了，他说他再等一年看看到底还有没有那种鸟，结果他又等了好多年。早晨和傍晚，在这园子里可以看见一个中年女工程师；早晨她从北向南穿过这园子去上班，傍晚她从南向北穿过这园子回家。事实上我并不了解她的职业或者学历，但我以为她必是学理工的知识分子，别样的人很难有她那般的素朴并优雅。当她在园子穿行的时刻，四周的树林也仿佛更加幽静，清淡的日光中竟似有悠远的琴声，比如说是那曲《献给艾丽丝》才好。我没有见过她的丈夫，没有见过那个幸运的男人是什么样子，我想象过却想象不出，后来忽然懂了想象不出才好，那个男人最好不要出现。她走出北门回家去。我竟有点担心,担心她会落入厨房,不过,也许她在厨房里劳作的情景更有另外的美吧,当然不能再是《献给艾丽丝》,是个什么曲子呢？还有一个人,是我的朋友,他是个最有天赋的长跑家,但他被埋没了。他因为在“文革”中出言不慎而坐了几年牢,出来后好不容易找了个拉板车的工作,样样待遇都不能与别人平等,苦闷极了便练习长跑。那时他总来这园子里跑,我用手表为他计时,他每跑一圈向我招一下手,我就记下一个时间。每次他要环绕这园子跑二十圈,大约两万米。他盼望以他的长跑成绩来获得政治上真正的解放,他以为记者的镜头和文字可以帮他做到这一点。第一年他在春节环城赛上跑了第十五名,他看见前十名的照片都挂在了长安街的新闻橱窗里,于是有了信心。第二年他跑了第四名,可是新闻橱窗里只挂了前三名的照片,他没灰心。第三年他跑了第七名,橱窗里挂前六名的照片,他有点儿怨自已。第四年他跑了第三名,橱窗里却只挂了第一名的照片。第五年他跑了第一名——他几乎绝望了,橱窗里只有一幅环城赛群众场面的照片。那些年我们俩常一起在这园子里待到天黑,开怀痛骂,骂完沉默着回家,分手时再互相叮嘱:先别去死,再试着活一活看。现在他已经不跑了,年岁太大了,跑不了那么快了。最后一次参加环城赛,他以三十八岁之龄又得了第一名并破了纪录,有一位专业队的教练对他说:“我要是十年前发现你就好了。”他苦笑一下什么也没说,只在傍晚又来这园中找到我,把这事平静地向我叙说一遍。不见他已有好几年了,现在他和妻子和儿子住在很远的地方。

这些人现在都不到园子里来了,园子里差不多完全换了一批新人。十五年前的旧人,现在就剩我和那对老夫老妻了。有那么一段时间,这老夫老妻中的一个也忽然不来,薄暮时分唯男人独自来散步，步态也明显迟缓了许多，我悬心了很久，怕是那女人出了什么事。幸好过了一个冬天那女人又来了，两个人仍是逆时针绕着园子走，一长一短两个身影恰似钟表的两支指针；女人的头发白了许多，但依旧攀着丈夫的胳膊走得像个孩子。“攀”这个字用得不恰当了，或许可以用“挽”吧，不知有没有兼具这两个意思的字。

五

我也没有忘记一个孩子——一个漂亮而不幸的小姑娘。十五年前的那个下午，我第一次到这园子里来就看见了她，那时她大约三岁，蹲在斋宫西边的小路上捡树上掉落的“小灯笼”。那儿有几棵大梨树，春天开一簇簇细小而稠密的黄花，花落了便结出无数如同三片叶子合抱的小灯笼，小灯笼先是绿色，继而转白，再变黄，成熟了掉落得满地都是。小灯笼精巧得令人爱惜，成年人也不免捡了一个还要捡一个。小姑娘咿咿呀呀地跟自己说着话，一边捡小灯笼；她的嗓音很好，不是她那个年龄所常有的那般尖细，而是很圆润甚或是厚重，也许是因为那个下午园子里太安静了。我奇怪这么小的孩子怎么一个人跑来这园子里？我问她住在哪儿，她随便指一下，就喊她的哥哥，沿墙根一带的茂草之中便站起一个七八岁的男孩，朝我望望，看我不像坏人便对他的妹妹说：“我在这儿呢！”又伏下身去，他在捉什么虫子。他捉到螳螂、蚂蚱、知了和蜻蜓，来取悦他的妹妹。有那么两三年，我经常在那几棵大栾树下见到他们，兄妹俩总是在一起玩，玩得和睦融洽，都渐渐长大了些。之后有很多年没见到他们。我想他们都在学校里吧，小姑娘也到了上学的年龄，必是告别了孩提时光，没有很多机会来这儿玩了。这事很正常，没理由太搁在心上，若不是有一年我又在园中见到他们,肯定就会慢慢把他们忘记。

那是个礼拜日的上午。那是个晴朗而令人心碎的上午,时隔多年,我竟发现那个漂亮的小姑娘原来是个弱智的孩子。我摇着车到那几棵大栾树下去,恰又是遍地落满了小灯笼的季节;当时我正为一篇小说的结尾所苦,既不知为什么要给它那样一个结尾,又不知何以忽然不想让它有那样一个结尾,于是从家里跑出来,想依靠着园中的镇静,看看是否应该把那篇小说放弃。我刚刚把车停下,就见前面不远处有几个人在戏耍一个少女,做出怪样子来吓她,又喊又笑地追逐她拦截她,少女在几棵大树间惊惶地东跑西躲,却不松手揪卷在怀里的裙裾,两条腿袒露着也似毫无察觉。我看出少女的智力是有些缺陷,却还没看出她是谁。我正要驱车上前为少女解围,就见远处飞快地骑车来了个小伙子,于是那几个戏耍少女的家伙望风而逃。小伙子把自行车支在少女近旁,怒目望着那几个四散逃窜的家伙,一声不吭喘着粗气。脸色如暴雨前的天空一样一会儿比一会儿苍白。这时我认出了他们,小伙子和少女就是当年那对小兄妹。我几乎是在心里惊叫了一声,或者是哀号。世上的事常常使上帝的居心变得可疑。小伙子向他的妹妹走去。少女松开了手,裙裾随之垂落了下来,很多很多她捡的小灯笼便洒落了一地,铺散在她脚下。她仍然算得上漂亮,但双眸迟滞没有光彩。她呆呆地望着那群跑散的家伙,望着极目之处的空寂,凭她的智力绝不可能把这个世界想明白吧?大树下,破碎的阳光星星点点,风把遍地的小灯笼吹得滚动,仿佛喑哑地响着无数小铃铛。哥哥把妹妹扶上自行车后座,带着她无言地回家去了。

无言是对的。要是上帝把漂亮和弱智这两样东西都给了这个小姑娘,就只有无言和回家去是对的。

谁又能把这世界想个明白呢?世上的很多事是不堪说的。你可以抱怨上帝何以要降诸多苦难给这人间,你也可以为消灭种种苦难而奋斗,并为此享有崇高与骄傲。但只要你再多想一步你就会坠入深深的迷茫了:假如世界上没有了苦难,世界还能够存在吗?要是没有愚钝,机智还有什么光荣呢?要是没了丑陋,漂亮又怎么维系自己的幸运?要是没有了恶劣和卑下,善良与高尚又将如何界定自己又如何成为美德呢?要是没有了残疾,健全会否因其司空见惯而变得腻烦和乏味呢?我常梦想着在人间彻底消灭残疾,但可以相信,那时将由患病者代替残疾人去承担同样的苦难。如果能够把疾病也全数消灭,那么这份苦难又将由(比如说)相貌丑陋的人去承担了。就算我们连丑陋,连愚昧和卑鄙和一切我们所不喜欢的事物和行为,也都可以统统消灭掉,所有的人都一样健康、漂亮、聪慧、高尚,结果会怎样呢?怕是人间的剧目就全要收场了。一个失去差别的世界将是一潭死水,是一块没有感觉没有肥力的沙漠。

看来差别永远是要有的。看来就只好接受苦难——人类的全部剧目需要它,存在的本身需要它。看来上帝又一次对了。

于是就有一个最令人绝望的结论等在这里:由谁去充任那些苦难的角色?又由谁去体现这世间的幸福,骄傲和快乐?只好听凭偶然,是没有道理好讲的。

就命运而言,休论公道。

那么,一切不幸命运的救赎之路在哪里呢?

设若智慧的悟性可以引领我们去找到救赎之路,难道所有的人都能够获得这样的智慧和悟性吗?

我常以为是丑女造就了美人。我常以为是愚氓举出了智者。我常以为是懦夫衬照了英雄。我常以为是众生度化了佛祖。

六

设若有一位园神，他一定早已注意到了，这么多年我在这园里坐着，有时候是轻松快乐的，有时候是沉郁苦闷的，有时候优哉游哉，有时候恓惶落寞，有时候平静而且自信，有时候又软弱，又迷茫。其实总共只有三个问题交替着来骚扰我，来陪伴我。第一个是要不要去死？第二个是为什么活？第三个，我干吗要写作？

现在让我看看，它们迄今都是怎样编织在一起的吧。

你说，你看穿了死是一件无须乎着急去做的事，是一件无论怎样耽搁也不会错过的事，便决定活下去试试？是的，至少这是很关键的因素。为什么要活下去试试呢？好像仅仅是因为不甘心，机会难得，不试白不试，腿反正是完了，一切仿佛都要完了，但死神很守信用，试一试不会额外再有什么损失。说不定倒有额外的好处呢是不是？我说过，这一来我轻松多了，自由多了。为什么要写作呢？作家是两个被人看重的字，这谁都知道。为了让那个躲在园子深处坐轮椅的人，有朝一日在别人眼里也稍微有点光彩，在众人眼里也能有个位置，哪怕那时再去死呢也就多少说得过去了，开始的时候就是这样想，这不用保密。这些现在不用保密了。

我带着本子和笔，到园中找一个最不为人打扰的角落，偷偷地写。那个爱唱歌的小伙子在不远的地方一直唱。要是有人走过来，我就把本子合上把笔叼在嘴里。我怕写不成反落得尴尬。我很要面子。可是你写成了，而且发表了。人家说我写的还不坏，他们甚至说：真没想到你写得这么好。我心说你们没想到的事还多着呢。我确实有整整一宿高兴得没合眼。我很想让那个唱歌的小伙子知道，因为他的歌也毕竟是唱得不错。我告诉我的长跑家朋友的时候,那个中年女工程师正优雅地在园中穿行;长跑家很激动,他说好吧,我玩命跑,你玩命写。这一来你中了魔了,整天都在想哪一件事可以写,哪一个人可以让你写成小说。是中了魔了,我走到哪儿想到哪儿,在人山人海里只寻找小说,要是有一种小说试剂就好了,见人就滴两滴看他是不是一篇小说;要是有一种小说显影液就好了,把它泼满全世界看看都是哪儿有小说,中了魔了,那时我完全是为了写作活着。结果你又发表了几篇,并且出了一点小名,可这时你越来越感到恐慌。我忽然觉得自己活得像个人质,刚刚有点像个人了却又过了头,像个人质,被一个什么阴谋抓了来当人质,不定哪天就被处决,不定哪天就完蛋。你担心要不了多久你就会文思枯竭,那样你就又完了。凭什么我总能写出小说来呢?凭什么那些适合作小说的生活素材就总能送到一个截瘫者跟前来呢?人家满世界跑都有枯竭的危险,而我坐在这园子里凭什么可以一篇接一篇地写呢?你又想到死了。我想见好就收吧。当一名人质实在是太累了太紧张了,太朝不保夕了。我为写作而活下来,要是写作到底不是我应该干的事,我想我再活下去是不是太冒傻气了?你这么想着你却还在绞尽脑汁地想写。我好歹又拧出点水来,从一条快要晒干的毛巾上。恐慌日甚一日,随时可能完蛋的感觉比完蛋本身可怕多了,所谓不怕贼偷就怕贼惦记,我想人不如死了好,不如不出生的好,不如压根儿没有这个世界的好。可你并没有去死。我又想到那是一件不必着急的事。可是不必着急的事并不证明是一件必要拖延的事呀!你总是决定活下来,这说明什么?是的,我还是想活。人为什么活着?因为人想活着,说到底是这么回事,人真正的名字叫作:欲望。可我不怕死,有时候我真的不怕死。有时候——说对了。不怕死和想去死是两回事,有时候不怕死的人是有的,一生下来就不怕死的人是没有的。我有时候倒是怕活。可是怕活不等于不想活呀！可我为什么还想活呢？因为你还想得到点什么、你觉得你还是可以得到点什么的，比如说爱情，比如说价值之类，人真正的名字叫欲望。这不对吗？我不该得到点什么吗？没说不该。可我为什么活得恐慌，就像个人质？后来你明白了，你明白你错了，活着不是为了写作，而写作是为了活着。你明白了这一点是在一个挺滑稽的时刻。那天你又说你不如死了好，你的一个朋友劝你：你不能死，你还得写呢，还有好多好作品等着你去写呢。这时候你忽然明白了，你说：只是因为我活着，我才不得不写作。或者说只是因为你还想活下去，你才不得不写作。是的，这样说过之后我竟然不那么恐慌了。就像你看穿了死之后所得的那份轻松？一个人质报复一场阴谋的最有效的办法是把自己杀死。我看出我得先把我杀死在市场上，那样我就不用参加抢购题材的风潮了。你还写吗？还写。你真的不得不写吗？人都忍不住要为生存找一些牢靠的理由。你不担心你会枯竭了？我不知道，不过我想，活着的问题在死之前是完不了的。

这下好了，您不再恐慌了不再是个人质了，您自由了。算了吧您，我怎么可能自由呢？别忘了人真正的名字是：欲望。所以您得知道，消灭恐慌的最有效的办法就是消灭欲望。可是我还知道，消灭人性的最有效的办法也是消灭欲望。那么，是消灭欲望同时也消灭恐慌呢？还是保留欲望同时也保留人生？

我在这园子里坐着，我听见园神告诉我：每一个有激情的演员都难免是一个人质。每一个懂得欣赏的观众都巧妙地粉碎了一场阴谋。每一个乏味的演员都是因为他老以为这戏剧与自己无关。每一个倒霉的观众都是因为他总是坐得离舞台太近了。

我在这园子里坐着，园神成年累月地对我说：孩子，这不是别的，这是你的罪孽和福祉。

七

要是有些事我没说，地坛，你别以为是我忘了，我什么也没忘，但是有些事只适合收藏。不能说，也不能想，却又不能忘。它们不能变成语言，它们无法变成语言，一旦变成语言就不再是它们了。它们是一片朦胧的温馨与寂寥，是一片成熟的希望与绝望，它们的领地只有两处：心与坟墓。比如说邮票，有些是用于寄信的，有些仅仅是为了收藏。

如今我摇着车在这园子里慢慢走，常常有一种感觉，觉得我一个人跑出来已经玩得太久了。有一天我整理我的旧相册，看见一张十几年前我在这园子里照的照片——那个年轻人坐在轮椅上，背后是一棵老柏树，再远处就是那座古祭坛。我便到园子里去找那棵树。我按着照片上的背景找很快就找到了它，按着照片上它枝干的形状找，肯定那就是它。但是它已经死了，而且在它身上缠绕着一条碗口粗的藤萝。有一天我在这园子碰见一个老太太，她说："哟，你还在这儿哪？"她问我："你母亲还好吗？""您是谁？""你不记得我，我可记得你。有一回你母亲来这儿找你，她问我您看没看见一个摇轮椅的孩子？……"我忽然觉得，我一个人跑到这世界上来真是玩得太久了。有一天夜晚，我独自坐在祭坛边的路灯下看书，忽然从那漆黑的祭坛里传出一阵阵唢呐声；四周都是参天古树，方形祭坛占地几百平米空旷坦荡独对苍天，我看不见那个吹唢呐的人，唯唢呐声在星光寥寥的夜空里低吟高唱，时而悲怆时而欢快，时而缠绵时而苍凉，或许这几个词都不足以形容它，我清清醒醒地听出它响在过去，响在现在，响在未来，回旋飘转亘古不散。

必有一天，我会听见喊我回去。

那时您可以想象一个孩子，他玩累了可他还没玩够呢，心里好些新奇的念头甚至等不及到明天。也可以想象是一个老人，无可置疑地走向他的安息地，走得任劳任怨。还可以想象一对热恋中的情人，互相一次次说“我一刻也不想离开你”，又互相一次次说“时间已经不早了”，时间不早了可我一刻也不想离开你，一刻也不想离开你可时间毕竟是不早了。

我说不好我想不想回去。我说不好是想还是不想，还是无所谓。我说不好我是像那个孩子，还是像那个老人，还是像一个热恋中的情人。很可能是这样：我同时是他们三个。我来的时候是个孩子，他有那么多孩子气的念头所以才哭着喊着闹着要来，他一来一见到这个世界便立刻成了不要命的情人；而对一个情人来说，不管多么漫长的时光也是稍纵即逝，那时他便明白，每一步每一步，其实一步步都是走在回去的路上。当牵牛花初开的时节，葬礼的号角就已吹响。

但是太阳，它每时每刻都是夕阳也都是旭日。当它熄灭着走下山去收尽苍凉残照之际，正是它在另一面燃烧着爬上山巅布散烈烈朝辉之时。那一天，我也将沉静着走下山去，扶着我的拐杖。有一天，在某一处山洼里，势必会跑上来一个欢蹦的孩子，抱着他的玩具。

当然，那不是我。

但是，那不是我吗？

宇宙以其不息的欲望将一个歌舞炼为永恒。这欲望有怎样一个人间的姓名，大可忽略不计。

1990年

赏析

对人生苦难，理解了也就释然了

《我与地坛》是史铁生最著名的代表性作品，自发表以来获得文坛及广大读者极高评价和衷心喜爱。作家韩少功说，《我与地坛》的发表，对当年(1991)的文坛来说，即使没有其他作品，那一年也是一个丰年。诚哉斯言！

《我与地坛》，篇名标示出全文总纲。“我”是主体；“地坛”是客体，是被主体感知的对象。在这里，地坛虽然无言，但在“我”眼里，它却是蕴含浑厚丰富精神信息的客观存在。“我”与“地坛”，其实就是主客体之间的心灵对话，换句话说，就是地坛给作者的启发，作者对地坛的感悟。

《我与地坛》的文字，既不是传统的叙事，也不是传统的抒情和议论，而是灵魂私语或心灵独白。从创作动机看，作者无意于记述某件值得记录的事，抒发某种悲欢离合的情，而是因为被命运逼入困境,痛苦的灵魂在地坛得到了安顿。这是一段刻骨铭心的心路历程,是灵魂挣扎与自我救赎的艰难历程。《我与地坛》就是这一历程的见证,是灵魂的独白与倾诉。

那么,面对地坛,作者悟出了哪些人生道理呢? 概而言之,首先是对死的感悟——死是一个必然会降临的“节日”,因此是一件无须乎着急去做的事。其次是对人生意义的理解——既然决定活下来,接下来就要考虑为什么活;上帝交给你一个生命,你就要试着把它用好,不用白不用;在用的过程中或许能活出你的意义,创造出你的价值。再次是对苦难的化解——原来以为只有自己苦,而后才知道苦难是宇宙、人生的必然结构,是存在的真相。还有,在地坛里感受到坚忍而不张扬的母爱;感受到酸甜苦辣各种人生世相;感受到大自然的生意盎然,生生不息;感受到四季交替如人生轮回;感受到人与自然、与宇宙万物的关系,于是把自己融入自然融入宇宙,进入天人合一之境,在生生不息的宇宙生命中获得永恒。

因为本卷主旨为“化解苦难”,集中展示史铁生应对苦难的智慧,以此为角度解读《我与地坛》,其中有两节特别值得注意。

一是第二节,写母爱。从这一节,读者读出了作者对母亲刻骨铭心的思念与感恩,读出了作者凄怆压抑的悲苦心情。叙述语调悠沉平静,内敛节制,“毫不张扬”(这也是全文的语调、全文的情感基调),读者却压抑不住时时想哭的冲动。

这一节是《我与地坛》中最让读者读不够的经典段落之一,作者用大量感人至深的具体细节回忆了母亲对自己的抚慰与关爱。最初被苦难击倒让他痛不欲生,这时候在生活上给他无微不至照顾和精神上最大抚慰的是母亲。儿子的不幸在母亲那里是加倍的,这一点是作者后来才体会出来的,体会出这一点的作者深情地说:“母亲的苦难与伟大在我心中渗透得深彻。”换句话说,母亲和家人的大爱、至情,是苦难中史铁生的心灵港湾,是他化解苦难,超越苦难的精神支撑。

值得注意的还有第五节,从一个“一个漂亮而不幸的小姑娘”说起,讨论苦难的终极根源。

小姑娘漂亮但不幸,人们情感上难以接受,忍不住追问为什么。为什么? 不为什么! 小姑娘的不幸没有原因,没有理由,没人给她个说法,她不幸就不幸了,没道理可讲。

追问为什么,追问原因、理由,这是人类的思维逻辑,可是有些“苦难”本身不是人能管的事,能管这事的只有“上帝”——所以,“无言是对的。要是上帝把漂亮和弱智这两样东西都给了这个小姑娘,就只有无言和回家去是对的。”

“无言是对的”,既平静又沉痛,蕴含着情感与理智的巨大张力——情感拒绝接受而理智明白不得不接受。为什么? 本段以下对世界(宇宙)规律的终极思考作了最有说服力的解释——这是宇宙构成的秘密,客观世界的规律,世界上总有人幸运有人不幸,有差别才是世界的真相,没有差别的世界是不可想象的。

原来以为只有自己苦,经过深入思考才知道苦难是宇宙、人生的必然结构,是存在的真相。用史铁生的话说,即“人类的全部剧目需要它”。苦难是宇宙、人生的必然构成部分,是人类无法改变的“宿命”,你必须接受它,即必须对它说“是”。这一思想,在史铁生此后的作品中将经常出现,反复出现。

西方人说“理解了也就宽恕了”,于是史铁生对自己的苦难也就释然了。

史铁生从自己的苦难、困境出发与地坛“对话”,结果是走出自我,超越自我,从终极视角,在一些最为基本的人生问题上悟到了极为丰富、极为深刻的人生智慧。史铁生发现的人生智慧,值得身处困境的所有人借鉴参考。史铁生的智慧首先超度了他本人,也能超度同样身处困境的其他人。史铁生的精神价值就在这里。在这个世界上,在每个人的人生中,只要有苦难在,史铁生的价值就在;只要苦难永在,史铁生的价值就永在。

史铁生

十、神位　官位　心位*

有好心人劝我去庙里烧烧香，拜拜佛，许个愿，说那样的话佛就会救我，我的两条业已作废的腿就又可能用于走路了。

我说：“我不信。”

好心人说：“你怎么还不信哪？”

我说：“我不相信佛也是这么跟个贪官似的，你给他上供他就给你好处。”

好心人说：“哎哟，你还敢这么说哪！”

我说：“有什么不敢？佛总不能也是‘顺我者昌，逆我者亡’吧？”

好心人说：“哎哟哎哟，你呀，腿还想不想好哇？”

我说：“当然想。不过，要是佛太忙一时顾不上我，就等他有工夫

---

* 史铁生著：《史铁生作品系列：我与地坛》，人民文学出版社 2011 年版，第 312—317 页。

再说吧，要是佛心也存邪念，至少咱们就别再犯一个拉佛下水的罪行。”

好心人苦笑，良久默然，必是惊讶着我的执迷不悟，痛惜着我的无可救药吧。

我忽然心里有点怕。也许佛真的神通广大，只要他愿意就可以让我的腿好起来？老实说，因为这两条枯枝一样的废腿，我确实丢失了很多很多我所向往的生活。我梦想这两条腿能好起来，梦想它们能完好如初。二十二年了，我以为这梦想已经淡薄或者已经不在，现在才知道这梦想永远都不会完结，一经唤起也还是一如既往地强烈。唯一的改变是我能够不露声色了。不露声色但心里却有点怕，或者有点慌：那好心人的劝导，是不是佛对我的忠心所做的最后试探呢？会不会因为我的出言不逊，这最后的机缘也就错过，我的梦想本来可以实现但现在已经彻底完蛋了呢？

果真如此吗？

果真如此也就没什么办法：这等于说我就是这么个命。

果真如此也就没什么意思：这等于说世间并无净土，有一双好腿又能走去哪里？

果真如此也就没什么可惜：佛之救人尚且这般唯亲、唯利、唯蜜语，想来我也是逃得过初一逃不过十五。

果真如此也就没什么可怕：无非又撞见一个才高德浅的郎中，无非又多出一个吃贿的贪官或者一个专制的君王罢了。此“佛”非佛。

当然，倘这郎中真能医得好我这双残腿，倾家荡产我也宁愿去求他一次。但若这郎中偏要自称是佛，我便宁可就这么坐稳在轮椅上，免得这野心家一旦得逞，众生的人权都要听其摆弄了。

我既非出家的和尚，也非在家的居士，但我自以为对佛一向是敬重的。我这样说绝不是承认刚才的罪过，以期佛的宽宥。我的敬重在于:我相信佛绝不同于图贿的贪官,也不同于专制的君王。我这样说也绝不是拐弯抹角的恭维。在我想来,佛是用不着恭维的。佛,本不是一职官位,本不是寨主或君王,不是有求必应的神明,也不是可卜凶吉的算命先生。佛仅仅是信心,是理想,是困境中的一种思悟,是苦难里心魂的一条救路。

这样的佛,难道有理由向他行贿和谄媚吗?烧香和礼拜,其实都并不错,以一种形式来寄托和坚定自己面对苦难的信心,原是极为正当的;但若期待现实的酬报,便总让人想起提着烟酒去叩长官家门的景象。

我不相信佛能灭一切苦难。如果他能,世间早该是一片乐土。也许有人会说:“就是因为你们这些慧根不足、心性不净、执迷不悟的人闹的,佛的宏愿才至今未得实现。”可是,真抱歉——这逻辑岂不有点像庸医无能,反怪病人患病无方吗?

我想,最要重视的当是佛的忧悲。常所谓“我佛慈悲”,我以为即是说,那是慈爱的理想同时还是忧悲的处境。我不信佛能灭一切苦难,佛因苦难而产生,佛因苦难而成立,佛是苦难不尽中的一种信心,抽去苦难佛便不在了。佛并不能灭一切苦难,即是佛之忧悲的处境。佛并不能灭一切苦难,信心可还成立吗?还成立!落空的必定是贿赂的图谋,依然还在的就是信心。信心不指向现实的酬报,信心也不依据他人的证词,信心仅仅是自己的信心,是属于自己的面对苦难的心态和思路。这信心除了保证一种慈爱的理想之外什么都不保证,除了给我们一个方向和一条路程之外,并不给我们任何结果。

所谓“证果”,我久思未得其要。我非佛门弟子,也未深研佛学经典,不知在佛教的源头上“证果”意味着什么,单从大众信佛的潮流中取此一意来发问:“果”是什么?可以证得的那个“果”到底是什么?是苦难全数地消灭?还是某人独自享福?是世上再无值得忧悲之事?还是某人有幸独得逍遥,再无烦恼了呢?

苦难消灭自然也就无可忧悲,但苦难消灭一切也就都灭,在我想来那与一网打尽同效,目前有的是原子弹,非要去劳佛不可?若苦难不尽,又怎能了无烦恼?独自享福万事不问,大约是了无烦恼的唯一可能,但这不像佛法倒又像贪官庸吏了。

中国信佛的潮流里,似总有官的影子笼罩。求佛拜佛者,常抱一个极实惠的请求。求儿子,求房子,求票子,求文凭求户口,求福寿双全……所求之事大抵都是官的职权所辖,大抵都是求官而不得理会,便跑来庙中烧香叩首。佛于这潮流里,那意思无非一个万能的大官,且不见得就是清官,徇私枉法乃至杀人越货者竟也去烧香许物,求佛保佑不致东窗事发抑或锒铛入狱。若去香火浓烈的地方做一次统计,保险:因为灵魂不安而去反省的、因为信心不足而去求教的、因为理想认同而去礼拜的,难得有几个。

我想,这很可能是因为中国的神位,历来少为人的心魂而设置,多是为君的权威而筹谋。“君权神授”,当然求君便是求神,求官便是求君了,光景类似于求长官办事先要去给秘书送一点礼品。君神一旦同一,神位势必日益世俗得近于衙门。中国的神,看门、掌灶、理财、配药,管红白喜事,管吃喝拉撒,据说连厕所都有专职的神来负责。诸神如此地务实,信徒们便被培养得淡漠了心魂的方位;诸神管理得既然全面,神通广大且点滴无漏,众生除却歌功颂德以求实惠还能何为?大约就只剩下吃“大锅饭”了。“大锅饭”吃到不妙时,还有一句“此处不养爷”来泄怨,还有一句“自有养爷处”来开怀。神位的变质和心位的缺失相互促进,以致佛来东土也只热衷俗务，单行其“慈”，那一个“悲”字早留在西天。这信佛的潮流里，最为高渺的祈望也还是为来世做些务实的铺陈——今生灭除妄念，来世可入天堂。若问：何为天堂？答曰：无苦极乐之所在。但无苦怎么会有乐呢？天堂是不是妄念？此问则大不敬，要惹来斥责，是慧根不够的征兆之一例。

电视剧《北京人在纽约》，曾引出众口一词的感慨以及嘲骂：“美国也（他妈的）不是天堂！”可，谁说那是天堂了？谁曾告诉你纽约专门儿是天堂了？人家说那儿也是地狱，你怎么就不记着？这感慨和嘲骂，泄露了国产天堂观的真相：无论急于今生，还是耐心来世，那天堂都不是心魂的圣地，仍不过是实实在在的福乐。福不圆满，乐不周到，便失望，便怨愤，便嘲骂，并不反省，倒运足了气力去讥贬人家。看来，那“无苦并极乐”的向往，单是比凡夫俗子想念得深远：不图小利，要中一个大彩。

就算天堂真的存在，我的智力还是突破不出那个“证果”的逻辑：无苦并极乐是什么状态呢？独自享福则似贪官，苦难全消就又与集体服毒同效。还是那电视剧片头的几句话说得好，那儿是天堂也是地狱。是天堂也是地狱的地方，我想是有一个简称的：人间。就心魂的朝圣而言，纽约与北京一样，今生与来世一样，都必是慈与悲的同行，罪与赎的携手，苦难与拯救一致地没有尽头，因而在地球的这边和那边，在时间的此岸和彼岸，都要有心魂应对苦难的路途或方式。这路途或方式，是佛我也相信，是基督我也相信，单不能相信那是官的所辖和民的行贿。

还有“人人皆可成佛”一说，也作怪，值得探讨。怎么个“成”法儿？什么样儿就算“成”了呢？“成”了之后再往哪儿走？这问题，我很久以来找不到通顺的解答。说“能成”吧，又想象不出成了之后可怎么办;说“永远不能成”吧,又像是用一把好歹也吃不上的草料去逗引着驴儿转磨。所谓终极发问、终极关怀,总应该有一个终极答案、终极结果吧?否则岂不荒诞?

最近看了刘小枫先生的《走向十字架上的真理》,令我茅塞顿开。书中讲述基督性时说:人与上帝有着永恒的距离,人永远不能成为上帝。书中又谈到,神是否存在?神若存在,神便可见、可及、乃至可做,难免人神不辨,任何人就都可能去做一个假冒伪劣的神了;神若不存在,神学即成扯淡,神位一空,人间的造神运动便可顺理成章,肃贪和打假倒没了标准。这可如何是好?我理解那书中的意思是说:神的存在不是由终极答案或终极结果来证明的,而是由终极发问和终极关怀来证明的,面对不尽苦难的不尽发问,便是神的显现,因为恰是这不尽的发问与关怀可以使人的心魂趋向神圣,使人对生命取了崭新的态度,使人崇尚慈爱的理想。

“人人皆可成佛”和“人与上帝有着永恒的距离”,是两种不同的生命态度,一个重果,一个重行,一个为超凡的酬报描述最终的希望,一个为神圣的拯救构筑永恒的路途。但超凡的酬报有可能是一幅幻景,以此来维护信心似乎总有悬危。而永恒的路途不会有假,以此来坚定信心还有什么可怕!

这使我想到了佛的本义,佛并不是一个名词,并不是一个实体,佛的本义是觉悟,是一个动词,是行为,而不是绝顶的一处宝座。这样,“人人皆可成佛”就可以理解了,“成”不再是一个终点,理想中那个完美的状态与人有着永恒的距离,人即可朝向神圣无止地开步了。谁要是把自己披挂起来,摆出一副伟大的完成态,则无论是光芒万丈,还是淡泊逍遥,都像是搔首弄姿。“烦恼即菩提”,我信,那是关心,也是拯救。“一切佛法唯在行愿”,我信,那是无终的理想之路。真正的宗教精神都是相通的,无论东方还是西方。任何自以为可以提供无苦而极乐之天堂的哲学和神学,都难免落入不能自圆的窘境。

1994 年 2 月 2 日

赏析

“佛是苦难不尽中的一种信心”

人生在世，难免会遇到或大或小各式各样的苦难，遇到苦难怎么办？人们的常规思维不是靠自己，而是先想到求神拜佛，烧香磕头。还有，虽然没有苦难，但想轻易获得更大利益（如升官、发财、求子、升学之类）的人，也去求佛多关照。那么佛真的有这样的神力吗？史铁生是怎样看待佛的呢？

一、佛不是有求必应的人格神

世人之所以遇到困境烧香拜佛，是因为把佛当成了有求必应的人格神，于是遇到苦难的人求他，想获得更多更大超额利益者也来求他，徇情枉法乃至杀人越货者为防东窗事发抑或锒铛入狱者也来求他，在提出要求的同时向佛许愿，称如能满足自己的要求，他愿意以什么什么来上供还愿，等等，于是寺院里烧香磕头者永远的不绝如缕。

史铁生对此很不以为然。他说:“我相信佛绝不同于图贿的贪官,也不同于专制的君王。”“在我想来,佛是用不着恭维的。佛,本不是一职官位,本不是寨主或君王,不是有求必应的神明,也不是可卜凶吉的算命先生。”烧香磕头求避难,求利益,其实是把佛当成贪官,以为拿贿赂就可以和他做交易,而且以市场原则对待佛——希望以最小代价换取最大利益。这是公然的、赤裸裸的利益交换。常言说,心中有佛,看见的就是佛;心中有屎,看见的就是屎。这些人满心利害,就以为佛也是像他们那样的势利小人。很明显,这种态度是对佛的亵渎和侮辱。

二、佛界也不是无苦无忧的天堂

今生苦难太多,人间苦难太多,躲是躲不过了,无奈之下那就把希望寄托于来生吧;今生好好修行,来世可入天堂,或曰西天净土。“若问:何为天堂?答曰:无苦极乐之所在。”

无苦极乐之地,有吗?苦和乐本是连体兄弟,相伴相生,如影随形,没有了苦的底衬、参照和对比,哪儿来的乐呢?没有了黑夜作参照,哪有什么白天呢?明乎此,就应该明白:“苦难消灭自然也就无可忧悲,但苦难消灭一切也就都灭”,世界进入死寂状态,还谈什么苦乐呢?所以把佛理解为无苦无忧的天堂,完全不符合事物的辩证法,不符合存在的真相,绝对是一种的妄念。遗憾的是,人们太天真了,或者说向往美好的心太切了,竟然毫无怀疑地相信了这种妄念,致使谬误流传,影响深远。

三、佛是苦难不尽中的一种信心

佛既不是有求必应的人格神,也不是无苦无忧的天堂,那么佛是什么呢？史铁生说：“佛因苦难而产生，佛因苦难而成立，佛是苦难不尽中的一种信心，抽去苦难佛便不在了。佛并不能灭一切苦难，即是佛之忧悲的处境。”

佛并不能灭一切苦难，信心还成立吗？史铁生说，还成立！落空的必定是贿赂的图谋，依然还在的就是信心。信心不指向现实的酬报，信心也不依据他人的证词，信心仅仅是自己的信心，是自己面对苦难的心态和思路。这信心除了保证一种慈爱的理想之外什么都不保证，除了给我们一个方向和一条路程之外，并不给我们任何结果。说得简明些：“佛仅仅是信心，是理想，是困境中的一种思悟，是苦难里心魂的一条救路。”

佛，说到底是面对苦难时每个人自己的信心，或者说是自己的精神，这是对佛的一种全新理解。恕笔者孤陋寡闻，缺乏佛学知识，笔者弄不清在几千年的佛教史上，还有哪一位佛学家或思想家对佛做过这样的解释。多少年来笔者对佛学教义不甚了了，似懂非懂，总有什么地方（如天堂、净土之类）想不通，自看了史铁生先生对佛的解释，觉得一下子豁然开朗，确实如佛教所说的——“醍醐灌顶”。笔者认为，史铁生对佛的这一全新理解不是歪曲了佛之教义，而是丰富了、深化了、提升了佛的教义，让佛从神秘的宗教迷雾中走出来，走向大众，走向人生，走向每个人的内心。

宗教的某些教义，如果固执于传统的宗教学的解释，总是让非教徒们心理上感到隔一层，结果只能把人引向盲目接受（迷信），或彻底不信；但像史铁生这样从哲学上、从人生境界、人的心理层面做出新的解释，就把道理说透了，不隔了，于是就心服口服了。其他，如天堂即是人的仰望；人可以**走向**天堂，不可以**走到**天堂；精神的天堂于走向中成立；信在永远的过程中，等等，都是精彩的全新理解，都让人有豁然开朗之感。

史铁生对流行的宗教概念赋予新的解释，把宗教中可资利用的思想资源成功地转化为非教徒可以接受的人生道理，让神秘的宗教名词从虚空高蹈中走进大众的灵魂。史铁生为佛（宗教）的人间化做出的努力，具有普遍而深远的意义。

史铁生

十一、想念地坛*

想念地坛，主要是想念它的安静。

坐在那园子里，坐在不管它的哪一个角落，任何地方，喧嚣都在远处。近旁只有荒藤老树，只有栖居了鸟儿的废殿颓檐、长满了野草的残墙断壁，暮鸦吵闹着归来，雨燕盘桓吟唱，风过檐铃，雨落空林，蜂飞蝶舞草动虫鸣……四季的歌咏此起彼伏从不间断。地坛的安静并非无声。

有一天大雾迷漫，世界缩小到只剩了园中的一棵老树。有一天春光浩荡，草地上的野花铺铺展展开得让人心惊。有一天漫天飞雪，园中堆银砌玉，有如一座晶莹的迷宫。有一天大雨滂沱，忽

---

* 史铁生著：《史铁生作品系列：我与地坛》，人民文学出版社 2011 年版，第 129—134 页。

而云开,太阳轰轰烈烈,满天满地都是它的威光。数不尽的那些日子里,那些年月,地坛应该记得,有一个人,摇了轮椅,一次次走来,逃也似的投靠这一处静地。

一进园门,心便安稳。有一条界线似的,迈过它,只要一迈过它便有清纯之气扑来,悠远、浑厚。于是时间也似放慢了速度,就好比电影中的慢镜,人便不那么慌张了,可以放下心来把你的每一个动作都看看清楚,每一丝风飞叶动,每一缕愤懑和妄想,盼念与惶茫,总之把你所有的心绪都看看明白。

因而地坛的安静,也不是与世隔离。

那安静,如今想来,是由于四周和心中的荒旷。一个无措的灵魂,不期而至竟仿佛走回到生命的起点。

记得我在那园中成年累月地走,在那儿呆坐,张望,暗自地祈求或怨叹,在那儿睡了又醒,醒了看几页书……然后在那儿想:“好吧好吧,我看你还能怎样!”这念头不觉出声,如空谷回音。

谁?谁还能怎样?我,我自己。

我常看那个轮椅上的人,和轮椅下他的影子,心说我怎么会是他呢?怎么会和他一块坐在了这儿?我仔细看他,看他究竟有什么倒霉的特点,或还将有什么不幸的征兆,想看看他终于怎样去死,赴死之途莫非还有绝路?那日何日?我记得忽然我有了一种放弃的心情,仿佛我已经消失,已经不在,唯一缕轻魂在园中游荡,刹那间清风朗月,如沐慈悲。于是乎我听见了那恒久而辽阔的安静。恒久,辽阔,但非死寂,那中间确有如林语堂所说的,一种“温柔的声音,同时也是强迫的声音”。

我记得于是我铺开一张纸,觉得确乎有些什么东西最好是写下来。那日何日？但我一直记得那份忽临的轻松和快慰，也不考虑词句，也不过问技巧，也不以为能拿它去派什么用场，只是写，只是看有些路单靠腿（轮椅）去走明显是不够。写，真是个办法，是条条绝路之后的一条路。

只是多年以后我才在书上读到了一种说法：写作的零度。

《写作的零度》，其汉译本实在是有些磕磕绊绊，一些段落只好猜读，或难免还有误解。我不是学者，读不了罗兰·巴特的法文原著应当不算是玩忽职守。是这题目先就吸引了我，这五个字，已经契合了我的心意。在我想，写作的零度，即生命的起点，写作由之出发的地方，即生命之固有的疑难，写作之终于的寻求，即灵魂最初的眺望。譬如那一条蛇的诱惑，以及生命自古而今对意义不息的询问。譬如那两片无花果叶的遮蔽，以及人类以爱情的名义、自古而今的相互寻找。譬如上帝对亚当和夏娃的惩罚，以及万千心魂自古而今所祈盼着的团圆。

“写作的零度”，当然不是说清高到不必理睬纷繁的实际生活，洁癖到把变迁的历史虚无得干净，只在形而上寻求生命的解答。不是的。但生活的谜面变化多端，谜底却似亘古不变，缤纷错乱的现实之网终难免编织进四顾迷茫，从而编织到形而上的询问。人太容易在实际中走失，驻足于路上的奇观美景而忘了原本是要去哪儿，倘此时灵机一闪，笑遇荒诞，恍然间记起了比如说阿兰·罗伯—格耶里的《去年在马里昂巴》，比如说贝克特的《等待戈多》，那便是回归了“零度”，重新过问生命的意义。零度，这个词真用得好，我愿意它不期然地还有着如下两种意思：一是说生命本无意义，零嘛，本来什么都没有；二是说，可平白无故地生命他来了，是何用意？虚位以待，来向你要求意义。一个生命的诞生，便是一次对意义的要求。荒诞感,正就是这样地要求。所以要看重荒诞,要善待它。不信等着瞧,无论何时何地,必都是荒诞领你回到最初的眺望,逼迫你去看那生命固有的疑难。

否则,写作,你寻的是什么根?倘只是炫耀祖宗的光荣,弃心魂一向的困惑于不问,岂不还是阿Q的传统?倘写作变成潇洒,变成了身份或地位的投资,它就不要嘲笑喧嚣,它已经加入喧嚣。尤其,写作要是爱上了比赛、擂台和排名榜,它就更何必谴责什么"霸权"?它自己已经是了。我大致看懂了排名的用意:时不时地抛出一份名单,把大家排比得就像是梁山泊的一百零八,被排者争风吃醋,排者乘机拿走的是权力。可以玩味的是,这排名之妙,商界倒比文坛还要醒悟得晚些。

这又让我想起我曾经写过的那个可怕的孩子。那个矮小瘦弱的孩子,他凭什么让人害怕?他有一种天赋的诡诈——只要把周围的孩子经常地排一排座次,他凭空地就有了权力。"我第一跟谁好,第二跟谁好……第十跟谁好"和"我不跟谁好",于是,欢欣者欢欣地追随他,苦闷者苦闷着还是去追随他。我记得,那是我很长一段童年时光中恐惧的来源,是我的一次写作的零度。生命的恐惧或疑难,在原本干干净净的眺望中忽而向我要求着计谋;我记得我的第一个计谋,是阿谀。但恐惧并未因此消散,疑难却因此更加疑难。我还记得我抱着那只用于阿谀的破足球,抱着我破碎的计谋,在夕阳和晚风中回家的情景……那又是一次写作的零度。零度,并不只有一次。每当你立于生命固有的疑难,立于灵魂一向的祈盼,你就回到了零度。一次次回到那儿正如一次次走进地坛,一次次投靠安静,走回到生命的起点,重新看看,你到底是要去哪儿?

是否已经偏离亚当和夏娃相互寻找的方向?

想念地坛,就是不断地回望零度。放弃强力,当然还有阿谀。现在可真是反了!——面要面霸,居要豪居,海鲜称帝,狗肉称王,人呢?名人,强人,人物。可你看地坛,它早已放弃昔日荣华,一天天在风雨中放弃,五百年,安静了;安静得草木葳蕤,生气盎然。土地,要你气熏烟蒸地去恭维它吗?万物,是你雕栏玉砌就可以挟持的?疯话。再看那些老柏树,历无数春秋寒暑依旧镇定自若,不为流光掠影所迷。我曾注意过它们的坚强,但在想念里,我看见万物的美德更在于柔弱。"坚强",你想吧,希特勒也会赞成。世间的语汇,可有什么会是强梁所拒?只有"柔弱"。柔弱是爱者的独信。柔弱不是软弱,软弱通常都装扮得强大,走到台前骂人,退回幕后出汗。柔弱,是信者仰慕神恩的心情,静聆神命的姿态。想想看,倘那老柏树无风自摇岂不可怕?要是野草长得比树还高,八成是发生了核泄漏——听说契尔诺贝利附近有这现象。

我曾写过"设若有一位园神"这样的话,现在想,就是那些老柏树吧;千百年中,它们看风看雨,看日行月走人世更迭,浓荫中唯供奉了所有的记忆,随时提醒着你悠远的梦想。

但要是"爱"也喧嚣,"美"也招摇,"真诚"沦为一句时髦的广告,那怎么办?唯柔弱是爱愿的识别,正如放弃是喧嚣的解剂。人一活脱便要嚣张,天生的这么一种动物。这动物适合在地坛放养些时日——我是说当年的地坛。

回望地坛,回望它的安静,想念中坐在不管它的哪一个角落,重新铺开一张纸吧。写,真是个办法,油然地通向着安静。写,这形式,注定是个人的,容易撞见诚实,容易被诚实揪住不放,容易在市场之外遭遇心中的阴暗,在自以为是时回归零度。把一切污浊、畸形、歧路,重新放回到那儿去检查,勿使伪劣的心魂流布。

有人跟我说,曾去地坛找我,或看了那一篇《我与地坛》去那儿寻找安静。可一来呢,我搬家搬得离地坛远了,不常去了。二来我偶尔请朋友开车送我去看它,发现它早已面目全非。我想,那就不必再去地坛寻找安静,莫如在安静中寻找地坛。恰如庄生梦蝶,当年我在地坛里挥霍光阴,曾屡屡地有过怀疑:我在地坛吗?还是地坛在我?现在我看虚空中也有一条界线,靠想念去迈过它,只要一迈过它便有清纯之气扑面而来。我已不在地坛,地坛在我。

2002 年 5 月 13 日完成

2004 年 2 月 23 日修定

赏析

安静的地坛安慰了惶惑的灵魂

若干年前，被灾难打击得心神无措的史铁生，鬼使神差，摇着轮椅走进了早已等了他几百年的地坛。一经走进，他就如遇老友故交，从此再也离不开它，从此在那园中成年累月地游走，在那儿呆坐，张望，神思并玄想。想来想去，想得心安神定，惶惑的灵魂得以抚慰，发现人生原来尚有无限广阔光辉的天空，因此大可不必自怨自艾，自我折磨。地坛，成了史铁生灵魂救赎之地，成了他化解苦难、超越自我的圣坛。

地坛果真有那么大的神力吗？有，又没有，关键看你和它怎样遇合。

不错，地坛以沧桑的历史和文化意蕴，使其确有浑厚、悠远、清纯，甚至神秘的精神文化信息；但地坛所包含的信息还需要有一颗敏感善思的灵魂来感悟，来接收。正如俞伯牙的琴声，只有遇到钟子期之耳，才能听出“高山流水”之神韵。换句话说，只有当主体与客体相互契合，才能进入心有灵犀一点通之境，地坛的神力才能释放出神奇的效果。所幸的是，这样神奇的遇合竟然出现了。这就是苦难深重而又敏感善思的史铁生，在上帝的安排下有一天走进了地坛，从此，地坛所蕴含的精神信息才得以被发现，被展示，被传扬。因此，我们既可以说是地坛启迪了史铁生，也可以说是史铁生“发现”了地坛。自从史铁生的《我与地坛》发表，人们看地坛的眼光变了，到北京专门去地坛朝圣的人多了——地坛复活了。

继《我与地坛》之后，2004 年史铁生又写了《想念地坛》。在《想念地坛》中，史铁生再一次回忆了自己当年与地坛的遇合，地坛对自己灵魂的安慰。在长年累月与地坛的交流对话中，史铁生化解了心中的苦难，精神走上了高地。

那么，从“化解苦难”主旨出发，该文有哪些值得注意之点呢？

一、地坛的安静让惶惑无措的灵魂安静

这一点，史铁生有明确表述：“想念地坛，主要是想念它的安静。”“一进园门，心便安稳。有一条界线似的，迈过它，只要一迈过它便有清纯之气扑来，悠远、浑厚。”于是时间也似放慢了速度，人也不那么慌张了。

二、“我是谁”的追问拉开了与自身苦难的距离

“我常看那个轮椅上的人和轮椅下他的影子，心说我怎么会是他呢？怎么会和他一块儿坐在了这儿？——”这是史铁生笔下常见的句式。这种句式里暗含着两个“我”——主我和客我。客我即坐在轮椅上的那个人，主我，即观察、分析这个人的人——史铁生的自我意识。能把自己当作观察分析的对象，说明主我把客我当

作了客观对象(就如任何一个与己无关的第三者一样),于是主我与客我就拉开了距离,主我就不再宥于客我之中出不来,一味地哀叹自己多么多么不幸。人,任何一个人,都可能遇到这样那样的不幸,苦难面前谁也没有豁免权,因此,灾难和不幸落到谁头上都属正常,完全自然。难道灾难和不幸只应该落到别人头上而不应该落到你头上?你是上帝的亲儿子吗?是亲儿子又怎么样?耶稣是上帝的儿子,他不也遇到灾难吗?耶稣尚且难免,你又算老几?诸如此类,想来想去,自己的苦难就减轻了,化解了,就心平气和,不再怨天尤人了。用前面我们已经说过的话即:理解了也就释然了!

三、找到了写作这条安身立命之路

长年累月与地坛进行灵魂对话,于是听见了那恒久而辽阔的安静,听见了一种温柔同时也是强迫的声音。“我记得于是我铺开一张纸,觉得确乎有些什么东西最好是写下来。那日何日?但我一直记得那份忽临的轻松和快慰,也不考虑词句,也不过问技巧,也不以为能拿它去派什么用场,只是写,只是看有些路单靠腿(轮椅)去走明显是不够。写,真是个办法,是条绝路之后的一条路。”

这就是史铁生走上创作之路的原因和缘因。敏感善思的心灵渴求生命的意义,迷惘的灵魂四处眺望渴求回答,安静的地坛冥冥中给人以无声的启迪,主客呼应,把史铁生推上了写作之路。别小看了神秘中的这一“推”,正是这一“推”,冥冥中天地间发生了一个意义重大的事件,以此为起点,中国诞生了一位伟大的作家。

写作是最适合史铁生的事,是他最愿意、最喜欢的事。写作之于史铁生,有着多重意义。一,从此他找到了安身立命的一条路,或者说是摆渡生命由此岸到彼岸的一条船。有了事儿干,心魂就有了着落。二,他的苦恼、惶惑、疑难——郁结心中需要转移,写作给了他一个宣泄转移的出口,郁结宣泄而后心安。三,写作的成功让他具有价值感、成就感、自豪感。这就是他在《我与地坛》中说的:“为什么要写作? ——为了让那个躲在园子深处坐轮椅的人,有朝一日在别人眼里也稍微有点儿光彩,在众人眼里也能有个位置。”

总而言之,在史铁生苦难深重之时,地坛接纳了他,安慰了他,帮助了他。地坛,在史铁生生命史上具有重要意义,也因此而在中国文学史、文化史上有了新的意义。

十二、在友谊医院“友谊之友”座谈会上的发言*

坐在这个位置上的本该是位大夫,可现在却是个病人,一个资深病人。所以今天不可能是治疗,也不可能是讲课,更不要以为是一个什么身残志不残的人给大伙儿做报告。我是奉柏大夫之命,以一个老牌病人的身份,跟各位交流一下生病的体会。所以我只能保证以毫不隐瞒的态度说说我自己的经验,看看有没有什么可以让各位借鉴的东西:有,我就没白来;没有,就只能怪柏大夫找错了人。我不是大夫,这可以让我推卸责任,要是我说得文不对题,只好劳驾各位大夫帮我收场。

这个开场白有两个目的:一是请各位不要对我抱太大的希望,

---

* 史铁生著:《史铁生作品系列:我与地坛》,人民文学出版社 2011 年版,第 385—391 页。

二是我自己先为自己减轻一下负担。我写作的时候,也总是先给自己减去负担,劝告自己:别去想这一回能写得多么好,能够在哪儿发表,甚至得一个什么奖,这一回只当是闲来无事自己跟自己说说话,写一篇废品吧。这样劝过之后,心里就比较轻松,因而就能比较自由,自由了就容易看清自己,看清自己的愿望和问题。

写作,说到底也就是交流,与同是生活在这个世界上的人沟通。同是生活在这个世界上,谁的生活中都难免有些艰难,谁心里都难免有些苦恼和困惑。甚至可以这样说,艰难和困惑就是生命本身,这是与生俱来的,甚至终生不能消灭的,否则人生岂不就太简单了?设想一下,要是有一天生活中的困难都消灭干净了,人生实在也就没什么意思了;就像下棋,什么困阻都没有你可还下得什么劲儿?

有位先哲说过这样的话:比陆地辽阔的是海洋,比海洋辽阔的是天空,比天空辽阔的是人的内心。那么也就是说,内心世界比外部世界要复杂得多,认识内心世界比认识外部世界要困难得多。心理问题浩瀚无边,别指望一蹴而就即可解决所有我们心里的迷惑。那么指望什么呢?我想,人们能够坐在一起敞开心扉,坦诚地说一说我们的困惑,大胆地看一看平时不敢触动的某些心灵角落,这就是最好的办法。心里的困惑存在一天,这办法就不会过时。就是说,一切具体的心理治疗方法,都要由这样的开端来引出。自我封闭,是心理治疗的最大障碍。

困境不可能没有,艰难不可能彻底消灭,但人与人之间的交流、沟通,倾诉与倾听,却可能使人获得一种新的生活态度,或说达到一种新境界。什么境界?我先给各位讲个童话,不是我编的,是从书上看来的,《小号手的故事》:战争结束了,有个年轻的号手最后离开战场,回家。他日夜思念着他的未婚妻,一路上都在设想如何同她见面,如何把她娶回家。可是,等他回到家乡,却听说未婚妻已和别人结婚,家乡早已流传着他战死沙场的消息。小号手痛苦之极,便又离开家乡,四处漂泊。孤独的路上,陪伴他的只有那把小号,他便吹响小号,凄婉悲凉。有一天,他走到一个国家,国王听见了他的号声,使人把他唤来,问:你的号声为什么这样悲伤?号手便把自己不幸的经历讲给国王,国王听了非常同情——看到这儿我就放下了,心说又是个老掉牙的故事,接下来无非是国王很喜欢这个年轻号手,而且看他才智不俗,就把女儿许配给了他,最后呢?肯定是他与公主白头偕老,过着幸福的生活。可是我猜错了。这个故事不同凡响的地方就在于它的结尾,这个国王不落俗套:他下了一道命令,请全国的人都来听这号手讲他的故事,都来听他那哀伤的号声……日复一日,年轻人不断地讲,人们耐心地听,只要那号声一响,人们便围拢来,在他周围默默地听……就这样,不知从什么时候起,他的号声已不再那么低沉、凄凉了。又不知从什么时候起,那号声开始变得嘹亮,变得生气勃勃了。

所谓新境界,我想至少有两方面。一是认识了爱的重要——困境不可能没有,最终能够抵挡它的是人间的爱愿。什么是爱愿呢?是那个国王把自己的女儿嫁给小号手呢?还是告诉他,困境是永恒的,你只有镇静地面对它。应该说都是,但前一种是暂时的输血;后一种是帮你恢复起自己的造血能力。前者也是救助,但不是根本的救助,比如说,要是那个公主另有新欢了呢?小号手岂不又要贫血?后者是根本的救助,它不求一时的快慰和满足,也不相信因为好运的降临从此困境就不会再找上你,它是说:困苦来了,大家跟你在一起,但谁也不能让困苦消灭,每个人都必须自己鼓起勇气,镇定地面对它。人生的困境不可能全数消灭,这样的认识才算得上勇敢,这勇敢使人有了一种智慧,即不再寄希望于命运的全面优待,而是倚重了人间的爱愿。爱愿,并不只是物质的捐赠,重要的是心灵的相互沟通、了解,相互精神的支持、信任,一同探讨我们的问题。比如像我们现在这样。

新境界的另一方面就是镇静,就是能够镇静地对待困境了,不再恐慌了。别总想逃避困境;你恨它,怨它,跟它讲理,想不通,觉着委屈,其实这都是想逃避它。可困境所以是困境,就在于它不讲理,它不管不顾、大摇大摆地就来了,就找到了你头上,你怎么讨厌它也没用,你怎么劝它一边去它也不听,你要老是执着地想逃离它,结果只能是助纣为虐,在它对你的折磨之上又添了一份自己对自己的折磨。

有一回,有个记者问我:你对你的病是什么态度?我想了半天也找不出一个恰当的词,好像说什么也不对,说什么也没用,最后我说:是敬重。这并不是说我多么喜欢它,但是你说什么呢?讨厌它吗?恨它吗?求它快快滚蛋?一点儿用也没有,除了自讨没趣,就是自寻烦恼。但你要是敬重它,把它看做是一个强大的对手,是命运对你的锤炼,就像是个九段高手点名要跟你下盘棋,这虽然有点儿无可奈何的味道,但你却能从中获益,你很可能就从中增添了智慧,比如说逼着你把生命的意义看得明白。一边是自寻烦恼,一边是增添智慧,选择什么不是明摆着的吗?对困境,先要对它说“是”,接纳它,然后试着跟它周旋,输了也是赢。这不是阿Q,阿Q的“精神胜利法”是展示他的癞头疮,以丑为荣;你这是“置之死地而后生”,比如腿死了,肾也死了,但未必精神就不能赢,就不能活得更好。

我常以打牌来比喻人生。你可能运气不好,你可能抓了一手坏牌，但光靠好牌来赢算不得能耐，而一手坏牌也肯定有最好的打法，去寻找那个最好的打法就是。总是乞灵于好运，差不多是浪费光阴，不断地洗牌、洗牌、洗牌……你知道是洗来的好，还是洗掉的好？

说到死，有人就着急，发慌，沮丧得不行，甚至闭口不谈，想都不敢想。这样的话，死，肯定就会以更加狰狞的面目来找你了；你要是镇静地看它呢，它其实也平常。死什么样？就像你没出生时那样呗。死，不过是在你活着的时候吓唬吓唬你，你一发抖，它就成功。其实，我们不都是从那儿来的吗？比如说，我是一九五一年从那儿来的，柏大夫是一九五二年。这个问题说起来复杂，我只是起个头儿，抛砖引玉，各位可以慢慢去想。

其实，死，不过是活着的时候的一种想法。谁想它想得发抖了，谁就输了，谁想它想得坦然镇定了，谁就赢了。当然不能骗自己，其实这件事你想骗也骗不了。为什么一些真正有信仰的人并不害怕死呢？不过这不是能教的，得自己镇静下来慢慢去思索，去体悟。但要是你先就对它说"不"，固执地对它说"不"，你不仅一无所得，甚至会焦躁不安、恐惧倍加，终生受它的伤害。其实所有的困境，包括死，都是借助于你自己的这种恐慌来伤害你的。我估计，我讲的不大可能符合柏大夫的要求。这我就不管了。她是大夫，我是病人，照理说，病人在申述自己病情的时候，比大夫有发言权。咱们都可以畅所欲言，然后把一个烂摊子交给她，那时候再听她的吧。

在我双腿瘫痪的时候，以及双肾失灵的时候，有人劝我：要乐观些，要坚强些，你看看生活多么美好呀！我心里说，玩去吧，病又没得在你身上。那时候我不能体会什么是乐观，凭什么可以乐观。

尤其是，我双腿瘫痪的时候才二十一岁，我可是没有发现什么生命的诱惑。我想的是，我要是不能再站起来，就算是能磨磨蹭蹭地走，我也不想再活了。那时候，我整天用目光在病房的天花板上写两个字，一个是肿瘤的“瘤”（因为大夫说，要是肿瘤就比较好办，否则就得准备以轮椅代步了），另一字是“死”。我祈祷把这两个字写到千遍万遍或许就能成真，不管是肿瘤还是死，都好。我想我只能接受这两种结果。到后来，现实是越来越不像是肿瘤了，那时候我就只写一个字了。但我为什么迟迟没有去实施呢？那可不是出于什么诱惑，那时候对我最具诱惑的就是死；每天夜里醒来，都想，就这么死了多好！每天早晨醒来，都很沮丧：我怎么又活过来了？我所以没有去死，绝不是生的诱惑，而是死的耽搁，是死期延缓，缓期执行吧。是什么使我要缓期执行呢？是亲情和友情，是爱。

那时候，我的亲人，同学，各路朋友，几乎每天都来看我；不是探视的日子他们也能进来，友谊医院的条条暗道他们都了如指掌。还在陕北插队的同学经常给我写信来，软硬兼施，劝骂并举，想尽办法让我先活下去再说。他们的计谋其实都让我看穿，但即使你看穿，这份情谊还是起作用。我觉得不能让他们太失望，不能让他们有一天来了却听说这小子已经自杀了，这好像太不够意思。那时候我也还是不大想活，希望有一个自然的死亡。但是死亡一经耽搁，你不免就进入了另一些事情，另一种情绪，就像小河里的水慢慢丰盈了，你难免就顺水漂流，漂进大河里去了，四周的风景豁然开朗，心情不由得也就变了。终于有一天你又想到了死，心说算了吧，再试试，何苦前功尽弃呢？凭什么我非得输给你不可呢？这时候，你已经开始对残废有一种幽默的态度了。

启发我的是卓别林的一部电影，好像是叫《城市之光》吧。女主人公要自杀,拧开了煤气,结果让卓别林演的那个角色发现了,把这女的救了。这女的说:“你凭什么救我?你有什么理由不让我死?”卓别林的回答妙极了,他说:“急什么?早晚还不是这回事?”这是大师的态度,不悟透生死的人想不出这样的话。这里面不仅有着非凡的智慧,而且有着深沉的爱,意思跟那个国王对小号手说的大同小异,都是说:这是困境,是我们谁也逃避不了的,但是我们在一起,我们再一起来看看还有没有别的办法。这就是爱。

我就是靠了这种爱而耽搁和延缓了死亡的,然后才感到了生的诱惑。你要是说这爱就是生命的诱惑,也行。但绝不是生理性生命的诱惑,而是精神性生命的诱惑,是生命意义的诱惑。不过,我觉得“诱惑”这个词不算很贴切;“诱”字常常是指失去了把握自己的能力,“惑”呢,是迷茫的意思。所谓“四十而不惑”,大概是说明白了生命的意义吧。所以,当终于有一天我不再想自杀的时候,生命不见得是向我投来了它的诱惑,而是向我敞开了它的魅力的意义。所以我说,对病,对死,对一切困境,最恰当的态度是敬重,它使我提前若干年“知命”了。所谓“知命”,就是知道命运反正是不可能遂人愿的,人呢?务必不可逃避困境,而是要正视它。你下棋吗?你打球吗?其实人的一切事,都是与困境的周旋。在与困境周旋的时候,你会觉得很苦,很累,没用。那时候你最想干什么呢?你最想找人谈谈,朋友、亲人、爱人,于是你感到支持,感到爱的美好,感到生命的魅力和意义。如果你觉得这仍然不够,你也可以一个人静静地思索,与天,与地,与上帝或与佛祖都谈谈,那样就更能让你清楚什么是生,什么是死。

总之,千万别把自己封闭起来,你要强行使自己走出去,不光是身体走出屋子去,思想和心情也要走出去,走出一种牛角尖去,然后你肯定会发现别有洞天。萨特说“他人即地狱”，其实他人也可以是天堂。此外没有天堂。我写过，地狱和天堂都在人间，地狱和天堂是对人生命以及对他人的不同态度罢了。向友谊、爱，敞开自己的心灵，是最好的医药。比如柏大夫，还有王主任，她们没能治好我的腿，但她们真正是好大夫。好大夫也有治不了的病，但好大夫更懂得爱是最好的医药。一九七二年我的腿坏了，我有幸住进了友谊医院，“友谊”这两个字真是好兆，是命运对我的恩赐。不仅有我一起插队的同学都在关心我，神经内科所有的大夫、护士也都像亲人一样地关心我，这不是套话，这是事实。说实在的，我现在气力不济，很多活动我都没力气参加，说话说多了就冒汗，可这次是柏大夫命令我来，我不能不从命。

所以，各位能到这儿来，我看是英明的选择。倒也不是说这儿有柏大夫，有“友谊”这个护身符，而不如说交流、沟通、倾诉与倾听，是克服任何心理困境的最好的选择。但是，爱，或者友谊，不是一种熟食，买回来切切就能下酒了。爱和友谊，要你去建立，要你亲身投入进去，在你付出的同时你得到。在你付出的同时你必定已经改换了一种心情，有了一种新的生活态度。其实，人这一生能得到什么呢？只有过程，只有注满在这个过程中的心情。所以，一定要注满好心情。你要是逃避困境，困境可并不会躲开你，你要是封闭自己，你要总是整天看什么都不顺眼，你要是不在爱和友谊之中，而是在愁、恨交加之中，你想你能有什么好心情呢？其实，爱、友谊、快乐，都是一种智慧。上帝给你一条命，何苦你老让它受气呢？

2002 年

赏析

人生就是与困境相周旋

友谊医院是史铁生多年就医的地方，因而史铁生和医院的大夫，尤其是柏晓利大夫，在几十年的交往中结下了深厚友谊。2001年柏大夫成立了抑郁症患者互助组织——友谊医院心理健康之友，请史铁生去开讲座，史铁生讲座的题目是《人生就是与困境相周旋》（即《在北京友谊医院"友谊之友"座谈会上的发言》），介绍了自己对待疾病的态度，讲自己与疾病做斗争或者说化解苦难的经验。

史铁生化解苦难的经验总结起来有如下几点：一是，既然苦难已经来了，那就坦然镇静地接受它，对它说"是"，然后试着跟它周旋，而不是千方百计逃避，因为逃避没用，逃避只能徒增苦恼；二是，找朋友、爱人、亲人谈谈，在交流、沟通、倾诉与倾听中克服心理困境；三是，一个人静静地思索，与天与地与上帝与佛祖谈谈，即把自己的苦难放到更为广阔的背景(终极视角)下看看,放到宇宙规律下看看,心理上就会释然。

史铁生化解人生苦难经验中最值得重视的一点,是他对人生与苦难的关系的认识。既然人生中的苦难与生俱来,是存在的规律,生命的本真,不可避免,不可消灭,那么人生的性质,从某种意义上说就是与苦难相周旋——“人的一切事都是与困境的周旋”。

这是一个由个别到一般、由具体到抽象,具有普遍哲学意义的结论,一个极为深刻的人生命题。对人生与苦难的关系有了如此清醒冷静的认识,就没有了苦难面前的怨气,就有了应对苦难的精神准备和与苦难抗争的力量。

史铁生化解苦难的人生智慧具有普遍意义,对所有面临苦难的人都有启发和借鉴意义。

史铁生

十三、“透析”经验谈*

我“透析”已经五年。迄今透了十年、二十年的也大有人在。据说人造器官技术也正趋成功，所以我们这些几十年前要被判绝症的人已无悲观的理由，倒是应该做好再活上几十年的准备。我是说，快乐并且有所作为地再活上几十年，而非自暴自弃地去等那最后一刻。

我能介绍的第一条经验是：别太把自己当成病人，适当地工作，实为疗病养生的好方法。反之，终日无所事事，倒难免自我价值失落，结果弄得自己情绪败坏，全家阴云笼罩。在中日友好医院“透析”五年中，最让我难忘并且敬佩的是一位叫许志杰的病友。他是个普通工人，经济收入可想而知，家中又有两个上学的孩子，他说“帮不了这个家了，不能再给他们增加负担”，便独自摆起了修

* 史铁生著：《史铁生作品系列：我与地坛》，人民文学出版社 2011 年版，第 392—394 页。

鞋摊,所得虽微,但可维持自己的日常用度。好几年中,他风雨无阻地出摊,快快乐乐地“透析”,活得坚定。自己不再是他人的负担,进而又能对他人有所助益——这种感觉,这份快慰,绝非医药可得;也只有这样,生活的信心才不可动摇。

第二条经验:但要知道自己到底还是病人,故不可劳碌无度。我是说,无论谁,有所不为才能有所为,何况我们这些病人。比如,灯红酒绿的夜生活咱就免了吧,种种劳神费力的物质享乐,能减少就减少些吧。充分的休息对我们尤其重要。我双腿瘫痪二十多年,一向遵循的原则就是“好钢用在刀刃上”。当然我可能原本就没有多少好钢,但完全没有的人也不多见,那就把仅有的好钢都集中起来,做些有趣味、有意义的事。不为别的,只为不把自己活成个负数,进而也不是零,不是花着成千上万的医药费却似活得无缘无故,活得像一个若有若无的人。是呀不为别的,还是那句话:至少要给自己活出价值,活出信心,给家人活出欣慰。

第三条经验,可能也是所有已然选择了“透析”的人的经验,而且肯定是会得罪某些中医界人士的经验——但诚实要求我不能不说:肌酐指标高到一定程度,你最好赶快“透析”,别再指望中药。“一定程度”是什么程度?这我说不好,我不是医生。我的经验是:在“肌酐”稍高于正常值时,中药是有效的,但当“肌酐”长到比较高时,中药不仅无益,甚至可能不利。据我所知,中医治疗“尿毒症”的思路,无非泄补并举,以期将因肾功失能而不能排泄的毒素经大便排出,这在肾功小有缺失时是可行的,但当肾功近于全面丧失时,仅由大便就不足以排泄体内的毒素(否则要肾何用?),若仍坚持,只会使毒素积累愈多,对肾伤害愈大。此非我一人之经验,“透析”者多半都经历了中药疗治的无奈过程。有没有例外?世间万事,皆有例外;或因人有异,或确有秘方,但至今不见必然的总结,让病人一味地期待偶然或例外显然不是科学的态度。当然，我特别希望秘方能够无私公布，以利众生。但在此前，病人唯盼望：无论中医西医，都能摈弃门户，一切从病人利益着想，实事求是，坦言各家疗法之利弊，再别让虚假广告误导病人。

第四条可以算经验，也可以算希望：把枯燥且漫长的“透析”过程搞得活泼些，快乐些。“透析”以来，除了家，“透析室”是我们度过最多时光的地方，我们最常见面的人是“透析室”的大夫、护士、病友，我们至少应该算同事了——不是吗？我们共同合作，这才一天一天地完成着“透析”任务。所以，这么多美好时光，都打成了瞌睡，实在无聊。我很喜欢我们的“透析二部”，那儿常有歌声与谈笑，有着轻松、快乐的亲切气氛……我以为这应当提倡。我们曾戏称，要创立一种“快乐透析法”。是呀，千万别把“透析室”弄得森然、压抑，仿佛那是差一步就到地狱的地方，而要让那儿充满欢声笑语（当然要适度，毕竟这不是歌厅），是一处可以互相信任和终日友好之地，不仅能清除血中毒素，更能康健人的精神。

我多年患病的座右铭是：把疾病交给医生，把命运交给上帝，把快乐和勇气留给自己。

2003 年 2 月 11 日

赏析

智慧的患病座右铭

该文既是写给需要透析的病人的，也是写给所有病人的；文中谈到的“经验”，第三条是专门针对需要透析的病人的，其他各条对所有病人都适用。再推而广之，患病是人生中常见的一种苦难，该文谈到的“经验”既是应对疾病的经验，也可以视为应对所有苦难的经验。尤其是最后的患病“座右铭”，理智、旷达、通脱、潇洒，闪耀着智慧的光芒，十分精彩。

史铁生

十四、给盲童朋友*

各位盲童朋友,我们是朋友。我也是个残疾人,我的腿从21岁那年开始不能走路了,到现在,我坐着轮椅又已经度过了21年。残疾送给我们的困苦和磨难,我们都心里有数,所以不必说了。以后,毫无疑问,残疾还会一如既往地送给我们困苦和磨难,对此我们得有足够的心理准备。我想,一切外在的艰难和阻碍都不算可怕,只要我们的心理是健康的。

譬如说,我们是朋友,但并不因为我们都是残疾人我们才是朋友,所有的健全人其实都是我们的朋友,一切人都应该是朋友。残疾是什么呢?残疾无非是一种局限。你们想看而不能看。我呢,想走却不能走。那么健全人呢,他们想飞但不能飞——这是一个比喻,就是说健全人也有局限,这些局限也送给他们困苦和磨难。

* 史铁生著:《史铁生作品系列:病隙碎笔》,人民文学出版社2011年版,第336—337页。

很难说,健全人就一定比我们活得容易,因为痛苦和痛苦是不能比出大小来的,就像幸福和幸福也比不出大小来一样。痛苦和幸福都没有一个客观标准,那完全是自我的感受。因此,谁能够保持不屈的勇气,谁就能更多地感受到幸福。生命就是这样一个过程,一个不断超越自身局限的过程,这就是命运,任何人都是一样,在这过程中我们遭遇痛苦、超越局限、从而感受幸福。所以一切人都是平等的,我们毫不特殊。

我们残疾人最渴望的是与健全人平等。那怎么办呢?我想,平等不是可以吃或可以穿的身外之物,它是一种品质,或者一种境界,你有了你就不用别人送给你,你没有,别人也无法送给你。怎么才能有呢?只要消灭了“特殊”,平等自然而然就会来了。就是说,我们不因为身有残疾而有任何特殊感。我们除了比别人少两条腿或少一双眼睛之外,除了比别人多一辆轮椅或多一根盲杖之外,再不比别人少什么和多什么,再没有什么特殊于别人的地方,我们不因为残疾就忍受歧视,也不因为残疾去摘取殊荣。如果我们干得好别人称赞我们,那仅仅是因为我们干得好,而不是因为我们事先已经有了被称赞的优势。我们靠货真价实的工作赢得光荣。当然,我们也不能没有别人的帮助,自尊不意味着拒绝别人的好意。只想帮助别人而一概拒绝别人的帮助,那不是强者,那其实是一种心理的残疾,因为事实上,世界上没有任何人不需要别人的帮助。

我们既不能忘记残疾朋友,又应该努力走出残疾人的小圈子,怀着博大的爱心,自由自在地走进全世界,这是克服残疾、超越局限的最要紧的一步。

史铁生

1993 年

赏析

困苦和磨难面前，心理健康最重要

《给盲童朋友》，文字短少，内涵丰富；看似浅显，实则精深。我们完全可以断定，只有史铁生才能写出这样内容的信。因为这是他从自身残疾出发，历经多年磨难悟出的人生道理，字里行间浸透着他的心路历程。信中的道理，首先超度了他本人，然后，可以相信，同样能够超度盲童朋友们。

信的中心内容是讲残疾人应该如何应对人生中的困苦和磨难。史铁生没有从“技术”层面讲应对苦难的具体措施，而是高屋建瓴地讲怎样理解残疾以及对待残疾应具有的态度。这里的每句话、每个观点都体现着他的人生智慧，句句入情入理，入心入肺，差不多可以说字字珠玑。

信中最精彩的是关于“残疾”“幸福”“生命”“平等”这些常见概念不同寻常的理解。

史铁生把“残疾”理解为局限——残疾人自然有局限，健全人也有局限。从这个意义上说，人人皆有残疾，人人皆有困境，一切人都是平等的，这样，残疾人也就不必有特别不幸的怨气。“幸福”呢？幸福源于不屈的勇气，“谁能够保持不屈的勇气，谁就能更多地感受到幸福”。生命——生命是一个过程，一个不断超越自身局限的过程。平等呢？只要不特别盯住自己的残疾，不感到自己残疾的特殊，就感到和大家的平等了。这就是说，平等是自己感受到的，而不是别人送给的；平等不在天涯，就在自己心中——意识到自己在人格上和健全人是平等的，完全没有必要因残疾而自卑。总之，残疾人要以平常心看待别人，看待自己，不要有病态的自尊心。

这些理解，现在我们读起来也许并没有特别的感受，但这都是史铁生呕心沥血、以多年的痛楚为代价悟出来的道理。关于这一点，你读过《山顶上的传说》就知道了。

史铁生告诉盲童朋友的中心意思是要“心理健康”（该文谈到的所有道理都是“心理健康”的内涵），而心理健康不仅仅是盲童需要的，也是所有人需要的。从这个意义上说，这封信不仅是写给盲童朋友的，而且可以视为写给所有人的，值得所有人认真阅读，深入领会其精神实质，汲取了其中智慧会终身受益。

十五、病隙碎笔1（第6—15节）*

6

约伯的信心是真正的信心。约伯的信心前面没有福乐作引诱，有的倒是接连不断的苦难。不断的苦难曾使约伯的信心动摇，他质问上帝：作为一个虔诚的信者，他为什么要遭受如此深重的苦难？但上帝仍然没有给他福乐的许诺，而是谴责约伯和他的朋友不懂得苦难的意义。上帝把他伟大的创造指给约伯看，意思是说：这就是你要接受的全部，威力无比的现实，这就是你不能从中单单拿掉苦难的整个世界！约伯于是醒悟。

不断的苦难才是不断地需要信心的原因，这是信心的原则，不可稍有更动。倘其预设下丝毫福乐，信心便容易蜕变为谋略，终难

* 史铁生著：《史铁生作品系列：病隙碎笔》，人民文学出版社2011年版，第4—9页。

免与行贿同流。甚至光荣,也可能腐蚀信心。在没有光荣的路上,信心可要放弃吗?以苦难去做福乐的投资,或以圣洁赢取尘世的荣耀,都不是上帝对约伯的期待。

7

曾让科学大伤脑筋的问题之一是:宇宙何以能够满足如此苛刻的条件——阳光、土壤、水、大气层,以及各种元素恰到好处的比例,以及地球与其他星球妙不可言的距离——使生命孕育,使人类诞生?

若一味地把人和宇宙分而观之,人是人,宇宙是宇宙,这脑筋就怕要永远伤下去。天人合一,科学也渐渐醒悟到人是宇宙的一部分,这样,问题似乎并不难解:任何部分之于整体,或整体之于部分,都必定密切吻合。譬如一只花瓶,不小心摔下几块碎片,碎片的边缘尽管参差诡异,拿来补在花瓶上也肯定严丝合缝。而要想复制同样的碎片或同样的缺口,比登天还难。

8

世界是一个整体,人是它的一部分,整体岂能为了部分而改变其整体意图?这大约就是上帝不能有求必应的原因。这也就是人类以及个人永远的困境。每个角色都是戏剧的一部分,单捉出一个来宠爱,就怕整出戏剧都不好看。

上帝能否插手人间?一种意见说能,整个世界都是他创造的呀。另一种意见说不能,他并没有体察人间的疾苦而把世界重新裁剪得更好。从后一种理由看,他确是不能。但是,从他坚持整体意图的不可改变这一点想，他岂不又是能吗？对于向他讨要好运的人来说，他未必能。但是，就约伯的醒悟而言，他岂不又是能吗？

9

撒旦不愧是魔鬼，惯于歪曲信仰的意义。撒旦对上帝说：约伯所以敬畏你，是因为你赐福于他，否则看他不咒骂你！上帝想看看是不是这样，便允许撒旦夺走了约伯的儿女和财产，但约伯的信心没有动摇。撒旦又对上帝说：单单舍弃身外之物还不能说明什么，你若伤害他的身体，看看会怎样吧！上帝便又允许撒旦让约伯身染恶病，但信者约伯仍然没有怨言。

撒旦的逻辑正是行贿受贿的逻辑。

约伯没有让撒旦的逻辑得逞。可是，他却几乎迷失在另一种对信仰的歪曲中："约伯，你之所以遭受苦难，料必是你得罪过上帝。"这话比魔鬼还可怕，约伯开始觉得委屈，开始埋怨上帝的不公正了。

这样的埋怨我们也熟悉。好几次有人对我说过，也许是我什么时候不留神，说了对佛不够恭敬的话，所以才病而又病，我听了也像约伯一样顿生怨愤——莫非佛也是如此偏爱恭维、心胸狭窄？还有，我说约伯的埋怨我们也熟悉，是说，背运的时候谁都可能埋怨命运的不公平，但是生活，正如上帝指给约伯看到的那样，从来就布设了凶险，不因为谁的虔敬就给谁特别的优惠。

10

可是上帝终于还是把约伯失去的一切还给了约伯，终于还是赐福给了那个屡遭厄运的老人,这又怎么说?

关键在于,那不是信心之前的许诺,不是信心的回扣,那是苦难极处不可以消失的希望呵!上帝不许诺光荣与福乐,但上帝保佑你的希望。人不可以逃避苦难,亦不可以放弃希望——恰是在这样的意义上,上帝存在。命运并不受贿,但希望与你同在,这才是信仰的真,是信者的路。

11

重病之时,我总想起已故好友周郿英,想起他躺在病房里,瘦得只剩一副骨架,高烧不断,溃烂的腹部不但不愈合反而在扩展……窗外阳光灿烂,天上流云飞走,他闭上眼睛,从不呻吟,从不言死,有几次就那么昏过去。就这样,三年,他从未放弃希望。现在我才看见那是多么了不起的信心。三年,那是一分钟一分钟连接起来的,漫漫长夜到漫漫白昼,每一分钟的前面都没有确定的许诺,无论科学还是神明,都没给他写过保证书。我曾像所有他的朋友一样赞叹他的坚强,却深藏着迷惑:他在想什么,怎样想?

可能很简单:他要活下去,他不相信他不能够好起来。从约伯故事的启示中我知道:真正的信心前面,其实是一片空旷,除了希望什么也没有,想要也没有。

但是他没能活下去,三年之后的一个早晨,他走了。这是对信心的嘲弄吗?当然不是。信心,既然不需要事先的许诺,自然也就不必有事后的恭维,它的恩惠唯在渡涉苦难的时候可以领受。

12

求神明保佑,可能是人人都会有的心情。“人定胜天”是一句言过其实的鼓励,“人是被抛到这个世界上来的”才是实情。生而为人,终难免苦弱无助,你便是多么英勇无敌,多么厚学博闻,多么风流倜傥,世界还是要以其巨大的神秘置你于无知无能的地位。

有一部电影,《恺撒大帝》。恺撒大帝威名远扬,可谓“几百年才出一个”。其中一个情节:他唯一倾心的女人身患重病,百般医药,千般祈告,终归不治。恺撒,这个意志从未遭遇过抗逆的君主,涕泪横流仰面苍天,一声暴喊:“老天哪!把她还给我,恺撒求你了!”那一声喊让人魂惊魄动。他虽然仍不忘记他是恺撒,是帝王,说话一向不打折扣,但他分明是感到了一种比他更强大的力量,他以一生的威严与狂傲去垂首哀求,但是……结果当然简单——剧场灯亮,恺撒时代与电影时代相距千载,英雄美人早都在黑暗的宇宙中灰飞烟灭。

我也曾这样祈求过神明,在地坛的老墙下,双手合十,满心敬畏(其实是满心功利)。但神明不为所动。是呀,恺撒尚且哀告无功,我是谁?古园寂静,你甚至能感到神明在傲慢地看着你,以风的穿流,以云的变幻,以野草和老树的轻响,以天高地远和时间的均匀与漫长……你只有接受这傲慢的逼迫,曾经和现在都要接受,从那悠久的空寂中听出回答。

13

有三类神。第一类自吹自擂好说瞎话,声称万能,其实扯淡,大水冲了龙王庙的事并不鲜见。第二类喜欢恶作剧,玩弄偶然性,让人找不着北。比如足球吧,世界杯赛,就是用上最好的大脑和电脑,也从未算准过最后的结局。所以那玩意儿可以大卖彩票。小小一方足球场,满打满算二十几口人,便有无限多的可能性让人料想不及,让人哭、让人笑,让翩翩绅士当众发疯,何况偌大一个人间呢。第三类神,才是博大的仁慈与绝对的完美。仁慈在于,只要你往前走,他总是给路。在神的字典里,行与路共用一种解释。完美呢,则要靠人的残缺来证明,靠人的向美向善的心愿来证明。在人的字典里,神与完美共用一种解释。但是,向美向善的路是一条永远也走不完的路,你再怎样走吧,“月亮走我也走”,它也还是可望而不可即。

刘小枫先生在他的书里说过这样的意思:人与上帝之间有着永恒的距离。这很要紧。否则,信仰之神一旦变成尘世的权杖,希望的解释权一旦落到哪位强徒手中,就怕要惹祸了。

14

唯一的问题是:向着哪一位神,祈祷?

说瞎话的一位当然不用再理他。

爱好偶然性的一位,有时候倒真是要请他出面保佑。事实上,任何无神论者也都免不了暗地里求他多多关照。但是,既然他喜欢的是偶然性而并不固定是谁,你最好就放明白些,不能一味地指靠他。

第三位才是可以信赖的。他把行与路作同一种解释,就是他保证了与你同在。路的没有尽头,便是他遥遥地总在前面,保佑着希望永不枯竭。他所以不能亲临俗世,在于他要在神界恪尽职守,以展开无限时空与无限的可能，在于他要把完美解释得不落俗套、无与伦比、不至于还俗成某位强人的名号。他总不能为解救某处具体的疾苦，而置那永恒的距离失去看管。所以，北京人王启明执意去纽约寻找天堂，真是难为他了。

15

我寻找他已多年，因而有了一点儿体会：凡许诺实惠的，是第一位。有时取笑你，有时也可能帮你一把的是第二位。第三位则不在空间中，甚至也不在寻常的时间里，他只存在于你眺望他的一刻，在你体会了残缺去投奔完美、带着疑问但并不一定能够找到答案的那条路上。

因而想到，那也应该是文学的地址，诗神之所在，一切写作行为都该仰望的方向。奥斯维辛之后人们对诗产生了怀疑，但正是那样的怀疑吧，使人重新听见诗的消息。那样的怀疑之外，诗，以及一切托名文学的东西，都越来越不足信任。文学的心情一旦顺畅起来，就不大明白为什么一定要有它。说生活是最真实的，这话怎么好像什么也没说呢？大家都生活在生活里，这样的真实如果已经够了，文学干吗？说艺术源于生活，或者说文学也是生活，甚至说它们不要凌驾于生活之上，这些话都不易挑剔到近于浪费。布莱希特的“间离”说才是切中要害。艺术或文学，不要做成生活（哪怕是苦难生活）的侍从或帮腔，要像侦探，从任何流畅的秩序里听见磕磕绊绊的声音，在任何熟悉的地方看出陌生。

赏析

约伯受难的启示

本选段内容大致包括两部分:约伯的故事(第6—10节)及其给人的启示(第11—15节)。

《圣经》中约伯的故事是著名的受苦受难的故事,史铁生借助约伯的故事谈他对苦难的认识,以及面对苦难应有的态度。

约伯是一个叫乌斯的地方的老人,家业兴旺,儿孙满堂,对上帝满怀虔敬的信仰,一家人过着幸福美满的生活。有一天,魔鬼撒旦对上帝说:约伯敬畏上帝乃是之前蒙上帝赐福,若你愿意动手毁坏他一切所有,他必当面抛弃你。上帝因此决定考验一下约伯的信仰是否纯正,于是命令撒旦夺走了约伯所有的儿女和财产,结果约伯经受考验,信仰坚执并纯正;撒旦继而又蛊惑上帝说:人是情愿舍弃一切而保全自己,若伤及他的骨和肉,他必当面抛弃你。于是上帝决定再次考验约伯,又命撒旦使约伯身染恶疾。约伯在此过程中，虽备受煎熬，却始终敬畏和信仰上帝。最终上帝现身使约伯开悟，并把原先夺走的所有财产、儿女及健康重新返还给了这位饱受苦难折磨而对信仰矢志不移的可敬老人。

《圣经》中的上帝是一位有思想有意志的人格神，你看他可以随意发号施令决定人的吉凶祸福。史铁生当然不信这样的人格神，但他却从故事中受到了面对苦难人类应该怎么办的启发，于是以他聪慧睿智的思考，对约伯的故事做出了无神论的独特解释。

借助约伯的故事，史铁生大约讨论了以下几层意思。

首先，世界是一个整体，你要整个接受它，而不是单单拿掉苦难的世界。

不断的苦难曾使约伯的信心动摇，他质问上帝为什么对他如此苛刻。“上帝把他伟大的创造指给他看，意思是说：这就是你要接受的全部，威力无比的现实，这就是你不能从中单单拿掉苦难的整个世界！”约伯于是醒悟。醒悟了什么？醒悟苦难原是宇宙、人生的本真存在，人生中避不开苦难，苦难乃人生题中应有之义，不必大惊小怪；人，不可能光是享有幸运，也可能遭遇苦难；你要是摊上了苦难，那也没有办法，只有坦然接受才是明智之举。

其次，你的苦难没有原因，没有理由，因此你不必怨愤不必闹心。

史铁生说过，危卧病榻，难有无神论者。意思是面对苦难，人的精神往往脆弱，会不由自主地自责：是我有什么罪孽而受惩罚吗？是我对神不虔敬吗？如果你自觉没有做错什么而遭遇不幸，你会满腔怨愤，埋怨上帝不公平，结果自己闹心烦躁活不下去。事实如何呢？事实是，正如上帝指给约伯看到的，生活从来都布设了凶险，不因为谁的虔敬就给谁特别的优惠。意思是，“天地不仁，以万物为刍狗”，宇宙造化自有规律，不以个人意志为转移，因而自然不会偏爱或有意苛待某个人,一切都是自然而为。既然如此,你还闹什么心?!

再次,苦难面前,没有什么能够拯救你,能够拯救你的,只有你坚定的信心。

苦难面前,谁都忍不住希望有个人格神,以向他祈祷,寻求他的保佑,求他赐福。但是人格神不存在,因此他也不会给你许诺,给你保证。那么怎么办?出路只有一个,依靠自己的信仰,或者说战胜苦难的信心和希望。“真正的信心前面,其实是一片空旷,除了希望什么也没有,想要也没有。”“人不可以逃避苦难,亦不可放弃希望——恰是在这样的意义上,上帝存在。”举个实例——就像史铁生的朋友周郿英那样。

由约伯(个体)的故事生发开去,推而广之,人生在世,不止约伯面临苦难,而是人人都可能遇到苦难,苦难面前任何人都没有豁免权,正所谓苦难面前人人平等。面临苦难,难免求神保佑(“危卧病榻,难有无神论者”),但是,你所求的那个能按你的祈祷解除你苦难的那个人格神有吗?当然没有,所以这个神不能依靠;而喜欢恶作剧、玩弄偶然性的超人力量那个神也靠不住;唯一能靠得住的神是第三类神,即自己的精神——苦难面前永不丧失的信心,永不放弃的希望。

总之,上述几段史铁生借助宗教谈了苦难之不可避免,谈苦难面前必不可少的坚定信念(信心、信仰、希望)。史铁生的所有议论立意高远,理解这些思想要理解他的视角——终极视角。

笔者以为,理解史铁生借宗教谈哲理的文字,一定要分清有神论和无神论,分清两个上帝(人格神和非人格神)。史铁生笔下的上帝,有其自身的含义。

史铁生

十六、病隙碎笔2(第9节)*

9

一个欲望横生如史铁生者,适合由命运给他些打击,比如截瘫,比如尿毒症,还有失学、失业、失恋,等等。这么多年我渐渐看清了这个人,若非如此,料他也是白活。若非如此他会去干什么呢?我倒也说不准,不过我料他难免去些火爆的场合跟着起哄,他那颗不甘寂寞的心我是了解的。他会东一头西一头撞得找不着北,他会患得患失总也不能如意,然后,以“生不逢时”一类的大话来开脱自己和折磨自己。不是说火爆就一定不好,我是说那样的地方不适合他,那样的地方或要凭真才实学,或要有强大的意志,天生的潇洒,我知道他没有,我知道他其实不行可心里又不见得会

* 史铁生著:《史铁生作品系列:病隙碎笔》,人民文学出版社2011年版,第40—41页。

服气，所以我终于看清：此人最好由命运提前给他一点颜色看看，以防不可救药。不过呢，有一弊也有一利，欲望横生也自有其好处，否则各样打击一来，没了活气也是麻烦。抱屈多年，一朝醒悟：上帝对史铁生和我并没有做错什么。

赏析

饱经磨难却感恩上帝

这段“碎笔”有两个看点。

看点一，“我和史铁生”。这是史铁生作品尤其是“碎笔”中常见的说法。任何人，当然包括作家史铁生的精神结构都包括两个“我”：主我与客我。主我，即主观意识，理性或理智，史铁生也把它叫做“永远的行魂”；客我，即被主我所观察所分析之我。在“我与史铁生”的说法里，“我”即主我，生活中姓史名铁生二十一岁开始截瘫的这个人即客我，是“永远的行魂”此生寄居的地方。史铁生常把客我作为主我研究分析的对象，或者说是跳出自己看自己。主我与客我拉开了距离，就有了客观判断的条件——这是多么清醒、多么客观的自我意识！

看点二，“抱屈多年，一朝醒悟：上帝对史铁生和我并没有做错什么”，即心平气和地认命，坦然平静地认命，毫无怨气，毫无不平。

为什么？因为，年轻时“欲望横生”，如果没有遭遇苦难（截瘫），难免去些火爆的场合跟着起哄，但这样的地方显然不适合史铁生。上帝让他截瘫了，堵塞了他“去火爆场合”的道路，只好安静下来思考写作，而这正是适合他的路。经过思考写作让他明白了那么多人生道理，这才活得明白。正所谓塞翁失马，焉知非福；上帝在这个地方为你关上一扇门，在另一地方为你打开了一扇窗。这就是："抱屈多年，一朝醒悟：上帝对史铁生和我并没有做错什么”。

2005 年史铁生在给笔者的信中曾说过类似的话："您说命运对我不公，真也未必。四十几岁时，我忽然听懂了上帝的好意，不由得心存感恩。命运把我放进了疑难，让我多少明白了些事理，否则到死我都会是满腹惊慌。”当时还不太懂他为什么这么说，后来联系他的文字论述和他自身的“行为语言”，终于明白了史铁生对命运、对苦难的大彻大悟。

跳出自我看自我，站在高处、远处用上帝之眼看自己，是化解人生苦难一妙方。这一思想方法对所有面临苦难的人都有用。

史铁生

十七、病隙碎笔2(第10—13节)*

10

我想,上帝为人性写下的最本质的两条密码是:残疾与爱情。残疾,即残缺、限制、阻障……是属物的,是现实。爱情属灵,是梦想,是对美满的祈盼,是无边无限的,尤其是冲破边与限的可能,是残缺的补救。每一个人,每一代人,人间所有的故事,千差万别,千变万化,但究其底蕴终会露出这两种消息。现实与梦想,理性与激情,肉身与精神,以及战争与和平,科学与艺术,命运与信仰,怨恨与宽容,困苦与欢乐……大凡前项,终难免暴露残缺,或说局限,因而补以后项,后项则一律指向爱的前途。

就说史铁生和我吧,这么多年了,他以其残疾的现实可是没少

---

* 史铁生著:《史铁生作品系列:病隙碎笔》,人民文学出版社2011年版,第41—44页。

连累我。我本来是想百米跑上个9秒7,跳高跳它个两米五,然后也去登一回珠穆朗玛峰的,可这一个铁生拖了我的后腿,先天不足后天也不足,这倒好,别人还以为我是个好吹牛的。事情到此为止也就罢了,可他竟忽然不走,继而不尿,弄得我总得跟他一起去医院“透析”——把浑身的血都弄出来洗,洗干净了再装回去,过不了三天又得重来一回。可不是麻烦吗!但又有什么办法?末了儿还得我来说服他,这个吧那个吧,白天黑夜的我可真没少废话,这么着他才算答应活下来,并于某年某月某日忽然对我说他要写作。好哇,写呗。什么文学呀,挨不上!写了半天,其实就是我没日没夜跟他说的那些个话。当然他也对我说些话,这几十年我们就是这么你一言我一语地说过来的,要不然这日子可真没法过。说着说着,也闹不清是从哪天起他终于信了:地狱和天堂都在人间,即残疾与爱情,即原罪与拯救。

11

人可以走向天堂,不可以走到天堂。走向,意味着彼岸的成立。走到,岂非彼岸的消失?彼岸的消失,即信仰的终结、拯救的放弃。因而天堂不是一处空间,不是一种物质性存在,而是道路,是精神的恒途。

物质性(譬如肉身)永远是一种限制。走到(无论哪儿)之到,必仍是一种限制,否则何以言到?限制不能拯救限制,好比“瞎子不能指引瞎子”。天堂是什么?正是与这物质性限制的对峙,是有限的此岸对彼岸的无限眺望。谁若能够证明另一种时空,证明某一处无论多么美好的物质性“天堂”可以到达,谁就应该也能够证明另一种限制。另一种限制于是呼唤着另一种彼岸。因而,在限制与眺望，此岸与彼岸之间，拯救依然是精神的恒途。

这是不是说天堂不能成立？是不是说“走向天堂”是一种欺骗？我想，物质性天堂注定难为，而精神的天堂恰于走向中成立，永远的限制是其永远成立的依据。形象地说：设若你果真到了天堂，然后呢？然后，无所眺望或另有眺望都证明到达之地并非圆满，而你若永远地走向它，你便随时都在它的光照之中。

12

残疾与爱情，这两种消息，在史铁生的命运里特别地得到强调。对于此一生性愚顽的人，我说过，这样强调是恰当的。我只是没想到，史铁生在四十岁以后也慢慢看懂了这件事。

这两种消息几乎同时到来，都在他二十一岁那年。

一个满心准备迎接爱情的人，好没影儿的先迎来了残疾——无论怎么说，这一招是够损的。我不信有谁能不惊慌，不哭泣。况且那并不是一次光荣行为的后果，那是一个极为普通的事件，普通得就好像一觉醒来，看看天，天还是蓝的，看看地，地也并未塌陷，可是一举步，形势不大对头——您与地球的关系发生了一点儿变化。是的，您不能再以脚掌而是要以屁股，要不就以全身，与它摩擦。不错，第一是坐着，第二是躺着，第三是死。好了，就这么定了，不再需要什么理由。我庆幸他很快就发现了问题的要点：没有理由！你没犯什么错误，谁也没犯什么错误，你用不着悔改，也用不上怨恨。让风给你说一声“对不起”吗？而且将来你还会知道：上帝也没有错误，从来没有。

13

残疾,就这么来了,从此不走。其实哪里是刚刚来呀,你一出生它跟着就到了,你之不能(不止是不能走)全是它的业绩呀,这一次不过是强调一下罢了。对某一铁生而言是这样,对所有的人来说也是这样,人所不能者,即是限制,即是残疾,它从来就没有离开过。

它如影随形地一直跟着我们,徘徊千古而不去,它是不是有话要说?

赏析

地狱和天堂都在人间

这几段“碎笔”，需要注意的思想主要有两点。

一是对于“残疾与爱情”的理解。

残疾与爱情，在史铁生的词典里，是一个很重要的既写实又象征的概念。

史铁生的思路是从自己的病残出发的。当年残疾后异常痛苦，怎样化解呢？经过思考他终于找到了说服自己的道理，那就是，人人都有残疾，残疾是生命的密码，不独你自己，你又何必如此痛苦?!

那么“人人都有残疾”是什么意思？史铁生是这样想的：我史铁生想走想跑而不能，是残疾，可是健全人想（像鸟那样）飞而不能，想（像鱼那样）游而不能，是不是也是残疾?！按道理推当然也是。如此看来，在史铁生这里，残疾，既是狭义的，也是广义的。广义是指生命、现实存在的不圆满、不理想；指孤独、差别、不幸、灾难等一切人生缺憾。换句话说,残疾泛指人的一切苦难、局限。这样理解残疾,那人类的残疾可就太多太普遍了,这样的残疾即人生的困境,困境普遍存在,痛苦普遍存在,这是人类的根本处境。残疾与爱情,史铁生认为是“上帝为人性写下的最本质的两条密码”。

为什么说残疾与爱情是“上帝为人性写下的最本质的两条密码”?残疾是怎样走向爱情的呢?史铁生说,残疾、局限、苦难是人的根本困境,但是,人的本性却是倾向福音,而由苦难走向福音,唯有依靠爱情——狭义的和广义的爱情。狭义的好理解,广义的爱情即广博之爱。史铁生认为唯广博之爱才是人类可以期盼的拯救。

由上述思路可以看出,史铁生从个人的不幸遭遇出发,一下子推及全人类,推出了人类的困境,推出了超越困境之路(爱情)。这就是史铁生的特点,思想家、哲学家的特点——由个别到一般,由特殊到普遍,由具体到抽象,这就叫深度、广度和高度。

二是对于“天堂”的理解。

如果把残疾、困境视为原罪,视为地狱的话,那么人们向往和祈盼的爱情、拯救即为天堂。残疾与爱情相伴而生、相伴而在,因此,地狱和天堂都在人间。

天堂,即苦难中人对美好、圆满、幸福境界的期盼,对于这样的天堂,史铁生说,人们只能走向,而不能走到。因为天堂不是一个物理的空间,不是一个具体的所在,它永远是一个可望而不可即的目标,因此你不可能走到。走到,意味着它的消失,而走向,意味着它永远的存在——存在于人的精神空间,永远给人以指引,给人以方向,给人以力量。

这是一个绝对深刻而绝妙的思想,这一见解,超越上千年的惯常理解,超越千万人的世俗之见,回归到精神世界的真相上。

走向,走到,一字之差,其境界岂能以道里计?!

十八、病隙碎笔 2（第 24—25 节）[*]

24

但是反抗，并不简单，不是靠一份情绪和勇敢就够。弄不好，反抗是很强劲而且坚定了，但怨愤不仅咬伤自己，还吓跑了别人。

比如常听见这样的话：我们残疾人如何如何，他们健全人是不可能理解的。要是说“他们不曾理解”，这话虽不周全，但明确是在呼唤理解。真要是“不可能理解”，你说它干吗？说给谁听？说给“不可能理解”的人听，你傻啦？那么就是说给自己听。依史铁生和我的经验看，不断地这样说给自己听，用自我委屈酿制自我感动，那不会有别的结果，那只能是自我囚禁、自我戕害，并且让“不可能理解”的人眼睁睁地看着一个自虐者自虐而束手无策。

* 史铁生著：《史铁生作品系列：病隙碎笔》，人民文学出版社 2011 年版，第 52—53 页。

再比如,还经常会碰见这样的句式:我们残疾人是最(　)的,因此我们残疾人其实是最(　)的。第一个括号里,多半可以填上“艰难”和“坚强”,第二个括号里通常是“优秀”或与之相近的词。我的意思是,就算这是实情,话也最好让别人说。这不是狡猾。别人说更可能是尊重与理解,自己一说就变味——“最”都是你的,别人只有“次”。况且,你又对别人的艰难与优秀了解多少呢?

最令人不安的是,这样的话出自残疾人之口,竟会赢得掌声。这掌声值得仔细地听,那里面一定没有“看在残疾的分上”这句潜台词吗?要是一个健全人这样说,你觉得怎样?你会不会说这是自闭,自恋?可我们并不是要反抗别人呀,恰恰是反抗心灵的禁闭与隔离。

25

那掌声表达了提前的宽宥,提前到你以残疾的身份准备发言但还未发言的时候。甚至是提前的防御,生怕你脆弱的心以没有掌声为由继续繁衍“他们不可能理解”式的怨恨。但这其实是提前的轻蔑——你真能超越残疾,和大家平等地对话吗?糟糕的是,你不仅没能让这偏见遭受挫折,反给它提供了证据,没能动摇它反倒坚定着它。当人们对残疾愈发小心翼翼时,你的反抗早已自投罗网。

这样的反抗使残疾扩散,从生理扩散到心理,从物界扩散进精神。这类病症的机理相当复杂,但可以给它一个简单的名称:残疾情结。这情结不单残疾人可以有,别的地方,人间的其他领域,也有。马丁·路德·金说:“切莫用仇恨的苦酒来缓解热望自由的干渴。”我想他也是指的这类情结。以往的压迫、歧视、屈辱,所造成的最大遗害就是怨恨的蔓延，就是这“残疾情结”的蓄积，蓄积到湮灭理性，看异己者全是敌人，以致左突右冲反使那罗网越收越紧。被压迫者，被歧视或被忽视的人，以及一切领域中弱势的一方，都不妨警惕一下这“残疾情结”的暗算，放弃自卑，同时放弃怨恨；其实这两点必然是同时放弃的，因为曾经，它们也是一齐出生的。

赏析

警惕“残疾情结”的暗算

残疾人因身体的局限，难免产生自卑及怨恨情绪，这很普遍，史铁生把它总结为“残疾情结”。“残疾情结”虽然有可以理解的一面，但残疾人自己却万万不可固守在里面出不来，否则就等于钻进了精神牢笼。史铁生残疾之初，也曾产生过类似的情绪，也曾被“残疾情结”所折磨，但他凭睿智与善思很快走出了这一牢笼，从而活得阳光，活得快乐，活出了自己的价值和尊严。（看一看《山顶上的传说》和《夏天的玫瑰》等作品就知道了）这两则“碎笔”，史铁生以自己的切身体验和心路历程为资源，对残疾朋友提出了中肯厚道的提醒，希望残疾朋友和广义的残疾朋友们以此为诫。

附带说一句，史铁生在《给盲童朋友》的信中提出残疾人最重要的是“心理健康”，可以参照阅读。

十九、病隙碎笔 2(第 42—43 节)*

42

愚顽的人多是这样说着说着就跑题,让人笑话你这是在做的什么梦?不过我总是忍不住相信,人原是为了梦想而来,原就是这么乘梦而来的。史铁生是什么?是我的一个具体的梦境。我呢,我是他无边的梦想。我们一向就是这么相依为命,至死方休呵。

我常在夜深人静之时问他:怎么样你觉着,活得还好吗?于是由生至死的这一路风光便依次展现,如同录像,你捏住遥控器,可以倒带看看开头,也可以快进先看看结尾,可以无论停在哪一段落再仔细瞧瞧。他握住我的右手,说:“你的手真凉呵。”我握住他的左手:“你的也是,你冷吗?”但这终归是他的问题,是截瘫和尿毒症

* 史铁生著:《史铁生作品系列:病隙碎笔》,人民文学出版社 2011 年版,第 66—67 页。

的问题，肉身问题，是苦海、惩罚、原罪。

我的问题是，既入惩罚之地，此一铁生你怎么办？我给他的建议是：最好把惩罚之地看成锤炼之地。既是锤炼之地，便又有了一个顺理成章的猜想——我曾经不在这里，我也并不止于这里，我是途经这里。途经这里，那么我究竟要到哪儿去，终于会到哪儿去呢？我不信能有一种没有过程的存在，因此我很有信心地说：我在路上。这就难免还有一问：如此辛辛苦苦，就是为了在路上吗？真是何苦，你干吗一定要来呀？于是又要想想我是怎么来的了。我说过，就像现在不能离开过去和未来而是现在一样，我也不能离开别人而是我，我不能离开天离开地离开万物万灵……离开一切他者而是我。那么我是怎么来的？我是从一切中来呵，我是由一切所孕育、所催生的一缕浪动的消息，微薄但是独具。这样的消息并不都是由我决定，但这样的消息不死不灭总是以“我”为名——不信去问所有的人好了，他们无不是以“我”的角度在行走，在迷茫，在领悟。可我又说过，这一颗心盼望着走向宁静。是呀，宁静，但不是空无。怎么可能有绝对的无呢？那不是空无那是我的原在！原在——前人用过这个词吗？恕我无知，倘前人不曾用过，我来解释一下它的意思——那即是神在，我赖以塑造和受造的最初之在。

43

我不断地眺望那最初之在：一方蓝天，一条小街，阳光中缥缈可闻的一缕钟声，于恐惧与好奇之中铺筑成无限。因而我看着他的背影，看他的心流一再进入黑夜，死也不是结束。只有一句话是他的保佑：“看不见而信的人是有福的。”

赏析

最好把惩罚之地看成锻炼之地

这两节内容很诗化，很丰富，很深邃。其中谈道“我是谁，我从哪里来，又到哪里去”；我是从一切中来；人生的性质就是“在路上”；宁静非空无，空无即是我的原在，或曰神在；看不见而信的人是有福的等深邃的哲学命题，每一命题都有着深厚微妙、非几句话所能说清的内容。这样的文字可以说字字珠玑，闪烁着智慧之光，激发人的无穷遐想，让人怎么也读不够。

出于本卷专题——“化解苦难”——的主旨，笔者在这里想强调的是这样一句话：“既入惩罚之地，最好把惩罚之地看成锻炼之地。”

截瘫和尿毒症的问题，是肉身问题，是苦海、惩罚、原罪。但是，不由分说，你已经摊上了，你将怎么办？怨恨吗？不服吗？和谁讲理吗？都没用，这样的结果只能使自己更加痛苦，那么最明智的做法是什么呢？是——“把惩罚之地看成锻炼之地”，接过上帝抛过来的巨石，像西绪福斯那样往山上推，虽然终没有推上山的时候，但不停地向上推这一“行为语言”本身就显示出西绪福斯面对苦难的勇敢态度——他没有被苦难命运所压倒，而是从精神上、气势上压倒了苦难的命运。西绪福斯把“惩罚之地看成锻炼之地”，终于成为世人钦佩的英雄。

“把惩罚之地看成锻炼之地”，既被动又主动，是被动中的主动；既无奈又超脱，是无奈中的超脱。当他跳出自己看自己，用第三者的眼光看待自己苦难的时候，他就具有了对待苦难悲壮而超越的态度，也可以说是对待苦难的审美态度。

史铁生

二十、病隙碎笔4(第4—9节)[*]

4

如何使众生不苦呢？强制地灭欲显然不行。劝诫与号召呢？当然可以,但未必有效。这个人间的特点是不可能没有矛盾,不可能没有差别和距离,因而是不可能没有苦和忧的。再怎么谴责忧苦的众生太过愚顽,也是无济于事,无济于事而又津津乐道,倒显出不负责任。天旱了不下雨,可以无忧吗？孩子病了无医无药,怎能无苦？而水利和医药的发展正是包含着多少人间的苦路,正是由于人类的多少梦想和欲望呀。享用着诸多文明成果的隐士,悠然地谴责创造诸多文明的俗人,这样的事多少有些滑稽。当然,对此可以有如下反驳:要你断灭的是贪、嗔、痴,又没教你断灭所有的

---

* 史铁生著:《史铁生作品系列:病隙碎笔》,人民文学出版社 2011 年版,第 94—98 页。

欲望。但是,仅仅断灭了贪、嗔、痴并不能就有一个无苦无忧的世界;久旱求雨是贪吗?孤苦求助是痴吗?那么,诸多与生俱来的忧苦何以救赎?可见无苦无忧的许诺很成问题。再么就是断灭人的所有欲望,但那样,你最好就退回到植物去,一切顺其自然,不要享用任何人类文明,也不必再有什么信仰。苦难呼唤着信仰,倘信仰只对人说“你不当自寻烦恼”,这就像医生责问病人:没事儿撑的你生什么病?

我赞成祛除贪、嗔、痴的教诲,赞成人类的欲望应当有所节制(所以我也不是“尽可能避开认同佛教”),但仅此,我看还不能说就找到了超越苦难的路。

5

以无苦无忧的世界为目标,依我看,会助长人们逃避苦难的心理,因而看不见人的真实处境,也看不见信仰的真意。

常听人讲起一个故事,说是一个忙碌的渔夫在海滩上撞见一个悠闲的同行,便谴责他的懒惰。同行懒洋洋地问:可你这么忙到底为了什么?忙碌者说:有朝一日积攒起足够的财富,我就可以不忙不累优哉游哉地享受生命了。悠闲者于是笑道:在下当前正是如此。这故事明显是赞赏那悠闲者的明智。但若多有一问,这赞赏也许就值得推敲:倘遇灾年,这悠闲者的悠闲何以为继?倘那忙碌的渔夫给他送来救济,这明智的同行肯定拒不接受而情愿饿死吗?

这并不是说我已经认同了那位忙碌的人士,其实他与那悠闲者一样,只不过他的“无苦无忧”是期待着批发,悠闲者则偏爱零买零卖。要紧的是还有一问:倘命运像对待约伯那样,把忙碌者之忙碌的成果悉数摧毁,或不让悠闲者有片刻悠闲而让他身患顽疾,这怎么办？在一条忧苦随时可能袭来的地平线上,是否就能望见一点真信仰的曙光了？

6

再有,以福乐为许诺——你只要如何如何,便可抵达俗人不可抵达的极乐之地——这在逻辑上太近拉拢。以拉拢来推销信仰,这“信仰”非但靠不住,且很容易变成推销者的福利与权柄。

比如潇洒的人,他只要说一句“小乐足矣,不必天堂”,便可弃此信仰于一旁,放心大胆去数钞票了。是嘛,天堂唯乐,贪官也乐,天堂尚远,钞票却近,况乎见乐取小,岂不倒有风度？我是说,以福乐相许,信仰难免混于俗行。

再看所谓的“虔诚者”。福乐许诺之下的虔诚者,你说他的终极期待能是什么？于是就难辨哪一笔捐资是出于爱心,哪一笔献款其实是广告,是盯着其后更大的经济收益。你说这是不义,但“圣者”可以隔世投资以求来生福乐,我辈不才,为什么就不能投一个现世之资,求福乐于眼下？商品社会,如是种种就算是无可厚非,但不知不觉信仰已纳入商业轨道,这才是问题。逻辑太重要,方法太重要,倘信仰不能给出一个非同凡响的标度,神就要在俗流中做成权贵或巨贾了。

再说最后的麻烦。天堂若非一个信仰的过程,而被确认为一处福乐的终点,人们就会各显神通,多多开辟通往天堂的专线。善行是极乐世界的门票,好,施财也算善行,烧香也算,说媒也算,杀恶人(我说他恶)也算,强迫他人行“善”(我说是善)也算……什么？我说了不算？那么请问:谁说了算？要是谁说了都不算,这

“信仰”岂不作废？所以终于得有人说了算——替天行道。于是，造人为神的事就有了，其恶果不言自明。关键是，这样的事必然要出现，因为：许诺福乐原非神之所为，乃人之所愿，是人之贪婪酿造的幻景，人不出面谁出面？

7

看看另一种信仰是怎么说吧：人是生而有罪的。这不仅是说，人性先天就有恶习，因而忏悔是永远要保有的品质，还是说，人即残缺，因而苦难是永恒的。这样的话不大招人喜欢，但却是事实（非人之所愿，恰神之所为）。不过，要紧的还不在于这是事实，而在于因此信仰就可能有了非同凡响的方向。

看见苦难的永恒，实在是神的垂怜——唯此才能真正断除迷执，相信爱才是人类唯一的救助。这爱，不单是友善、慈悲、助人为乐，它根本是你的福。这爱，非居高的施舍，乃谦恭的仰望，接受苦难，从而走向精神的超越。这样的信仰才是众妙之门。其妙之一：这样的一己之福人人可为，因此它又是众生之福——不是人人可以无苦无忧，但人人都可因爱的信念而有福。其妙之二：不许诺实际的福乐，只给人以智慧、勇气和无形的爱的精神。这，当然就不是人际可以争夺的地位，而是每个人独对苍天的敬畏与祈祷。其妙之三：天堂既非一处终点，而是一条无终的皈依之路，这样，天堂之门就不可能由一二强人去把守，而是每个人直接地谛听与领悟，因信称义，不要谁来做神的代办。

8

再有，人既看见了自身的残缺，也就看见了神的完美，有了对神的敬畏、感恩与赞叹，由是爱才可能指向万物万灵。现在的生态保护思想，还像是以人为中心，只是因为经济要持续发展而无奈地保护生态，只是出于使人活得更好些，不得已而爱护自然。可什么是好些呢？大约还得是人说了算，而物质的享乐与奢华哪有尽头？至少现在，到处都是一样，好像人的最重要的追求就是经济增长，好像人生来就是为了参加一场物质占有的比赛。而这比赛一开始，欲望就收不住，生态早晚要遭殃。这不是哪一国的问题，这是全人类的问题，因而这不完全是政治问题，根本是信仰问题。人为什么不能在精神方面自由些再自由些，在物质方面简朴些再简朴些呢？是呀，这未免太浪漫，离实际有些远，但严谨的实际务要有飞扬的浪漫一路同行才好。人用脑和手去工作、去治理，同时用心去梦想；一个美好的方向不是计算出来的，很可能倒是梦想的指引。总之，人为什么不能以万物的和谐为重，在神的美丽作品中“诗意地栖居”呢？诗意地栖居是出于对神的爱戴，对神的伟大作品的由衷感动与颂扬，惟此生态才可能有根本的保护。经济性的栖居还是以满足人的物欲为要，地球则难免劫难频仍，苟且偷生。

9

说到人格的神，我总不大以为然。神自有其神格，一定要弄得人格兮兮有什么好处？神之在，源于人的不足和迷惑，是人之残缺的完美比照。一定要为神再描画一个人形证明,常常阻碍着对神的认信。神的模样,莫如是虚,虚者,非空非无,乃有乃大,大到无可超乎其外。其实,一切威赫的存在,一切命运的肇因,一切生与死的劫难,一切旷野的呼告和信心,都已是神在的证明。比如,神于西奈山上以光为显现,指引了摩西。我想,神就是这样的光吧,是人之心灵的指引、警醒、监督和鼓励。不过还是那句话,只要神性昭然,神形不必求其统一。

赏析

博大的爱愿是从精神上超越苦难的根本之途

这几节借助于评论宗教，讨论超越苦难之道。

“如何使众生不苦呢?”换句话说，怎样使众生超越苦难呢？常见的不外乎以下几种途径。

1. 强制地灭欲

因为痛苦由欲望造成，所以消灭痛苦之道当然就是灭欲，不过，由于欲望之顽强，所以要消灭它必须“强制”。强制灭了之后就可以进入一个无苦无忧的世界。行不行呢？不行！为什么？一是欲望与生俱来，生命就是欲望，灭不了。二是即使真的能灭，灭欲之后人成了植物人，或死人，进入死寂的世界，就无所谓人也无所谓人生了。

2. 劝诫与号召

欲望是痛苦之源，你们把它灭了吧！灭了就没有苦也没有忧，就可以成仙成佛了。可以吗?“当然可以,但未必有效。”为什么?因为“这个人间的特点是不可能没有矛盾,不可能没有差别和距离,因而是不可能没有苦和忧的”。既然无苦无忧的世界是不存在的,那么以它为目标就“会助长人们逃避苦难的心理,因而看不见人的真实处境,也看不见信仰的真意”。

3. 以福乐为许诺

以福乐为许诺,即“你只要如何如何,便可抵达俗人不可抵达的极乐之地”。史铁生说,这样做在逻辑上太近拉拢,以拉拢来推销信仰,这“信仰”非但靠不住,且很容易变成推销者的福利与权柄。

4. 博大的爱愿是从精神上超越苦难的根本之途

这是基督教的人生观。史铁生说,这种人生观不招人喜欢但却是事实;更重要的还不在于这是事实,而是在于因此信仰就可能有了非同凡响的方向。为什么?史铁生解释说,看见了苦难的永恒,才能真正断除迷执(迷信无苦无乐),相信爱才是人类唯一的救助。“这爱,不单是友善、慈悲、助人为乐,它根本是你自己的福。这爱,非居高的施舍,乃谦恭地仰望,接受苦难,从而走向精神的超越。”

爱——博大的爱愿,是从精神上超越苦难的根本之途——这是史铁生从宗教比较中得出的结论,是他深思善思的结果。史铁生对深奥玄妙的宗教学说给予哲学化的解释,赋予宗教语言以现实人生的内涵,或者说借宗教语言讨论现实人生,让它与世俗人生接轨,与芸芸众生接轨,应该说,在化用宗教思想资源为现实人生服务方面,这是一个成功的尝试。

扫码观看视频讲解